爱

无助

呈献给我的母亲和我的妻子、女儿，
你们是我生命中的女人！

爱无助

AI WU ZHU

刘学颜◆著

百花洲文艺出版社

人间自有真爱在

张守仁

我多年没有读到如此真诚、如此坦率、怀带忏悔意识的至情之作了。学颜兄写得动心，我读得动情，读了一遍又一遍，沉醉其中，以致错过了不少南非世界杯足球健儿们在绿茵场上攻防拼搏的激烈场景。但我认为这本书也是作者的一种拼搏—灵魂里坚守忠贞的拼搏。作为第一位读者欣赏到它，是我阅读史上的幸运。

在我印象里，学颜是读万卷书的学者，行万里路的旅人。此书一改往昔他擅写的生死、行旅题材，感伤地、无助地描叙、抒写了他一生遇到的十来位女人。他清洗了自己意识深处偶然闪现的不洁，呈示了内心坚持的责任大于情爱的理念。他叙述了慈母的善良与软弱，爱妻的温柔和毁颜，旅伴的试探与暗慕，异国佳丽的眉目传情，对二表姐的丝丝依恋，对孤守雪野的邻居小嫂子的朦胧渴望，女学生对他持久的缱绻，知音之间情意绵绵的交流，以及女儿幼小时与之嬉戏和亲吻……字字情，句句爱，全书可用“真、善、美、洁”四个字来概括它的品格。这样的人生回忆录，是当今滚滚红尘里众多欲望书写的一个洁本。阅读它，让你感受到春风般的舒爽，山泉那样的清澈。我认为这是一幅灵魂的清醒剂，一部情爱的忏悔录。

自有人类以来，爱情是永恒的主题。诚如恩格斯所指出的那样：“两性之间的感情关系，是自古以来就存在的。”据考证：世界上最古老的情书，发现于波斯帝国时期（前550—前330）的石头遗址上，在一块重达15公斤重的石板上镌刻着表达爱慕的词语。我国两千多年前《诗经·国风》中就有许多表达初恋相思、男女幽会、山盟海誓的精彩篇章。华夏民族昔有“鱼雁传书”之说，认为恋人的情书可以借助鱼腹或雁足来传递。普希金的长诗《欧根·奥涅金》中塔娅扬娜委托奶娘送给心上人的那封情书多么震颤心灵。而马克思1856年6月21日于英国曼彻斯特独居时邮递给身在德国的燕妮的信，何等热烈、亲密、深情……

世界各国、各民族、各地区表达男女爱情的民歌，多如牛毛。它们简洁、质朴、生动、形象，感情真挚，动人心弦。情人之间，隔山对唱，歌声曼妙，听来心荡神怡。总之，爱是一种美好的感情，它像阳光和鲜花一样，温暖着、装饰着人的生命。但任何事物都有它的两面性。爱有时会带来伤害甚至仇恨。爱之不当，选错对象，便酿成难以挽回的人间悲剧。因此应如本书作者那样，自律、自守、自重。

一个人在爱情生活中的表现，不仅是他的思想，更是他的灵魂，是检测他人品的试金石。

我和刘君一样，一生碰到过不少善良、多情的女性。我深切感受到一个男人要拒绝女友的爱慕之情，实属不易。正如学颜君收到过去的女学生发给他的一则短信：“有一把伞撑了很久，/雨停了也不肯收/有一束花闻了许久，/枯萎了也不肯丢；/有一种朋友希望能做到永久/即使青丝变白发也能在心底深深保留。”我在十多年前也收到过一封由单身女作家Z寄给我的情书：

当我跋涉时巧遇你这颗流星

生命的秋雨中霜叶不再凋零

当漫长无尽的黑夜再次降临
燃尽的烛泪又潮湿我的枕巾
你及时掠过我那狭小的窗棂
照亮并且安慰我孤独的黎明

面对这样一封浓得化不开的情书，我几乎不知所措。我知道我不能回应，如果回应，必将给彼此带来伤害：在两棵树上筑巢的鸟，决得不到快乐和安宁。我只能保持沉默，与她拉开距离，让时光渐渐冲淡、消退她的激情。我之所以和刘君相识，源于他读到了我的散文《角落》。此文已收入刘锡庆先生编的、北京师范大学出版社出版的课外诵读本《精读文粹》。爱时尚的年轻人看了该文斥我封建脑瓜、冷酷无情，但却得到刘学颜和文友们的赞许和响应。正如刘先生在本书第三章所提及的那篇《角落》描写的那样：一位美丽的女诗人和我在门厅里亲切交谈，横在我们之间的是白桌布上的一束红玫瑰。谈得默契且快乐。快乐的时光总是易逝。临别时，我给她开门；她却背靠住门，转身对我轻声低语："我可以吻你一下吗？"我没有心理准备，随即一动不动，尴尬得如木偶一般接受了她的轻吻。从此我俩永不再见。不再见面是由于亲吻之前的对话。她问："你的感情生活有没有纠葛？"我说："如果我重新结婚，仍将选择现在的妻子。""真的没有其他的感情波澜吗？"我委婉回答："我好比一条河流，向前流淌会有新的际遇，穿越峡谷或者拐弯时不可避免地激溅起这样那样的浪花，但因有河岸约束，从未泛滥。"她逼问："难道你不需要妻子以外的女友的抚慰？"我回答："我只有一个……哪能再分出另一个我来承受呢？"

几年前我由黑龙江作协领导陪同参观阿城金上京历史博物馆，我和学颜邂逅相遇，从此成了知音。

爱无助

据我观察，当代的爱情故事，除小部分流露出真心真爱外，多数包含着物欲和功利的计算。爱原是两颗灵魂的结合。爱情一旦标价，必然虚假。人们可要引以为戒。

学颜是幸运者。他不仅拥有慈爱的母亲、温柔的妻子、可爱的女儿，就是生命历程上恋慕他的佳丽们，也大都明白事理，适时收敛，像藤蔓探出的柔软触须，一遇樊篱般的障碍，便默默拐弯，转变方向，从而彼此只留下温馨、美好的记忆。

世上男女之间一时冲动而涉入爱河，陷进云雨，激情过后，彼此生怨，结下苦果，此种由爱变恨的悲剧故事，古今中外，何止千万！但是一代又一代新人，总是重复着上辈人的失误，不知吸取教训，一再重蹈覆辙，付出沉重代价。

在我看来，当今世界女性还是受害的弱者。讲求男女平等，还仅是一种美好的理想。环顾四周，绯闻、谣诼、性骚扰，像影子一样紧紧跟踪着她们。你到任何一个报摊，都会看到众多刊物封面上登着袒胸露腿的女性照片，以此作为招徕和推销的手段。试看各种展览会、招待会、娱乐场所，莫不以红颜招引人们的目光。而那些包二奶、三奶的贪官富豪们，更把女人当宠物来豢养。如果你再把视野放大，到纽约曼哈顿，买本《欲望之城》（《Sex and the city》）翻翻，或者去英国首都步行街书店，读读《一个伦敦应召女郎的私密故事》（《The intimate adventuyes of a london callgivl》），就可知悉许多道貌岸然、西装革履的男人，常把女人当作泄欲的工具、玩弄的对象。其灵魂之丑陋，难以描述。刘君在本书第七章中也写到了“天使沉沦”的情景。我也有过和学颜类似的经历。一次在C市研讨一部文学作品，当晚被当地主人硬拉进夜总会。也请来一群风尘女子让我挑选。我极感不适，只是和身边一个女孩随便聊聊她的家乡、亲人、上过什么学、爱读什么书。后趁同行者与女孩们狎昵、亵玩之际，早早逃离。见此情景，我悲哀、悲悯、悲愤。种种事实让我认识到，人类另一半的女性，其负担、痛苦和不幸，远大于男性，因此，对女人的爱护、照顾、体贴，应成为正派男士们义不容辞的责任。

中国的文字真奇妙：好，女子也。让我们在短促的一生中珍视遇到的每一位好女子，百般卫护生命历程上唯一的情缘—那包蕴着幸福和痛楚、欢乐和忧伤的情缘。

学颜是诗人，本书的主题关乎“人生与爱情”，因此我特地新译了一首俄罗斯姓名最长的女诗人娜塔丽娅·瓦西里耶夫娜·克朗季耶夫斯卡娅·托尔斯塔娅（1888–1963）的爱情诗《都说天空是蔚蓝的》，赠送给他和他的爱妻阿娟，作为序文的结尾。诗曰：

都说天空是蔚蓝的，
都说太阳是金色的，
都说时光是一去不返的，
都说海洋是辽阔无边的，
都说女人是可爱的，
都说死亡是不可避免的，
都说真理是神圣的，
都说苦难是命中注定的。
如果不能重复以上的话，
那将怎样称呼我的爱情？

2010.7.4 北京

自序

从茫茫的大千世界聚焦在一个生命的源点上——心灵，我这种爱无助的意识或者说思想，萌生于四大佛教圣地之一的九华山。我没有潜心研究过佛教的经义，因而无从置喙佛家思想有无此哲学的命题，我想出家人基于行善的本性要求，与爱无助应该有着人性的血缘关联。就像地下水线一样，无不孕于广博襟抱的大地之中，涌动而出的为我们命名清泉，而人工掘引的则被称作井水。

自打呱呱落地后，我便于耳濡目染中受到父母无宗教意识的熏陶，或许他们质朴的宗教观念便是心存的善字，夫妻间拥有着这样的一个自然天性的佛，从不伤蝼蚁命而总是受到别人的伤害。他们一生很平凡，小心翼翼地行路，安分知乐地过日子，渴望着与人友善，一旦受到伤害的攻击，他们选择的方式很近似于自然界里的软体贝类，将一颗痛楚而流泪的心灵，躲藏进自我封闭的孤独壳里，任其霸性十足的伤人者自鸣得意；另一种方式，他们像警敏的动物一样，面对着咄咄逼人的进攻，而采取了逃离，从一个地方迁徙到另一地方，这般地藏来躲去，他们还是无从完全避开人类自己的伤害：邻居、朋友乃至亲人的有心或无意地伤害。小时候，我快乐于父母的搬家，它的动荡给我带来了探索陌生环境的新奇。父母因了寻求生活在淳朴人群间的心理，他们往往将生儿育女的窠巢筑在乡村或小镇，他们以为这样偏僻之地的生活是安静的，邻里之间和睦相处，人与人彼此亲如兄弟姐妹。然而，他们找到了善良与淳朴，但也触及了它们的反面：愚昧与自私，乃至反目成仇。关于儿时的乡下，留存在我记忆里的是饥饿的乡下人，对寓居在他们土地上的吃供应粮户（我父亲转换的工作地方大多是农村、小镇中的卫生部门）心怀着一种排斥心理，对母亲带领我们到收割后的田野去拣粮，个别的农妇便采取说三道四的仇视情绪。虽然这并非善良的主流，但一些伤害却往往是记忆深刻的，如同我们自己的身体残留下的任何伤痕一样，当时虽是小小的划裂，却会长久记忆犹新。

或许是父母的这种无意识的躲藏或逃离，潜移默化中渗透到了我的生命里，使我在承继他们做善良、做本分人的衣钵同时，自然就学会了一种懦弱的生存方式，警敏而善于规避，仿生着自然界弱小的生物，用美丽的伪装来掩蔽、迷幻外界的残害，在强大的现实面前，我往往逃离在自己的一颗心里，如同被夹伤爪子的一只旷野里的雪兔，躲藏在黑暗的洞穴里，用自己的舌头舐伤疗痛。

我的童年——十四岁以前，是在山地的乡村度过的。我和农家的孩子生活在一起，成为田野里四季的玩伴儿。我们蒙昧无知，喜爱大自然的四季景色变幻，同时也因了单调乏味的生活，而去残害身边的小生物。大雪封山的季节，我们用弹弓或者筛子底下的谷物来捕杀麻雀；夏日里则去青草漫生的野地、池塘畔，戏捉青蛙，而且还喜欢围坐在土道上，让俘虏的青蛙成了被虐杀的游戏对象。我至今还记得这样的童谣："蛤蟆蛤蟆气鼓，气到八月十五，八月十五杀猪宰羊，气得蛤蟆哭一场。"青蛙往往就在我们稚声奶气的拍喊中，无处逃逸而气鼓了肚腹，终致命悬游丝，因了弱小生命的无力反抗，我们还漫漶不清的善恶心理，终于得到了极大的满足便鸟兽般散去了。

我不知道现在乡村的孩子是否还在唱着这首蒙昧的古老童谣，是否还在以弱小的生物来继续做着残忍的生命游戏？！

我的乡村童年，还被培养成了传统惯性的仇视，对看到的蛇一概乱棒齐下、乱石纷掷，将其打砸成血肉模糊不说，还要施以剥皮示众。当我后来坐在舒适的影院里，看到日本影片《望乡》中一群日本兵哄围着朝被他们兽性糟蹋完的女人身上撒尿时，我想到了那些无助逃离的青蛙；而《红高粱》影片里那位中国人被日本人用刺刀逼着，去亲手剥离同胞的血淋淋的皮时，我几近呕吐地复现出那些土道上裸露着白皙肉体的死蛇来。这样的残害，在我的身上不会重演，我也不希望再看到，在僻远的山村，在世界的一些隐秘角落，人类对自然的杀戮、对同类的伤害还在继续上演着兽性的残暴。阻止现代文明悲剧的发生、上演，是呼唤人性的复归，是平等博爱而道远的重任。尽管，个体的爱对此是无助的，但大多数的爱相挽结，这力量的纤绳就会变得粗壮，而且坚不可摧，韧不可折。这是我的一个小人物的爱心与祈盼罢了，因为我也正在受着一些身体不流血的情感伤害，我祈求于谁呢？上帝是不存在的，但人类之手绘制出的那幅伊甸园却是一个真实：亚当与夏娃至于谁以肋骨创造出另一生命，都将包容着爱与伤害的永恒主题。我是亚当的变种，因而生存着便为夏娃的后人所爱，也所伤害。这或许就是我身为一个男人的宿命吧，爱红颜中人，也伤害着柔弱的女性。这有如我童年的一个再现，爱及自然界里的一些生物，也伤害了一些无助的生命。我想用文字再现出来，以传达我的思想，向自然，也向着“蛇与禁果”并存的人类。

序文结束前，我们回归到心灵探求的源点上——九华山。九华山是地藏王的道场。地藏是佛经中所言“释迦灭后至弥勒出现之间，现身六道、教度天上以至地狱一切众生的菩萨。认为他像大地一样，含藏无量善根种子”。我一再言明，我受及父母的影响，意识里无存宗教的胎迹。如我在另一篇文中的诠释：我从来没有读过任何一本宗教的教义，心存的只言片语都来自其他书籍，我一生不皈依任何宗教门派，我的信仰是：我的豁达与宽容的人生理念便是佛的存在，我充满和平与人性的心灵，便是基督的再生。我只服从自然与生命的召唤，它们是主宰我进入天堂的上帝。因而，我来九华山，更多的是缘出自然而非佛教的因故。九华何其美？李太白的一首诗娓娓道尽：“昔在九江上，遥望九华峰。天河挂绿水，绣出九芙蓉。”正值五月春光明媚，九华峰峦叠翠，溪流盈碧，松竹辉映，云白花红，蝶飞鸟幽。九华街粉墙黛瓦，飞檐翘脊。人与佛彼此互融，佛有人性，人生佛愿。居家卧听天籁梵音，暮鼓晨钟；出行则身为云雾缠裹，心浴檀香紫气。在九华，我如梦似幻，醉耽竹海，目揽天风，聆听鸟鸣与经声，神悟自然之妙美，佛教之深奥，至暮晚还迟迟不愿下山。

坐在客运站，我等待着通向芜湖的最后一班车。夕阳无力地散淡在明窗上，长椅寥落着三三两两的旅人。我有些疲倦，蒙眬起眼神儿，恍然沉入云雾漫漫的天国仙界，莲花纷然裂瓣儿，我的梦就团坐在银白的氤氲里渐渐飘升，远离大地与这地藏王主宰的神山。佛之天堂是一个慈爱的所在，它含藏着比大地丰蕴得多的无量善根种子，我们置身其间，心灵生长着的都将是取之不竭、用之不尽的善与爱。我们尽可赐予，像阳光与空气一样，无需自私地保留，以备储用。莲花吐放的馥香，环裹着我，缭绕在鼻翼下，犹如一只顽皮的小虫子痒醒了我。我倏然醒来，被眼前的景象震悚，这是一个猝不及防的意外。对面的长椅上，端然坐着一位年轻的尼姑。她素面朝天，秀眉如月，滟眼睛宛然清泉深潭，如若秀发生存，无疑会成为模特佳丽。她身着青灰的袈裟，圆口布鞋，打着青灰的绑腿，惹人注目的是她手拎着一顶斗笠，用以行路中的遮阳挡雨。她端坐我的对面，仪容端庄，白皙的面孔有如月光一般圣洁、冷寂。我难禁一颗世俗的心，无力挣扎地浴身在这清泉的美里，然而，深潭太寒彻了，像雪水砭骨透髓。我挣脱出一厢热血的情燃，悲哀随着这暮晚的降临而潜滋漫生了。

这个美艳的女孩儿，她的出家与皈依佛门，肯定是有着爱的伤害背景，或者她为之相爱的人儿死去了，或者是她死去了自己的一颗相爱的心，从此，绝望地剪去一头青丝，把心灵交付给佛祖的神坛。而她的天生丽质，也便会在时光的残忍里一点点被蚕食掉了。

我的心为其爱怜而哀伤，无奈复无助，在黯然神伤中别离了九华山，也从此萌誓不再前来。我终生信奉着这样一条出游的准则：这个地方我目睹了最美的一刻，便永生都去逃避着它，珍存生命的完美就不要再去伤及它了，就像一生中初恋一样，即便在死亡的前夕想起它也会刻骨铭心。而对伤及我情感的地方，我的选择是逃避的同义——逃离，既然我无从援助一颗受到伤害的心灵，那么这座自诩为佛家的圣山，对于我还有什么存在的意义？九华山，是我心灵情感的一块伤痛。

如同大地一样，含藏着无量善根的种子，这是宗教的一个美丽的传说。那位我萍水相逢的尼姑相信了它，终生都将麻醉在这个传说里，直至脸庞牵挂出岁月的蛛丝网。十余年过去了，九朵芙蓉峰不会再另生长出一朵，而我却从生死的思考里分蘖出这一思想：爱无助。

目录

COINTENTS

第二部

第三部

第一部

AI WU ZHU

第一章 天堂的哭泣

我的头脑里没有天堂的概念，我一直都认为这是一个文字的游戏。人类在生存中痛苦而无望，于是便用虚幻的想象创造出美丽的未来，并借用宗教来麻醉自己，以抑制身体里滋生的兽性。在我的意识里，天堂是以诱骗善良人为快乐的，它在乌托邦式的通道上布满了生长荆棘的阶梯，并以神圣的音乐和天使的召唤，引领着困苦中向善的人心，朝着一个虚无的存在爬行。善良的人不仅仅呈献出他们心存的感激泪水，而且还为之付出生命里的最后一滴鲜血。他们只来得及走完一半真实而苦难的路程，另一半虚幻的美丽旋转在倒下的瞩望中。善良的人并没有见到真实的天堂，如同行恶者无视地狱的存在一样，而人类并不为此停止探求天堂的存在，尽管我们已洞晓这是一个虚拟的文字，但我们的灵魂却严格遵守着这个游戏的法则：行善者升入天堂，而恶贯满盈的人坠进地狱，滚落油锅，煎熬火海。

在幼小时，我曾心怀迷惘地问询过外祖母，“世界上真的有天堂吗？”外祖母合上她的慈眉，并没有给我一个回答，她盘腿而坐，好像入定一般。当我缠磨着她“有无地狱”时，外祖母很认真地点点头，承认地狱是真实存在的，并回复我说，那些杀了她儿子（我大舅）的日本人就已经下到十八层地狱里去了。她还时常梦见她的儿子，雪地上漫漶着一大片殷红的血迹。或许，就是外祖母的这次答复，使我头脑里遗失了天堂的概念，我再也找不回天堂的童年了。就像散落在黄昏草丛里的串珠一样，我害怕蛇的存在，而最终放弃了寻找。

天堂的概念对于我是依附在母亲的身上。如果说我承认它的存在，完完全全是因了母亲还活着，虽然她现在已经很衰老了，像她养护经年的那只蜷伏在暖气片下的老猫一般，时常坐在沙发上打着瞌睡，沉湎于被漫长时光压缩成经典回忆的一个残梦。当十分、八分钟后醒转来时，她便会梦呓一般说，我又梦见了你们的姥姥。对我们她从来都不说，梦见她自己的母亲。似乎母亲的情结，对任何自然人都会挽系到死神的降临。母亲像她的母亲——我死去的外祖母一样，不承认天堂而只认可地狱的存在。在我的记忆里，我没有听到母亲亲口说出这个梦幻的词汇，而地狱却常挂在她的嘴边，那时我家还住在乡下，母亲与左右街坊唠嗑，谈及某某人偷杀了耕牛，或者某某人躲藏青纱帐里拦截行人——其时，我的父亲正被借调到市里工作，每周六的夜晚要独自一人从小站步行回家，夏秋两季要穿越庄稼地狭窄的土道，可想而知母亲的担心与焦虑了。因此，每言及这些心生邪念的恶人，母亲总要重复她自己编排出的那句至理名言：他要下地狱遭大罪的。这是她说得最重的一句话儿，而且对施恶者还抱以怜悯的善良愿望。在她没有读及一行文字的想象里，地狱是一个恐怖而充满灾难性的地方，对任何人来说，都要经历裂肤撕肌的惨叫折磨，而且会痛不欲生。在母亲的善良里，罪人也是人。对此，我常常怪罪于母亲的糊涂，对她不分好人坏人的悲悯之心予以情感上的谴责。然而，母亲并不为此有些许的改变，她的善良是与生俱来的，如食草动物一样，性情温顺，伤害的只是果腹的草茎儿。

记忆中的年轻母亲，人长得瘦弱，用今天流行语形容是有着魔鬼的身材，但在那时的乡下是被视为不健康的病体。母亲生下弟弟后，在三年自然灾害里选择了绝育手术。父母以为面对蝗虫般的饥饿袭临，保存现有家庭的生存方式是拒绝再添人口。他们都生根在农家，也都有着饥饿的经历和体验，知道多一张嘴争食便意味着另一个人挨饿。家庭已经笼罩在饥饿的阴影里了，似乎闻到了死亡的气息游动于四壁。母亲咬咬牙，决定牺牲自己，以拯救这个嗷嗷待哺的家庭。那年我五岁，面黄肌瘦，与八岁的哥哥、九岁的姐姐一起承受饥肠辘辘的煎熬，而且还要承受两岁弟弟躺在土炕上日夜啼哭的折磨。留在我幼年的最深刻记忆，是被束缚爬行自由的痛苦。母亲因了劳动，分不开身心，将尚不会走路的我拴系在室内的窗框上，我向着炕沿爬去，我不懂得逾越过炕沿有多么可怕，我只想找到那个用乳房用胸脯关爱我的人，绑住腰部的绳子阻止了我的寻找。于是，我嚎哭起来，以这种柔弱无力的方式抗议自由的失去。我早已丧失了四岁以前的全部记忆，唯存这一个场景：面南的窗户，朝北的土炕，一根束腰的绑腿带，而且我还能鲜明地忆出它的颜色：土黄。当我对年老的母亲转述这般记忆时，母亲很是惊讶我的叙说，弄不明白一个两岁的孩子何以会有这样的印象？她说我那时很警敏，就像一只竖着耳朵的小兔子，她在室内厨房做活时，我很安静不哭不闹，但一旦她走出室外，哪怕是悄没声地移动脚步，我都会捕捉到她的消失，而且哭闹起来，母亲说鬼知道你那小小的心，为何敏锐得竟像猫与耗子的胡须？我想这一定是我的天性被束缚的缘故。

幼年另一桩记忆的烙印是饥饿。有很多作家写出了自己深陷于饥饿之中的真实体验，它不仅仅毁灭了生存的本能，而且还彻底摧垮了人性的善良与应有的尊严。周同宾的《饥饿中的事情》，就如实记录了挣扎在死亡线上“人心比铁还硬，人情比纸还薄”的冷酷，他这样揭示三年自然灾害所造成的悲剧：“旷日持久的饥饿中，人的善心、爱心、同情心、恻隐心统统消失殆尽。”只有伟大而质朴的母爱，是这饿殍遍地的一束温暖的阳光。母亲用一双小脚，三四个比拳头大不了多少的窝窝头支撑走一二百里的往返路程，给读书中的儿子送来了积攒下的一兜红薯……读至这里，我饥饿感中的母爱又从被欢乐淹没的记忆里浮现出来。五岁的唯一烙印，是我们吃着窝窝头，而母亲捧着大碗喝着糠与野菜混煮的苦汤儿。饥荒刚刚背转身走开，母亲深恐它再度临门，于是便在父亲的陪伴下去了市里。记得，那是一个早春的天气，草根还没有睁开眼睛，田野一片荒凉。门前的那棵被剥光了树皮的老榆树，兀立在天空里，铁枝上落满饥饿的寒鸦。在姐姐的带领下，我们摇摆着打晃的身体，目送着母亲又瘦又小的背影儿，渐渐被上涌的地平线吞没。我号啕大哭起来，以为再也见不到被刀子拉开肚腹的母亲。从出生到现在，我还是一天也没有离开过母亲。

等待是很漫长的，似乎那一年的春天进行得极其滞缓。羸弱的老牛、跄毛跄刺的瘦马在田间犁地，播种者无力地敲打着木耧，踩格子的人摆晃着几乎被风吹倒的影子，在踩踏着一长垄漫长延伸的希望。我们终于等来了母亲的回归，像燕子一般扑进她的怀抱，父亲呵斥着我们不要碰伤了母亲。这一次大手术，再加上营养跟不上去，母亲似乎再也没有健壮起来。她的牺牲永远写在那道伤口的肚皮上。我曾看见这条伤痕，是那个饥饿岁月的一个见证。当我懂事的时候，与那些农家的孩子疯耍于田野，在反目成仇时，我最不能容忍的是他们童言无忌般地对母亲的伤害：你妈被劁了。生性如兔子一般的我，此刻凶狠得会像一头疯牛，猛扑上去将其顶翻在地，然后撕抱着滚落进泥沟里，满身污浊地淌着眼泪走回家。哥哥为此比我承付着更大的代价，他被那个侮辱母亲且比他强壮许多的半大孩子捅了一刀，险些丢掉了性命。

母亲知道我们是为维护她的名誉而斗的，因此并不怨责我们，只是默默地流泪，为我们洗涮衣物，搓板在她的手下发出很响的声浪。哥哥受伤的那一晚，父亲不在家，母亲硬是背着流血的哥哥，走了五里路，而且还蹚过了一条水流急湍的小河。河上原有一架木桥，许多木板已经被见利忘义者偷偷拆回家去做了猪食槽子或者院门。哥哥被捅伤了肋骨，所幸生命无虞，背进镇医院时，值班的大夫吓了一跳，披头散发的母亲已成了一个血汗淋漓的人儿。事后，她并没有怨责惹祸的我，只是说这一刀子险些要了你哥哥的命。从那以后，我再不打仗了，对侮辱母亲的人，我回报以沉默的仇视，那个样子很可怕，很像一条饥饿中的狼，恨不得扑上去嘶咬开猎物的喉咙。我时至今日也不能原谅那些辱骂我母亲的人，伤口在母亲的肚皮上，在哥哥的肋骨间，却终生都留痕在我的心灵。

母亲像她的母亲——我的外祖母一样，终生都不拜佛，也不拜财神，我没有见过母亲走进任何一座庙宇，连土地庙她也不去碰一碰，我家从没有过焚香磕头之举。因而，我在走访名山大川、崇慕自然美的同时，顺道浏览一下寺庙，只是很不习惯那股渗入空气里的异香，也漠然于那些对佛祖的双手合十或者叩头。我个人的不喜欢佛教，是因为东方人的宗教观念带有着明显的功利色彩，祈求保佑的往往都是自己及家人的平安幸福，与佛家普度众生的理念显然差距悬殊。如若与西方人的宗教观念相比，我们便会看到：东方人重消除肉体与精神的痛苦，重外在的因果报应：善有善报，恶有恶报。而西方人则看重灵魂的净化，落脚点在自身的肉体上——忏悔自己，清洗原罪。这就使我们清醒地认知，同为“二战”的罪恶发动者，何以德国人——除了少数纳粹外——反思战争罪行，态度诚恳而认真；而我们一衣带水的邻国——除了少数人反战外——很多人，包括首相小泉纯一郎却屡屡去参拜供奉甲级战犯神位的靖国神社，其教科书也采取篡改历史的文字游戏，将侵犯改头换面成中性词“进入”。他们既不肯诚实地向受害国的人民谢罪，也不愿忏悔战争的历史罪行，因而这个岛国屡屡遭受到亚洲人民乃至世界爱好和平人民的谴责。这是题外的引申语。

母亲不拜佛，她的一颗善良的心便是天然的佛。她的心太软，她的情太深。我曾呈献给母亲这样一首小诗：女人的眼窝子真浅，盛不下一滴水，连小鸭、小鸡死了，也要伤心地流泪。我眼中现实的母亲就是这样的。我的另一篇散文《我家门前有片红高粱》描述了母亲对动物们的善爱。文中写道：

> 这片家门前的红高粱曾萦系着往事与我童年的悲苦欢乐。记得八九岁那年初夏，我家的芦花鸡孵了一群可爱的鸡娃。母亲十分高兴，喂养得也很精心。开始，芦花鸡小心谨慎，只带着它的鸡娃在庭院或墙根下活动。一日中午，天气闷热，要下雨的样子。鸡娃们慌慌张张地跑回来，叽叽喳喳地叫成一团儿。母亲很是疑惑，一查不多不少三十个，撒把小米让它们去啄。过了半天，依然不见芦花鸡的影子，母亲像有什么预感似的，直奔高粱地去唤，后来才发现一小摊血和零乱的羽毛。芦花鸡带领她的鸡娃们去闯荡世界而不幸遇难了。母亲一边流淌着伤心的眼泪，一边对我们说：许是遇上狐狸或野狗，芦花鸡为了保护鸡娃而勇敢地扑向了它们。过了许多年，一到孵鸡的季节，母亲都要唠叨上几句献身的芦花鸡。

在山地的乡下，我家住在村屯外，西边是野地与山丘，东侧紧邻生产队的马棚，南边一块空地是天然的牛圈儿，立着木桩，夏秋季节那些耕牛就拴在那里。那时，队里的牛马一旦病老或者受伤无法再耕作，便被牵拉到野地里去屠宰。这个活儿由一个叫满仓的老跑腿子来承担，有家有业的人怕背上缺德的骂名，也不忍心杀死替自己耕了一辈子地的牛马。每每听说杀牛宰马，母亲都紧掩门窗，神经紧张得了不得，她看不得这场面，也听不得这叫声。有一次杀牛，小伙伴们拉扯着我去看。那头老牛跪卧在雪地上，满脸的悲哀，无助的眼神儿被寒风吹得更加绝望。满仓来了，破棉袄束着一根麻绳，狗皮帽耳迎着风直扇乎，像乌鸦的翅膀。老牛看见了满仓手里的那把凛光闪闪的大浸刀，似乎已经闻到了自己死亡的气息，它闪烁着温柔光泽的两眼流泪了。这是我出娘胎第一次看见死亡前的动物在泣哭。我小小的心发生了战栗，这或许就是我对动物们的最初人性吧。血染红了雪地，我跑回了家，想去告诉母亲我发现的秘密：被杀的牛在哭。其实，母亲的眼圈已经潮红了，她显然知道了这动物古老的悲伤故事，或许是她母亲——我的外祖母向她讲述的，或许是她像我一般大的时候目睹了与人类相依为伴、默默耕作的牛的悲剧。黄昏时分，野地里的牛叫做一团，它们冬天都是散放的，它们嗅出了血腥气而聚拢雪地哞哞的哀号是牛们的悼词。母亲又默默地流了一回眼泪。

像这样的流泪，我已记不清有多少回了。母亲为自己亲手饲养的动物流泪，为生产队的大牲口流泪，为一些村里走了的人——熟悉的或陌生的流泪，也为一些左邻右舍所讲述的周围村屯发生的悲惨故事流泪，还有为自己亲人病故而流泪。母亲的眼泪好像是总也流不完似的。她总不大放悲声，也看不见她的哽咽，她的抽泣，她的以手掩面，总是那么默默地流，静静地淌，好似冬雪里捂着的暖泉，林中植被底下的山控水。母亲的流泪有着自己独特的感情表达方式。

母亲对我们爱的表达也是很独特的。我不记得母亲对我的怀抱，也搜索不出母亲怀抱着弟弟的印象。在我的记忆里，母亲似乎是不大愿抱孩子的。我的小女儿出生满月后，妻子上班，母亲曾来住过，孩子要她抱，她不喜欢抱，她说这会惯坏了孩子。孩子躺在床上，又哭又闹，她不愿改变看护我们的模式，不几天便回去了。母亲惯孩子是另一种方式。记得，弟弟三岁时，经常“耍驴”和哭闹，现在想起来很可能是缺钙。一次，弟弟哭闹着非要那吊在棚顶上的亮灯泡不可，母亲正在淘米准备做饭，怕弟弟哭坏了嗓子，便用围裙擦了擦手，搬来木凳就上去拧灯泡，结果手湿触电，被从凳子上打昏摔到地上。母亲躺在厨房的地上，人事不省，我们惊吓得大哭起来，邻居们跑了来又是掐人中，又是人工呼吸，母亲总算醒过来。当我成年重提此事时，白发的母亲为弟弟辩口道：那时他小，啥事都不懂。

母亲不信神，终生违背自己的意愿是做了两件迷信的事：弟弟七岁那年受了惊吓，夜里一惊一乍地哭闹，母亲听信别人的“偏方”，央告邻居马大叔给写了一帖“哭夜郎”，粘在村街的大树上。另一桩是因了我。我在八岁上贪长，瘦成了豆芽菜，而且免疫力极低，动不动就感冒发烧，母亲怕我有个三长两短，便偷偷扎了个稻草小人，拿到野外烧掉了，说是给我烧了个替身。母亲的做法并没有灵验，十岁我得了荨麻疹，很长时间低烧不退；十五岁那年学校组织上山割柴，淋了秋雨，回家后寒冷不止，又是持续高烧，小镇医院错诊为感冒，打青霉素亦不见起色，一化验白血球大量减少，而且身上出现出血点，初步诊断我是患了白血病。母亲又是默默流泪。父亲背着我，转院到了县医院，经会诊为出麻疹，前一次是荨麻疹。母亲松了一口气。这次误诊，险些要了我的命，躺在床上，一个多月后才渐渐康复。这期间，母亲总是守护在我身边，拿罐头瓶为我接尿。我很害羞，母亲总是重复那句话：羞什么，尿吧，你是我生的。对母亲这段救护我的爱，二十年后我以《母亲的月亮》来表达：

> 母亲是普普通通的家庭妇女，她心地善良有着月亮的美丽与温柔，她无私的爱更像月光一样深远明亮。一个大字不识的她压根儿就没有读过“举头望明月”或者“月是故乡明”的优美诗句，她一生所看重的是自身生活中的月亮，这月亮就是她的儿女们。

我还写及我的一次深夜高烧，父亲公出，母亲心急火燎地背起我往二里地外的镇医院跑，而且还要爬过一座又黑又陡的铁路天桥。那天晚上，天上有月亮，它好像通晓人意似的，照着母亲脚下的道路，描画出她吃力前行的瘦小身影。虽是深秋，迷迷糊糊中的我却感到了母亲背上的滚烫，眼前那闪跳在母亲浓密黑发上的月光是极为深情而美丽的。

这样的母爱，我就是到死也不会忘记的。我的不会忘记还在于这种母爱的质朴，从儿时没有记忆的怀抱到长大真实地伏在母亲的背上，这般的母爱随着母亲的一天天衰老，怕只有在痛苦的记忆中寻找了。

我感到母亲的衰老，是在15岁那年看到了母亲的乳房。病后初愈，我还是很虚弱，不能去上学。母亲守护着我，长出一头青草般的乱发。一日，她抽空理了头回来，脊背刺痒，便掀起衣衫让我帮助她清扫下后背上的头发茬子。母亲的坦诚和直露，很是让我手足无措，像初次面临母亲给我接尿一样，羞怯得心慌。毕竟，我已是一个大男孩儿了，而且对吃奶的记忆早已荡然无存。母亲很显然发现了我的害羞与顾虑，半转过脸庞来说：羞什么，你是吃妈奶长大的。这是我在失去童年记忆后，第一次也是最后一次亲眼看见母亲的乳房。它不是我后来读及的那些诱惑人的文字：丰腴、饱满，像十五的月亮或者浑圆的雪丘。母亲的乳房是松弛的，如空瘪的小布口袋一样，悬垂在扁平的胸前。四张像幼雏一样嗷嗷待哺的嘴儿，轮换着吸吮干了母亲青春美丽的汁液儿，这是我以后产生出的痛楚思想。母亲干瘪乳房的真实裸现，使我一生对乳房都产生了神秘的心灵崇拜，就像先祖在蒙昧中对自然生殖的崇拜一样。在我的极端意识里，这世上唯一不能亵渎的东西是母亲的乳房。当我生活在乡村，看见夏日里大柳树下敞怀喂奶的妇女，行车在旅途中，触目哺乳婴儿的少妇，我所产生的决非淫欲的念头，而是对母亲的敬意，我是在用心灵向她们行着注目礼。这是母亲赋予给我的圣洁情感。

然而，母亲的干瘪乳房却也毁灭了我对女性的一个美丽想象，使我总也消除不了一幅画面：衰老的妓女，罗丹所雕塑出的艺术形象——那肉弛色衰、干瘪着乳房的女人，却在发出悲哀的无声泣诉。我知道这与母亲所叠画出的形象不对头，而且是在亵渎着伟大母爱的神灵，然而，我必须如实地承认我消灭不了这个罪恶的念头，它的意识流动是在那两颗相同的干瘪乳房上，而非哪一个是高尚的母亲，哪一个又是被侮辱被损害的妓女。这是因为母亲的真实与罗丹艺术再现的真实，都有着震撼人心的力量。

母亲裸现乳房的那一年，正值中年。她为我接尿，并不回避她充满母爱的目光；她转过背来让我替她拂去讨厌的头发茬子，也并不有所顾及，而是真实坦荡。她头脑里所容纳的只有一个素朴而根深蒂固的想法：你是我所生下的儿子。是我亲手洗净你脏污的裸体，是我替你擦屎洗澡（母亲用大木盆为我洗澡到十岁），是我敞着怀奶大了你，你是母亲身上掉下来的一块肉，是母亲心灵里流出来的血。母亲把生命都可以呈献给你，还有什么藏藏掖掖的感情与东西不肯拿出来呢？然而，走入老境的母亲，在我的面前却变得有些不真实起来，在她多少变得有些糊涂的意识里，近五十岁的儿子这回长大了，也成熟了男性的东西，于是，在我的生命里发生一桩始料不及的母子交流。今年春节，我和妻子在母亲家过年。这样的守望我知道正为时间制造出爱别离的悲剧。岁月吐出的蚕丝也正在把母亲更显瘦小的身体缠绕，透明中我看到人生的一个残忍美丽。那位躲在椅子后面隔着线毯用手掐围着裸体的我拍照的美丽少妇，在流光一闪间，却弯腰驼背地颓坐在一把红木靠椅上，而她对面坐着的儿子也已是残秃了鬓角，苍老了心境。母亲望着我，她蓦然想起了我那张光身裸体的百日照片。这是她一生中最珍爱的照片。黑白的，背景的花线毯极其美丽，装饰着我梦幻般的童年时光。我的身体白胖，小胳臂、小大腿溜圆儿，大眼睛也溜圆儿，注定是摄影师采取了诱惑的手段，很可能是一手摇晃着花楞棒，一手恰当好处地揿下了快门。总之，这张相照得很完满，我的“小鸡鸡”也照得很传神儿。母亲曾将它骄傲地镶在镜框里，挂上墙壁，对观看者一副自鸣得意的神情，“瞧，这是我生下的儿子”。这张照片，后来在我的央告下，母亲才恋恋不舍地取了出来，同戴在我手上的那副银手镯收藏在一起。多年过去了，我已然忘掉这张照片的存在。陷在椅子靠背下的母亲，沉默地想着心事，晚年的她喜欢这样独自一人静坐着，似乎睡着了，沉入对往事的回想中。这天，在爆竹稀落的夜晚，我们母子互相用眼神儿守望着——我的长不大的童年，她的留不住的晚年，我的心酸酸的，知道这份守望是长天上的一朵流云，是大地上的一枚落英。忽然，母亲便提及了那张被我遗忘的照片，她说她已把它翻找出来，并告诉我的妻子说，你去照相馆翻拍时不要忘了先给它画个肚兜，或者剪块纸片把它挡上。七十岁的老母亲，终于明白了她快五十岁的儿子已长大了，不是那个赤身裸体的婴儿，也不是那个用罐头瓶接尿的少年，快五十的人了，他应当懂得害羞了，他再暴露那个“小鸡鸡”是要被人家嘲笑的。母亲的话让我一时哭笑不得，尔后静下来，又让我无语心酸，不禁悲从中来，母亲怎么了？她为何大过年的竟要想起那张照片；而偏偏的却不是其他的东西。难道她晚年的生命里只留存着这一张值得回忆的照片吗？或者她的生物钟已经逆向太阳升起的方向。我有一种不祥的预感，我明白我的守望终会有结束的时候。

关于母爱，我有很多的故事可讲，有很多的往事要说。回忆是温暖的，而回忆之后却成了淡淡的忧伤、浓浓的悲苦。时光的鸣镝飞临，流血的是无语的心灵。也因了避免这相爱的流血之苦，我们的回忆才往往走回到童年，期冀找回来时光之海里碎裂的木盆或者随风飘逝的蓝大襟。我曾写下这些美丽而忧伤的文字：

我不会忘记——用山榆木条拼起来，用亮闪闪铁丝箍起来的木盆。它曾盛满清澈的井水，随同妈妈腰肢的晃动，搓板上跳起一颗颗欢笑的小太阳。春天，我把它当作放纸船的蓝色海洋；夏日，它成为我洗去汗尘燥热的浴盆；秋季，它装满我和哥哥收的核桃、山里红……

我也不会忘记——濡染柴烟与青草气息、编织着岁月风风雨雨的蓝大襟，它是我童心与永恒的天空。母亲，劳动归来，打猪草归来，曾用它为我兜回鸽子蛋、山葡萄，兜回烧熟的毛毛豆和燎糊的青苞米。雨中，母亲把它蒙盖在我的头顶；风中，她脱下裹紧我瑟缩的身体；烈日下，又为我扯起醉人的浓荫。

……………

其实，还有许多童年的回忆拉洋片似的扯不断，小河淌水似的流不完。譬如母亲冒着扬土的秋风，拿把二齿子到收获后的甜菜地里去溜尾根，归来后在井沿儿摇着沉重的轳辘把，用冰凉的水一遍遍搓洗着把甜菜尾根洗净，晚上架上大铁锅熬煮起来，直至三星歪斜屋顶。寒冬里，这些深褐浓稠的糖汁是我们沾着金黄大饼子吃的一道记忆里的美食。还有冬日里，那些絮在棉鞋里的靰鞡草，都是妈妈蹲在灶间昏黄的灯光下，用圆木棒捶打出来的。光滑且柔软的草，像鸟窠一般温情地絮满在童年的甜梦里。回忆遥远往昔的梦愈甜，现实的景象也就愈发使我感到悲苦，感到对母亲的一天天老去而无所适从。我经常会梦见乡下的老屋、小镇的故居，梦见那孔凿开在居室与厨房隔壁间的小窗。透过小窗，我时常无意间看见浮现在水蒸气里的母亲，蓬松的黑发凝聚着一颗颗水珠儿，美丽而又疲惫。或者，一束光透射进幽暗的厨房，母亲忙碌的脸庞时或镶嵌在小窗前，苍白而有如夜晚悬浮天际的月亮。然而，即便如此这也只能是一个醒着的梦境了，凄美而沧桑。

母亲受到伤害，完全因了她的善良与诚实。她眼窝子浅，爱流泪，鸡鸭鹅狗、耕牛耕马，都是她悲悯的对象。她心事浅，爱唠叨；丈夫、孩子、亲朋邻居，都是她倾诉的知心人。她常常把她的家事、心事、快乐、苦恼都像解开包袱皮一样抖落出来，以至她的隐私都毫无保留地拿到阳光底下晒一晒。诸如她的绝育手术是在生活农场时做的，搬来乡下无人知晓，偏偏是她嘴浅，拉家常时说给人家听，弄得满村子都知道，连累着我们吃尽了被羞辱的苦头。父亲有时也成了被人嘲笑的对象。即便母亲吃了这样的亏，但搬上小镇，她还是“故伎重演”，像祥林嫂讲她阿毛的故事一样，又把她的隐私留在了小镇上，似乎她不这样讲出来，她就感到自己是一个虚伪的人。好在小镇上的孩子文明多了，或者他们母亲也有着这样的人生经历，总之我没有听到那些用在动物身上的肮脏字眼儿。母亲的诚实遭受到许多伤害，她的办法多是自己吃亏，息事宁人。记得，在乡下，她舍不得吃细粮，用攒下的白面去和农民串换小米，结果换回来的小米是“捂”的，她每次煮饭时都淘洗得把手搓红，即便如此也难以下咽。一次，我家的鸭子被邻家的鸭子拐了去，母亲呼唤着，听见了自己的鸭子叫，找到这家却蛮不讲理，按理说，母亲将鸭舍打开放回自己的鸭就是了，她有这个权利。她气得回到家只有流泪的份儿，还是哥哥背着她将鸭子放了回来。母亲受到伤害，即便有理也是人家骂来，她关窗；人家瞪眼，她低头；人家挡路，她绕开走。那时，我看到这些，真替母亲的懦弱和回避而感到脸红与害羞。母亲更让我难以理解的是，有一次，因了姐姐调转工作的事，她找父亲单位的头头去央求照顾。母亲很少去求人，看到女儿在外地孤单受苦，也看到别人家的孩子都正常地调进来，便硬着头皮去了，无权无势又没人自然碰了南墙。那位头头以为母亲绵羊性子，好欺负，说了些过火的话儿，他不知道母爱的力量。正像一头母兔为了保护幼崽不被狐狸寻到吃掉，它不惜生命跑出来试图引开狐狸的视线，此计不成它便会猛然弹跳起来冲撞狐狸。狐狸吃了一惊，跑开了。母亲与那位头头吵开来，在我的印象中，这是她唯一的一次。她不会撒泼，不会大哭大闹，女人的这些杀手锏她都不会使用，气得走回来，进家门便抽得昏死过去，像那次遭电打一样，又是掐人中救醒过来。父亲怕母亲受到更大的精神刺激，便跑到哈尔滨找到父亲曾经为之服务的老领导，央求着调来了一个名额，解决了姐姐的问题。这一次伤害，使母亲落下了抽风的病根儿，后来虽然还犯了几次，但都不甚厉害。母亲早已忘记了这些伤害，她善良的心不记得别人曾经怎样羞辱她，怎样令她黯然神伤，默默流泪，她总会念叨人家给她的帮助或者温暖的赐予，哪怕是一小筐豆角、几穗苞米，其实，这些情她心里搁不住，早还回去了。当我前年回到乡下的老屋，她还嘱托我，别忘了去看望你李大娘，她曾经送给咱家半面袋子土豆。据我所知，这个嘴巴厉害的大娘，曾经伤害过她，而且母亲还不止一次地淌过眼泪呢。为什么受伤害的总会是心地善良的母亲，而遗忘的又偏偏是她这位柔弱的流泪者呢？！

或许是流泪过多的缘故吧，晚年的母亲患上了白内障。我实在弄不明白，母亲一生何以有这么多流不完的泪水？弟弟吃上了官司，她流泪到事情了结；姐姐闹上了离婚，她流泪到两人的彻底分手；我到俄罗斯去工作，她也担心流泪。那阵子，正赶上车臣战争，电视新闻天天都有这方面消息的报道。其实，俄罗斯的疆域大着呢，我工作的地方离高加索地区要用远程导弹才能打到，因而她的操心完全是多余的。在她的脑子里，俄罗斯只装在一个概念中，那里在发生着危及她儿子生命的流血战争。对于母亲的流泪，我有时会产生怪诞的想法：植被受到破坏，水土流失，土地旱裂；而母亲受到伤害——爱也是一种情感的伤害，为何她的泪泉却不曾枯竭，而且晶莹清澈?！

母亲把她的爱锲而不舍地播种到晚年，像她在乡下洒秋菜籽一样地精心。白内障手术后，她看人模糊的眼睛重现光明，精神矍铄起来，似乎要找补回来她这两年被贻误的母爱。还能为儿孙做什么呢？絮棉衣棉裤，她用温暖的双手和寒冷的冬天抗衡了一辈子，以棉花和劳动焐热了儿女们的人生。儿女长大了，她转而去焐孙男孙女。这些年来，母亲几乎承包了下两代人的过冬棉裤。好像缺了她亲手絮成的新棉旧花，儿孙们便不晓得该怎样度过寒冷的冬天。她跑到大哥家，弯腰弓背在火炕上，用青筋凸现的双手铺展一片雪云，濛濛飞絮溶入银发，白了眼眉。三口人，一人一条青布棉裤，看着他们试穿得很合适，她晚上愉快地躺在火炕上直哼哼。弟弟家，她又给小孙子絮了一条。弟弟和弟媳很现代，并不买她传统手工的账，这让她心里不舒坦一阵子，嘴里常唠叨：这大冷的冬天可不是闹着玩的！其实，现在的冬天已经不像早先那会儿冷了。母亲絮絮叨叨，陷在温暖的沙发里，打起了瞌睡，旁边枕眠着她养的那只慵懒的老猫。

时光无疑是残忍的，让童年的满眼苍山和母亲光鲜的容颜变得面目全非。我曾回到乡下，老屋不复存在，空旷野地已被红砖红瓦蚕食掉了很大的一片，我看见那个宰牛的地方盖上房的小院飘起了婴儿的尿布。从前老屋南窗所含目的翠丘青岭，都化为濯濯童山，耕地毁灭了天然的植被，破坏了山蛇、野蝈蝈、雉兔雀鸟的生存家园。侵蚀沟纵深如网，宛然母亲额头上衰老的皱纹。我少年生活过的小镇也是如此，一副停滞发展的颓颜，故居被拆除，门前那方草场拥挤着黑色的屋脊。在默然寻找中，记忆里只复读那只用来接尿的罐头瓶和母亲裸背里两颗空瘪的乳房。在这里，母亲没有用来表白她的爱，只是说“你是我生下的儿子”；母亲也没有言及她所受到的不应该的伤害，只是用泪水洗去了遗忘。她的心空永远悬浮这爱与善良的彩虹。

母亲背着求医的我爬过的那道铁路天桥，已然苍老着黧黑的背影了。而今年迈的他们居住在的省城的这条老街上，有一座教堂，母亲就在它的小广场上活动身体，或者坐在花坛的边沿上，一边暖暖地晒着太阳，一边默默地想着心事，或者她会想到我童年光腚的照片，想到弟弟哭闹着要那个燃亮的灯泡，也许还会想到冬天，她亲手絮进去的那些数不清的棉花，怎样气得老北风掀撅起他的雪白胡须。在教堂的钟声里，她全然记不得任何人对她还曾有过的什么伤害，也不记得痛苦往事的泪水，似乎教堂让她寻访到了一个心灵沧桑的皈依：爱与宽容。

母亲终于走到了一颗善美心灵对这个世界的遗忘。当她患病之中，我抱着她瘦小的身体，就像她在我的童年抱着我一样。爱在交融着，爱也在伤害着，爱更在为彼此寻找到一个天堂。只是我的天堂在母亲的生命里，而母亲的天堂却在另一个我无从知道的世界里。为了母亲的灵魂有着依托，我还有什么理由再拒绝宗教的信仰呢？

天堂是存在的，我听到自己心灵啜泣的回声——

天堂——是——存在——的……

第二章

流泪的火焰

我的头脑里没有天堂的概念，我是因了母亲的灵魂不再浮云般地飘荡，而最终承认了在生命与心灵之外，有着天堂的存在。母亲以大地的子宫孕生了我，用江河的乳汁哺育了我，使我得以在天空下走路，在田野里劳动，在生活中思想。母亲是我生命中第一位接触到的平凡而伟大的女性，她虽不识字却配享这些文字的礼赞。母亲走到天堂里，我的祈祷只有一句：她不会受到任何伤害了。

母亲在活着时，将我交托给了另一个与她同样质朴而善良的女人，这便是我的妻子。似乎母亲所受到的伤害还没有完结，我便又真实地经历了另一个女人的默默啜泣，静静地流泪。这难道就是我生存中的一个宿命吗？我从不信命，因自小受到母亲的影响，而无任何的宗教观念，这也是我崇尚自然的一个极其重要的缘故。从另一个视角说，自然以及自然界中的生物并没有给过我任何的伤害，在我的记忆里，没有被狗咬过，被猫挠过，被马踢过，被蛇毒过，倒是我的童年蒙昧，用弹弓打过麻雀，拿石块去砸穿越土道的“长虫”，以树枝掘毁蚂蚁的家穴，攀缘树上强盗般取走了等待孵化成生命的鸟蛋，这是我漫忆童年往事所追悔莫及的事情。假若再给我一个返老还童的机缘，我决不会再去做这样的错事、傻事了。

其实，因了生存的需要，我的童年对自然有意识或无心的伤害还远远不止这些。为了以蛙腿充饥，我们残害了这位田野里猎捕害虫的能手与歌手；为了御寒取暖，我们拖着爬犁，躲避开护林人的监视，而挥动斧锯将冬眠中的杨树、桦树、山榆砍伐回家，尔后又分段肢解了它们，或埋进雪堆里，或塞进燃烧的灶膛、火炉，在腾起的烈焰中，潮湿的树干发出滋啦啦的呻吟，清白的表皮汪起细密的气泡儿。那时，我一颗不谙世事的稚嫩心灵不晓得这是树们——年轻的青杨、亭亭的白桦，在焚身中的最后一次哭泣。我真的不懂得树们还有着像人类一般伤离别的丰富情感，轻声地啜泣，默默地流泪。在山地，我残忍的童年砍倒了多少颗正在成长中的小树，已很难确数了，而今我曾经生活过的乡下的濯濯童山，潜隐着我挥动斧头的罪孽身影，倘若自然设立法庭的话儿，我应当是一个被审的“少年犯”。我不想再躲藏起来，为童年辩解或者以天真快乐的回忆来粉饰往事，我只祈求流泪的树们、失去家园的蚂蚁、被绑架走幼稚儿女的鸟雀以及自然的山林，宽恕我们的蒙昧与无知吧。

我之所以脑海中重现火焰里树的流泪，是因为我在艰难的生存中体验到了自己被痛苦煎熬着的滋味儿。我饱含着细腻汁液儿的敏锐情感，就像被命运之手塞进生活灶膛的湿木头，忧伤的烈焰腾空而起，伤及了我的肉体与灵魂。我痛苦万分，是为了我所爱的人：母亲和妻子。对于河水一般向前流淌的时光，对于危及美丽人生的疾患与死亡，我们更多的时候爱莫能助，既不能拿出一套行之有效的办法，又心存着不甘。就像草原上的野兔、鸟类，面对着强悍的入侵者，它们一方面不甘心家园被毁、爱子被食，而另一方面又无奈地面对着弱肉强食的严酷现实。它们远远地在自己家园的外面转着圈子，入侵者大腹便便地离去了，草地上残留的斑斑血痕，让它们哀伤、痛悼，尔后便带着流血的心、伤怀的回忆，去寻找另一块新生的草原，重新筑巢与安家。做这个譬喻，旨在说明我五十年生活中所经历的痛苦，它像强盗一般闯入我曾经充满着安详快乐的心房，用皮靴践踏、蹂躏美丽情感的花草，以粗暴的方式击碎装满爱情琼浆的瓷坛，然后扬长而去，狼藉的局面让两颗柔弱无助的心灵，一边悲愤地流着血，一边充满着绝望与希望的情绪收拾着，因为生存还将继续。而生存者也就不能不把自己所面临、所承受的痛苦，用炼狱里的火锻制成一面闪耀着美丽光泽的青铜盾牌，去抵挡命运纷射过来的冷酷箭镞。也因此对于妻子的痛苦，我除了涸辙之鱼的相濡以沫，便是以我外在的平静与虚饰的欢乐，来迎接善良的垂询以及恶意的目光。这还不完全是我与妻子生命之沉重的缘故。对善意，我们还以善良的感激；对恶意，我们掷还给它伤害的蔑视。我们相伴着行走在阳光下，沐浴在和风里，混迹在人群中，我们不顾虑心存善良的同情，我们——尤其是我，害怕与厌憎廉价情感的怜悯。我们活着一天，便不会是爱的乞丐；我们死去，也终将成为灵魂的富翁。虽然，我们因为爱而被痛苦浸泡，而被火焰煎熬，但我们彼此享受着各自心灵的美味儿，这套炼狱里烹制出的精神大餐，我们会以独特的方式分享到天堂。天堂没有怜悯，没有恶意的伤害，天堂只生长着一种灵魂的作物——平等的爱。

我的初恋像所有的人一样甜蜜而欢愉，有谁见过或尝过蜂巢酿贮的是痛苦的液体？我与妻子的初恋，是以蜜蜂与花朵的形式出现的。尽管此前，我们都有着一段鲜为人知的蝶恋花的苦涩历史。如同美丽的夏天，菜园里的作物都在绽放花朵一样，我们少男少女的心灵也为阳光和雨水而躁动。只是在那个大人们原始做爱而欺骗孩子从石头里生长出的“性朦胧”的年代，我们只是对自然的性爱充满神秘的探索与怪诞的幻想，对异性心存着生理上的本能喜爱，如蜜蜂、蝴蝶为着花粉所诱惑。然而，因了我们不懂得初恋的爱情，我与女同学和她与男同事的彼此交往，都成为一场游戏——作物的谎花尽管开放得很美丽，却无从坐果。那是在大金故地的盛夏，当我们正各自承受着失恋的痛苦时，彼此相识了，蜂与花演绎成了初恋的甜蜜与相爱的结局。我的许多爱情诗（算是吧）都写在这一时期。它绽放的花期有三五年之久，随着一场突然袭临的暴风雨，我心灵残存的花瓣盈托着痛苦的泪水，终于结束了诗写的初恋与爱情。作为纪念，我将部分恋语结集在一本薄册子里——《绿色触须》。这其中有两首短诗真实地传递了我痛苦之后的忧伤，作为时间的证人出现在这里。

当我选择了你
我就注定一生
都在你的眼睛里跋涉
都在你的心里跋涉
感受着一个追求者的
痛苦和欢乐

我的爱是一条内陆河
欢快地奔向沙漠
奔向沙漠
就再也不回来了
你的心
还有绿色的骆驼草
一定会理解我

还有写在此前的另一首诗，也表达了我经历妻子悲伤后的迷惘而执著的心境：

一树红枫
不再把我感动
正如过多的吻
已难以点燃血的沸腾

秋叶如画
无法将我挽留
我还要翻过那架
陡峭的山峰

其实，那时的我还没有做好承受痛苦煎熬的心理准备，也不晓得在秋霜铺地的季节，当翻过用时间构筑成的陡峭山峰，站在生命的垭口，将会看到藏躲在岁月背后的神伤景象。是冷风吹刮出的凄楚热泪，还是积雪掩埋下的情之血珠，爱之红豆？就像那首站在茫无涯际的雪野上从胸腔肺腑里所撕裂出的歌声一样：我不知道，我不知道。如此这般地茫然无措，是因为我正品饮于爱情美酒的时刻，并没有虑及躲闪在幽暗角落里的魔鬼，他趁着我的陶醉而偷袭了我睡梦中的天使。他毁坏了她青春的胴体，她美丽的容颜，几近在心不设防的瞬间，摧垮了一个女人为美——人生与自然美——而生存的信念。这样的严酷很近似旷野里一棵生长中的树，正当满怀欣喜地以绿色的手臂迎接春雨的降临时，猝不及防中被一道闪电的火焰所击焚，用来舞蹈的肢体语言残缺了生命的一半，从此它赏心悦目于旅人的美丽被改换成了叹惋与怜悯的目光，可想而知这棵树的无言痛楚，只有深深扎根在大地里去了。它想恢复生存的信心和力量，就必须摒弃外界的怜悯与天空虚无的赐予，而从泥土的母爱里汲取更多的养分，用自身痛苦转换出的血液来修补被劈裂烧焦的残体。这种自我补液的生存方式，使这棵旷野里伤痕累累的树，得以萌生绿色的生机，也得以逃离开斧锯与火焰的垂顾，更为重要的是它重新赢得了跋涉中的旅人的赞美，也使得曾经的叹惋和怜悯者而感到一种难言的羞愧。

我和妻子并非草木，也不像那棵旷野中的树，一时间完全残毁了生命之美。倘若这棵树是生活在村庄与炊烟的瞩望里，那么它就不会有疗伤和再生的机缘，人们会找到一个借口，将其斧锯加身，尔后塞进灶膛里，化为另一股别的树所看到的炊烟。那时，如果让我来重新选择生存的空间，我会毫不犹豫地携妻逃离开人群，像旷野里的树一样来选择孤独。美丽共欣赏，欢乐共分享，而痛苦——表象的、内里的、精神与思想上的，以及灵魂深处蛰伏着的，只有痛苦相爱者彼此舐伤疗痛，在躲避开怜悯的深夜里两颗爱心相拥而泣，以真挚纯洁的泪水来洗涤时间的伤口，来滋润因绝望所产生的龟裂心田。

我们注定无从逃避，如同生存在浅水里的大鲵，因其丑陋而引来了猎奇的目光。大鲵与枯叶蝶的悲剧在于，一个极丑而另一个又极其珍美，因此它们被捕捉，被伤害，乃至到了绝灭的边缘。人类的尤物，并没有完全意识到自己的生存悲剧，他们一边毁灭着自然的美而膨胀着心灵的恶，一边残杀着外表丑陋、本性善良的生物，如乌龟、巨蜥、大鲵，而流失着人性的善。彼此之间愈来愈缺乏真诚的沟通与交流，都将软体的灵魂龟缩进外表冰冷的壳里，自私地吮吸着自己分泌出的快乐的黏液。另一方面，人类又在这个小小的地球村里，扩张着伤害的范围，把它的利齿咬向大地、森林、海洋，咬向自己同类的肉体和灵魂。土地上的血腥几乎都是人类亲手制造的，受到肥沃的作物，一半是身体里的汗水，另一半是被残害的动物和人类自己相互残害的血水。

我写下的文字如此刻毒，如此不近人情，这也正体现出我对文明野蛮的绝望，也源自我对所爱之人心灵的无助。我爱母亲，然而我柔弱的童年、少年，却无从铸就一面坚实的盾牌，去为她遮挡伤害的流矢箭蝗；当我有了坚强有力的臂膀，我又不能倒挽流逝的时光，唯其看着母亲衰颜老去，在流血的夕阳里走远，沉没于死寂的大地。我爱着妻子，然而我无从拯救她"女为悦己者容"的心存伤痛，我只能用心灵的花瓣承托着她夜梦里滴落的泪水，眼望着她生命里的痛楚在一天天蚕食着青春的美丽。我们何曾不想咬破自己的痛苦，作一次欢快的飞翔，然而，我们的泪水太沉重了，它打湿了灵魂的翅膀。

没有经历这段的痛苦——我们不要以为在这个世界上只有死亡才是真正的痛苦，那个瞬间的到来其实并不可惧——我不会产生如是痛悲：在生不如死的煎熬中，两颗相濡以沫的心要承受着生存的磨盘周而复始地旋转，脱去坚实的皮壳，让柔弱的灵魂布满石质的划痕。这样的痛苦绝不比一颗子弹打入心脏而有所减弱。我曾经去过陶金的墓地，面对他的死亡，我并没有产生过多的忧伤，仿佛他的舞姿还翩然在时光的舞台上，他肢体的语言也似乎还在讲述着阳光下生命的感动。黑色的大理石，没有使我生发泪雨的念头。然而，当我读及他妻子赵丽萍写下的这段话时——你再也不是往日那个英俊、健康、生机勃勃的男子汉了，你是这么瘦弱、无望、挣扎在死亡线上；你是这样依赖你弱小的妻子。我紧紧握着他干瘦的手，望着他可怜无助的眼神，他是如此的需要我，依恋我，而我却什么也帮不了他。——读到这儿，我流泪了。望着深夜灯光下睡在身旁的妻子，心瓣像被角质的鸟喙啄裂一般撕痛，血流了出来。我拭去泪滴，用铅笔在这段文字的旁边写下三个字：爱无助。

准确地说，我们的爱不完全是悲怆的，初恋有着它的甜蜜内核，花前月下，海誓山盟。婚后也曾颠鸾倒凤，举案齐眉。完婚的第一年在岳父家暂住不久后，我们便在城郊的一户农家蜗居下来。半砖半坯的油毡纸房，三大间，房主占东首，我俩营筑西间的暖巢。我们买来油漆，把它兑成漂亮而淡雅的湖蓝色，把被风雨剥蚀的窗框、木门油漆一新。妻子上街买来花盆，移栽上台湾竹、葡萄莲以及君子兰、对红。半截钩花图案的白窗帘，以艺术的构思遮掩我们的亲昵与隐私。我们在烧热的土炕上行云布雨，在激情地冲撞中挥汗如雨地播撒着爱情的种子。女儿的生命便是在这里绽花坐果，怀胎十月的。突然有一天，妻子感到肚腹疼痛，我陪伴着她走到医院，当夜女儿便降生了。这间深值得我们怀念的“土屋”，几乎完成了我们一生中爱情的全过程，真实而生动地记录了我们身为人父、人母的激情创造与欢欣。那时，妻子从娘家带来一台小录音机，我们工作之余或节假日便厮守在一起，聆听刘明义的歌：我俩默默地走着，谁也不想多说些什么，晚霞映红了丰收的田野，爱情的种子也已经成熟。从“土屋”东行向北，便是一片开阔的野地。我们搬来的那个夏天，这里播种着大片的西红柿。晚饭后，我与妻子也时而穿越西红柿地，到地北头的一片小树林里，随风漫步，欣赏着夏天日落黄昏的火烧云，妻子沐浴着霞绮很美。脸颊染红，目光流彩，宛然我心中爱慕不已的女神。 然而婚后的第五个年头上，在搬至工厂区的八平方米住宅里，我们遭受了“祸不单行”的灾难：妻子失去了她人生的美丽，我也成了权利之争的牺牲品，对爱者的无助与对自己命运的无奈，使我跌入前途黑暗的深渊，看不见未来，也寻不到生命的支点。我蜷缩在受到伤害的灵魂里，以痛苦和孤独为伴。此刻，我是官场上的失败者，是凄绝爱情的守望者。失败与守望构筑了我思考社会和人生的思想基石，也使我更深刻地理解了困苦绝望中的爱者何以彼此救助，相濡以沫？而浸在欢乐蜜汁里的夫妻，又何以风卷残云般的移情别恋，劳燕分飞，乃至反目成仇？！

初恋以至刚结婚的那几年，我读及李商隐的无题，对其名句“蜡炬成灰泪始干”并不理解。那阵子城郊的“土屋”经常停电，蜡烛便以燃烧照亮了我们的生活和对爱情的凝视。这样的夜晚，有如经典的浪漫，我与妻子分坐在蜡台的两侧沙发上，隔着摇曳的火焰读书或者读眼神儿，总之，那是一个很美妙的时刻，以蜡烛的流泪来堆积我们的快乐生活。当轮换到蜡烛的角色时，我才真切地感受到燃烧黑夜、照亮爱者不仅仅需要流泪，而且还要呈献失去快乐的痛苦。

我清晰记得那一年夏天痛苦时刻的来临，这一段经历，已在我第一部书《生死之旅》的《碎壶》篇中写及。那一年妻子28岁，初病的八月，单位给了她一个去北戴河疗养的名额，于是她抱着三岁的小女儿去了。我到火车站去送她娘俩，深夜的月台凉风吹拂，妻子穿着蓝色的连衣裙，不胜轻寒，她尚未从痛苦的网里挣脱出来，心灵笼罩着悲观的阴影。或许，远方蔚蓝的大海能洗去她眉尺间的忧愁。浴着星光，我一个人走回家，原先拥挤、喧闹的小屋，退潮一般冷寂，我好像荒凉的沙滩上被遗弃的一枚珠贝，空落的心里只能分泌出孤独的幽怨，而我为了生存，又必须汲吮着这些自我排泄的痛苦，并将它们用不失望的信念转化成生活的前进动力。我的另一首小诗透泄出我此时的心境和情怀：

如果是绿色的欢乐
我愿一路幸福地撒播

无助

如果是深重的苦难

我就一人默默地驮着

骆驼啊，骆驼

那时，确切地说，我心灵的脆弱离沙漠之舟坚韧跋涉的精神相差悬殊，更像是一头磨道上的毛驴，一圈圈难以走出自怨自艾的心境。在妻子面前，我装扮得很达观，也很自信，无人处或者黑夜里换下假面具，我便沉入欢乐的另一面。一个人的舞台是不需要演戏的，孤独的心灵是自己真实的观众。

经过一段漫长的时光，我们的痛苦得到了沉淀，如夏秋之交的洪峰过后，浮躁的河水恢复平静，悠然清澈起来。我们不再躲闪在各自痛苦与孤独的甲壳里，我们也不再逃避公共场合里追逐的目光，软体动物的生存本领启示着我们，为了绝境中的生存，只有自我救助——一边分泌出痛苦的液体，一边向着远方不可知的命运艰难蠕动或者顽强地爬行。

我和妻子工作的这家企业，是闻名全国的大型糖厂。行内人士爱称自己的职业为甜蜜的事业。我们的初恋与婚后的五年是甜蜜的，拥吻、做爱、得女，虽然物质生活匮乏，怀孕的妻子吃着两分钱的红糖冰棍，分娩时也不过炖煮了一只老母鸡，在女儿的幼小记忆中，最香的美食是大米饭、土豆丝，但我们生活得快乐、幸福而充实。不像后来，我们的生活条件在逐步得到改善，而灵魂却备受着精神上的煎熬。我之所以和妻子经常怀念起初恋，是因为那段岁月的天空没有一丝云彩。我们也时或眷恋起城郊的“土屋”，那里承载着欢乐激情的生命创造。而厂区的小屋，我最怕触及，似乎那里贮满的都是过苦过咸的海水，我们打开心扉便会被淹没在痛苦的挣扎里。往事不堪回首。

在流逝岁月分泌痛苦的爬行中，我们丢弃了过多借助于甲壳的保护。妻子渐渐走出生活的阴影，开始少了泪水，多了笑容，终日畅游在母爱的海水里：听着女儿牙牙学语，扶着女儿蹒跚走路，看着女儿背上书包去学校。母爱的海水是痛苦的融化剂，它在腐蚀着时光的冷漠与残忍。而我也知道我所伸出的这条柔弱无助的爱之手臂，虽然托举不起东方太阳的冉冉升起，但伸出就比退缩要道德得多，也高尚得多。我历来拒绝承认自己心灵的崇岸，情操的高洁，我也不回避自己的卑琐与肮脏，欲念与自私。我既然是高级动物，自然就要或多或少地复萌着动物的本性，我们之所以被称为“人”，是因为我们能在理性、道德、思想的土地上站立起来。

我崇慕远古的夸父，我不认为那是一个不可接近的神话，我们的心灵每天都在完成自己的逐日壮举。我们没有倒下，没有投杖化为桃林，并不能就此言说我们不够悲壮，是“语言的巨人，行动的矮子”。我们不能要求涸辙之鱼沧海戏波；不能强求比翼之鸟翱翔沧冥；更不能把一个诸如我一样的小人物——拔苗助长成一个求助爱情脱离苦海的虚假英雄。这个时代没有英雄，批量生产着逃避道德与责任的机器人。他们的冷漠外壳比软体动物的还要庞然与坚硬。

我没有托起妻子浸浴苦海中的希望落日，我唯一能做到的是默默地陪伴着她坐在黑夜的海岸线上，共同等待着岚风里的生命日出。初恋时期，我有过传统的海誓山盟；蜜月前后，我有着现代的情诗言志。当台风临岸，毁坏了我们爱之暖巢，我所有的表白都涅槃在心里，生死衔枝相依，不需要言语和承诺，也拒绝着伪道德与伪崇高。一生只牵记着一个人、一颗心，欢乐是你的，痛苦也归属你反刍，记着这就是一笔财富。

我们终于熬到搬离开那间“苦宅”，也似乎在向我俩的一个苦难的时代告别。我把新居粉刷成三种色调：南屋淡青色，象征着春天；北屋黄暖色，蕴藉着秋日；客厅雪白，冬天的本色。我与妻子都很快乐，想告别过去，重过一种新生活。我把曾经装塞在布袋里的大文豪们都解放出来，他们站立在蓝色的书架上（我喜爱湖蓝），迎接着我渴慕已久的目光。我一一抚拭过他们的身影，知道我生存的力量潜蕴在这些复活的文字里。妻子又搬来花盆——寄存娘家的、办公室的以及新从大街上购买的，总之，摆满了窗台，挤不下的临时放在阳台上，因为还不到苦霜的季节。女儿拥有了自己独立的房间，她不用再挤在妈妈的身边，扮演着我们亲昵交流的"小警察"。我也告别了二层铺上咫尺天涯的流浪，与妻子同枕共眠，欢乐在一起，痛苦也在一起。这时的妻子已经很少流泪了，不像以往我起夜时从吊铺下来，时或看到她脸上悬垂的泪滴，或者梦中的泪痕，这一切心碎的景象似乎已成为一个遥远的梦境。如同暴风雨过去，乌云四散奔逃，雷鸣只在天边的嗓子眼里低吼，呈现头顶的是倒扣在穹宇的一片大海，湛蓝而洒满着美丽的阳光。妻子宛然又回到自己的少女时代，只是她拖在背后的那条舞蹈在春风里的大辫子，已然在我们结婚时剪掉了，很可惜在我们生活窘迫的岁月，它被南方客收走了。妻子恢复了以前的快乐与信心，她走进了乐池，初始是躲闪在灯光里，而且所选择的舞伴是自己的女友。渐渐地她摆脱了玉颜被损毁的窘迫，净化于高雅优美的音乐里，仿佛煦风里柔软的枝条一般，用轻盈的舞姿迎接春光的到来。我也慢慢在蜕去——像钻出泥土的蝉——痛苦的皮壳儿，恢复了对忠贞不渝爱情的歌唱：

闪电在你的眼里熄灭了
可留给我的不再是沉沉黑夜
狂风中我勇敢地前行
飞奔成一朵带电的黑云

我是拒绝跳舞的，天性中缺乏乐感和音律，在乐池里我就像戴着镣铐跳舞的囚徒，不是踩着优美的节拍，而是笨拙地踩上舞伴的脚，而且我也不晓得眼睛该看哪里？与另一双眼睛对视，我深感自己柔软的灵魂，会掉进深水井里，而且会伤及另一个痛苦的人。跳舞风靡于那个苏醒的时代，但我很少走进舞池，不是思想封建，而是不喜欢。我并不反对，甚至怂恿妻子去参加夜晚的舞会。当看着妻子巧妙地化过妆，穿着她那身淡雅的藕荷色或白色的连衣裙，走向仲夏夜的时刻，我感到欣慰，与此同时，心里也酸酸的，不是醋意，而是预感这样欢乐的日子对于她会越来越吝啬了。大自然对万物慷慨赐予着雍容的美丽，而对于我妻子却施以残忍的不公，刑罚着她的善良，鞭笞着她的淳朴，这是多么有失公允呵！

我和妻子只跳过一次舞，以后我不会再跳的，心灵曝光的一瞬只留下这一张记忆的底片。在往昔的生活中，我们有着多少回忆的底片，都被杂乱的生存状态和浮躁的心灵遗弃了，当我们懂得返身去寻找时，往事已成为长满荒芜野草的废墟。流泪与追悔无补于事。我清晰地映现出那个美丽的仲夏夜，我们走向舞池的路上，金黄的圆月浮游在河堤的柳树上，晚风习习。妻子的雪白连衣裙宛然波光里盛开的一朵莲花，款款飘移，如梦似幻。舞池里，我们手牵着手，我挽着她柔软的腰肢，在彩光的变幻里凝视着她的眼睛。这支表演的舞曲是谁选择的？《枉凝眉》，太叫人感伤了，从此我俩一生一世都逃不脱这枉凝眉。妻子泪光莹莹，好似夏夜的露水打湿了时光狭长的叶片。我心海起伏，一叶情感的白帆被所爱的泪水浸透。我多想这一刻，夫妻双双化蝶，飘飞进一个没有痛苦存在的地方。当时，我没有流泪，是因为这些湿重的云朵，在十七年后远方的大草原上等待着我。这次遥远的流泪，我已经真实地记录在我的草原之行《泪浮地平线》里。我当时聆听着女友的一曲《枉凝眉》，幽暗里仰头在沙发上，泪水泼面，宛然漫长时光挤压在石头缝里的山泉，静静地涌流。我仿佛一时间迷途了情感，失去了生存的记忆，在哀怨的心里反复地辗压着脱去皮壳的灵魂之痛：枉凝眉，为何相爱的心却总是在枉凝眉，成为镜中月、水中花？

我曾经与痛苦生活中的妻子有过两年的离别。这是因了工作，也是因了困境生存的需要，我远赴俄罗斯的西伯利亚。这是我们自结婚以来，最为漫长也最为刻骨铭心的一次伤离。我将在后文《人性的弱点》与《遥远的爱情山》中如实地记录这段往事，其中有痛苦的煎熬，有刻骨的相思，有对月的寄怀，也有欲念的蠢动，爱与情的碰撞，灵与肉的搏斗。我真诚而带有忏悔的心灵把它写出来，既是为了清洗原罪，也是为了纯洁我们的爱情。虽然锋利的手术刀旋去肿瘤时会血流如注，但肌体却得到了免疫，灵魂却由此获得了新生。这是一个痛苦的过程，像婴儿带着血污分娩，然而却又是一个新生命的洗礼。对这段两地生活以及情感的煎熬，我仅用下面简练的文字加以表述——

每次出发，妻子都是一边整理着行囊，一边背着身擦眼抹泪。临出发那天，我们在家里珍重吻别，她踐着脚儿，我低垂着头。她柔软的手臂像常春藤一般环绕在我的脖颈上，久久不愿松开。彼此都心知肚明，这不是生离，更算不得死别，然而情感却难以承受这样月圆月缺的分开。她送我到车上，人多眼杂而且结伴的都是熟人，她强颜欢笑，泪水却又分明在黑了的眼圈里转动。我的心感到酸楚，回旋着柳永的《雨霖铃》，“执手相看泪眼，竟无语凝噎”、“今宵泪醒何处？杨柳岸，晓风残月”。从前读这首词，用的是眼；今天读这首词，用的是心，是生命的一次真体验。等待的日子是漫长的，从“春草更行更远还生”到冬雪飘飘，长河冰封，我们终于在年关前久别相逢，走进家门俩人又是一番长久的拥抱，这回我是藤，把她柔柳一般颤抖的身体紧紧裹绕，尔后是激情的碰撞，烈火的燃烧。渐至老境，我们时而回忆起这段往事，就像一个刚做完还来不及走出的梦境。

我们仿佛欠着前世的情债，或者说就该承受命运的摆布与磨折。似乎我俩所经历的苦难，还不足以偿还爱情的赐予。我们赖以生存的甜蜜事业，终于走向了它自吞苦果的破产。我不想去深入思考它衰亡的政治、经济与人为的因素，那是我的另一部书《甜酸角》所担负的使命。总之，痛苦中的我们又被推向了前途迷茫的求生边缘。这对涸水之鱼——我与妻子，无疑又是天降苦霜。玉颜残损，肚腹危机，生存的压力骤增，而世态炎凉以及来自亲情的伤害，使我在那个特殊的时期更感无语伤痛，夜半猝然醒来，推不开眼前的沉沉黑暗，无来由地生发出感伤，常常是俟至绛紫色的窗帘露出血色。我在很多的文章里，都写及了卧室里的这道绒布窗帘，其实，它的色泽十分凝重，而且图案美丽，暗印着西湖十景之一的三潭印月。它的流血，分明是我痛苦心灵的一个映象。在创作《生死之旅》时，我每天早晨醒来，都把它看成是昨夜流过血的生命乃至灵魂的旗帜。我以后可能还会不厌其烦地写到它，它是我的一个文学思想的象征。

企业破产的这段历史与我们夫妇情感的真实体验，我都零打碎敲地写在了《漱玉苦影》与《壶碎》里，长篇散文《非典时期的生死旅行》也有所涉及。我想说的是，这是一个强者呼唤变革的年代，但同时也是一个弱势群体无所适从的年代。曾经习惯了被人领导着端着铁饭碗去生活，突然间的一个转折，让自己去摆布生存的命运，使得众生还很难从惯性的轨道上脱离开来，而且又缺乏应有的技能，因此也就弱者更弱了，但这又都咎罪于谁呢？我曾为这个弱势群体里的一员，我同情理解失业的他们，但也仅限于此，因为我也还挣扎在这张痛苦的网上，看着妻子失业的愁颜而且爱莫能助。

妻子心灵的痛苦与精神上所受到的伤害远远地没有结束，因为生命的路还很长，而一些意想不到的歧视与伤害还会时而发生。去年献血的事，就曾走到她美好愿望的相反方向。有关义务献血，我们在私下里已经议论了很久，觉得这既是关心公益事业，又对身体健康有利，而且家庭成员一旦需要输血还可得到相应的免费与保障。妻子跃跃欲试，一天，与女伴们相邀着有说有笑地去了市医院。当晚，我下班回来，看到她无精打采，而且满脸的伤感，便晓得她的献血出了差头。果然如此，同去的女伴一检查都过了关，偏偏是她的病所不允许的。她的热情被兜头浇上了冷水，而且最使她难以接受的是那些穿白大褂、戴口罩的人，一副冷面孔，一脸怜悯。这一夜，她黯然神伤许久，后悔自己的选择，是一桩自讨苦吃的错误。我除了好言抚慰，还能说些什么呢？我深责自私不该怂恿她献血，以至再一次伤害了她善良的情感。当然，这样的蠢事不会再发生了。尽管生命还将在漫长的时光里前行，流泪的火焰也还在痛苦与爱的心灵中燃烧，但我们相牵的手不会撒开，直至这眼前的世界不再属于我们。

第三章

往事的角落

爱情鸟比翼齐飞，是因为彼此有着慕恋和情爱。它们在天空中飞舞，在树林里栖居，同巢而眠，相伴生死。我们赞美爱情鸟，是因为我们在很大的程度上不如它们的自然和谐，不比它们的美丽忠贞，这完全咎由我们人类的思想太复杂，情感太丰富，欲念太强烈，因而迭出婚变，劳燕分飞，无可讳言人性是有着弱点的。比翼鸟的弱点在于他们的柔弱，而人类的弱点是因为他们过于自以为是的强大，错误地把自然与世界当成自己役使或任意摆布的奴从，把另一些同类的弱势群体当作自己强食的对象，正是这种不可扼止的强烈欲望，包括性的占有，贻害了人类自身。我身体里曾经生长过这种可怕的欲念，它如野草一般覆盖我情感的土地，令我在生活的秋天里感受到歉收的痛苦。我的爱情没有遗失，不是因为我的崇高，而是道德与责任的手指，把我从迷惘的沼泽地引领向坚实高岸上的白桦林。

面对着一双双诚实的眼睛，我必须还以诚实的解读：在我写这本书以前，我没有肉体上的一个情人。我婚后的生活中，妻子担负了双重角色：贤妻良母与我的情人。我必须承认，我的快乐既有着她的愉悦，也有着她的痛苦。爱情与性的自私，在东方根深蒂固的观念中赤裸着男人的丑陋和愚蠢。我也必须认账，我的生存中打上了这样可耻的烙印，如古代黥刑的犯人，只是我的刺墨不在招摇的脸上，而阴刻在看不见的灵魂里。这是多么的不可理喻呵，我是我自己灵魂的犯人。我的鞭笞留着网状的看不见的忏悔血痕。

我没有情人，不等于我意念上的空白。可见，我是有着情人的。在童年，我和其他男孩一样有着很深的恋母情结。我眼中的年轻母亲是世界上最美的美人。她的瓜子脸，杏核眼儿，唇红齿白，就像我家土墙上贴着的年画一样，后来我才羞愧地知道那是中国古代的四大美女。我的恋母情结持续到15岁，也就是我大病初愈的那年，看到了母亲的空瘪乳房，我方如梦初醒地意识到：对母亲的爱恋，是人生的一个美丽的错误。我的恋母情结似乎在这一年才算真正的结束。差不多在同时，我对二表姐的内心暗恋，也消失掉了。在本书第二部里，我将写及二表姐美丽的相貌与她并不美丽的人生命运。

在我身处那个极其愚昧的性扼杀的年代，我与同龄的孩子一样生活在动物一般的性盲区里。学校关闭生理学教育的大门，家长对性的问题躲避如瘟疫。我的父亲不准许我读《青春之歌》，妻子也遇到与我相似的经历，她的父亲不同意她读《新儿女英雄传》，并将书藏了起来。在他们惶恐的意识里，这一类描写男欢女爱的书籍（其实这方面的文字描写在今天看来少得可怜），会影响到自己孩子的身心健康，不利于他们的成长。显然，这是一个教育孩子方式的误区。在2001年，我曾就东西方对性教育观念的不同，草就一篇思考的短文，抄录于兹：

有这样两则关于生命来源的小故事，引发了我对生命询问的深沉思考——

一个是中国男孩和她母亲的对话：

“妈妈，请问你，我是从哪里来的？”

母亲回答充满着疼爱的语气："傻孩子，你当然是从妈妈的肚子里生出来的。"骄傲的母亲还很自豪地拍了拍自己那个曾经诞生了伟大生命的地方。

"你净骗人，我这么大，这么沉，怎么能放到你的肚子里去呢？"儿子产生了疑惑的茫然。他长得太快了，健壮的体重眼看就要逼近母亲的水平。

面对着儿子的穷追刨根，母亲显然没有做好心理准备，于是，她采取了一个东方传统式的"师道尊严"。

"乖孩子，你还小不懂得，等长大了你就什么都知道了。"

真的如此吗？怕未必。

另一个故事，讲的是美国孩子与美国母亲。对孩子追寻生命的来源，母亲把自己的丈夫找来，直率地告诉孩子父母如何从初恋、亲吻直至生活在一起的全过程，又找来生理书，耐心地向孩子讲解精子与卵子是如何结合而创造出生命的奇迹。

孩子拍着手欢叫起来，他终于弄明白母亲的肚子确曾是他生命诞生的摇篮……

在文章的最后，我得出这样的结论：在对待性与生命的问题上，美国母亲就要明智得多，也坦诚得多，深谙孩子的天真本性，知道任何有意地回避都会无形中加大了孩子的疑惑心理与神秘感，也从中扼杀了幼小心灵求知的天性。其实，对纯洁的他们是不必遮掩什么的，因为，真实的生命无需矫饰，赤裸着来，赤裸着去。譬如，我少年时看见了母亲的乳房，并没为此产生邪欲的心理，反而更增强了对母爱伟大的认识，以及在后来我所看到年轻母亲的哺乳，都心生着圣洁的情感，遗憾的是我不会绘画，否则，我会把我所见到的坐在大柳树下奶孩子的农村少妇，真实美丽地绘画出来，画面上她的脸庞一准要漾动着幸福而神圣的光芒，任何亵渎的目光都会被她照射得枯萎、死去。

搜索往事，我不得不承认这样一个尴尬的事实：我的性启蒙来自乡下的动物们。准确地说，来自满街跑的猪们、狗们，来自露天牛栏或者野地里的牛们、马们。它们为繁殖后代，在发情期里，天当被，地当床，率情而为，令虚饰的人类有些难堪，也有些嫉妒。粗野的男孩对此是不感到害羞的，甚至对正在忘情交配的猪狗施以恶作剧的破坏，投掷土块或者加以棍棒，现在想起来这是多么的缺乏人性呵，动物也是我们人类的朋友。其实，在那个特殊的年代，倒是乡下的孩子过早地成熟起来，如我一样的经历，他们得益于动物的自然启蒙。我后来听过这样一个城里女知青的笑话，说是大城市里来插队的女孩子，由于性生理的蒙昧，在初见马的阳物时，感到很新奇，便问低头做活的老农民。老农民一见所指，不宜说白，便含混答言：那是马腿。这样的故事，显然编排得无聊。但一些知青初到乡村所闹出的笑话，还是很多的。这都因为缺乏正常渠道的性生理方面教育而造成的。现代孩子们的性启蒙以及性生理，大概是不会像我们一样，来自对动物们的耳濡目染或“言传身教”了吧。

我用很多篇幅来讲述童年的“性”，这是因为我们的童年受到畸形的教育和发展——政治过早成熟，受到运动的蛊惑与张扬；性意识过于迟缓、朦胧，而且受到压抑。我梦遗于15岁，与现代男孩儿的性早熟相比，恐怕是晚了三春了。那时，没有人教育你这是男孩子性成熟的一个正常过程，像女孩子的初潮一样。女孩子幸运的有母亲来教育和指导。而父亲是粗心的，也往往难以放下尊严的架子，似乎一披露他们少年的梦遗，在儿子面前便会垮掉了父亲伟岸的形象。当时对梦遗，我感到很惶恐，也很害羞，不晓得该如何面对此事，如何处理自己被弄得脏污的裤头。那时，我家住在小镇上的平房，父亲单位的大院里露天安装着水龙头，在夏日或者初秋的星夜，发现梦遗后，我会爹着胆儿偷开家门跑到水龙头处冲洗裤衩，然后像犯罪似的挂在院里的障子上，没办法只好穿着线裤睡觉。这样的苦头，我吃了很多，一直惶恐到从邻居家的医学书上发现了梦遗的正常生理性，我的有罪意识才得以消除，也不再躲闪班上女孩子的目光了。

我的少年很难说有什么真正的初恋意识。没有和女孩子过多的交往，与女同学也很少交谈。有一段时间，大约是初二吧，冬天寒假漫长单调，我曾到一个大院的女同学家去玩过几次，但很快消息就传到我母亲的耳朵里。母亲虽然没有批评我，但她的认真查询还是让我望而生畏，此后便敛迹了。当时，我暗中喜欢班上的一位女同学，她性情绵软得像一只小羊，整日里见她很少说话，笑起来也是很腼腆的。我想她要做我的妻子，就会像妈妈做爸爸的妻子一样，温柔而又善良，手工活好，能做出抵挡老北风的大棉袄、大棉裤。我只是心里喜欢而已，记得只说过一句话儿，因为我害怕同学起哄。后来，我们各自插队下乡，相隔着几架大山。再后来，她害了鼠疫，因误诊死去了，葬埋在青年点旁的田野间。

在插队的日子，春夏秋三季我们和村民一样忙于农事：春耕、夏锄、秋收，终日累得要死，也就少了些闲情逸致，猫冬的时候，除了偶尔积积肥外，乡里人便懒散起来。我们泡在村外的青年点里无所事事，闲得慌便三三两两地跑到村民家起腻，或者聚拢在生产队烧得滚热的火炕上，竖着耳根子听众人"扯大膘"，荤素爆炒，有滋有味。这些土得掉渣的笑话，在那个年代就算是性启蒙吧，它比来源于哑巴牲口们的要高级多了些。但女青年们无缘这些口播舌种的性传媒。那时，我听了许多粗俗的顺口溜，诸如"四大累"、"四大忙"，什么"脱大坯，垒大墙"，"孩子掉井火上房"，先以农事和家事比兴，最后一句便牵扯出浅露的性事来，似乎无此，也就没有了生活的乐趣和佐料。

插队的第二年冬天，场打完后，生产队无活可派，青年点早早放了假。男男女女都回城去了，我抽调大队帮忙，只得留下看房。我们青年点建在村外，紧靠着大道旁。旷地里做伴的还有一家独门独户的小两口，男的在城里上班。因此，在那个冬天，我与这个邻居的小嫂子相伴生活了很长一段时间。寂寞的长夜，睡不着时，我偶尔会想起她，俊俏的模样，很是让人爱恋。18岁的我正处于青春躁动期，若说意识里没有女人的存在，那纯粹是伪善的瞎扯淡，用老百姓的骂口叫“装犊子”。我有些喜欢这个小嫂子，虽然村里人对她说三道四，我倒没发现她有什么不正经的地方。我想大概有些男人想占她的便宜而没捞着，便狐狸吃不着葡萄骂它酸了。我同情这位远嫁到此地的小嫂子，村里除了婆家便再没有一个至亲的人，受了委屈满腹痛苦，也难以找到一个流泪诉说的对象，整日里孤孤单单地守着家，冷冷清清地过着日子。青年点没建以前，这片村外野地的黑夜里只亮着她家一扇窗户。我们搬来后，她才算有了新邻居，也时常走过来借点东西使用。知青点里的女青年都热情地唤她嫂子，有的男青年虽然口中叫他嫂子，但那眼神儿却有些不大对劲儿，好像要吞吃了她似的。她匆匆逃离开我们的眼神儿——她苗条的后背上，停留过我一双爱恋的目光。我要诚实地说，那个冬天雪很大，孤独的我与寂寞中的她，并没有越雷池一步，在长夜中各自守着烛光与炉火，慢慢煎熬着心事。后来，我耐不住寂寞的苦闷，搬到村里去住了。她是自己土坯房的留鸟，守望着那个漫长的冬天结束。这个远道而来与我缘情一回的小嫂子，就算是我青年时期的一个意恋的情人吧。因为除了她，我确实没有别的故事可讲了。

我一直没有情人，不是故作清高，也不是自我卑视，畏葸如鼠。我没有情人，因为我觉得中国的情人功利色彩太浓，总像露天市场上的小贩在做着锱铢必较的交易，而且情毁人亡的事端屡见不鲜。这就使我对情人望而生畏，害怕她们欲壑难填的愿望一旦得不到物质和占有的满足，便美目如蜂地来蜇你，败坏你的声誉，搞臭你的名望，毁掉你的政治前途，疯狂得把自己的“美”也当作花瓶来砸碎，这是多么可怕的情人。在满足对方性欲的背后，提溜着一只等待满装物欲的大布袋。我没有情人的另一个重要的因素，是父母的影响。他们彼此珍爱，相敬如宾，不做爱情之外的情爱蠢事，他们生活得很平静，波澜不兴，风光旖旎。这使得我在潜移默化之中有了一个参照物。

我没有情人，还因为我读了很多西方的“情人文学”，如莫泊桑的《一生》，福楼拜的《包法利夫人》，托尔斯泰的《安娜·卡列尼娜》，劳伦斯的《查泰莱夫人的情人》等等，真正给我以深刻影响的，是一本英国小说《曼戈》。它的情节并不复杂：一个贵族家庭出身的少女追随着穷光蛋的情人，而私奔到大洋彼岸的北美大陆，历尽颠沛苦难，最后心怀着幸福的遗憾而病死在爱者痛苦难当的怀抱里。这是一阕真正情人的挽歌。与《曼戈》大体相当的还有《静静的顿河》中阿克西尼娅的情人形象。我没有情人，或许还因了妻子的“双刃剑”：温柔与痛苦。尤其后者，在某种程度，成为我浑浊欲念沉渣泛起的净化剂。我婚前写的一首诗或许能多少说明我这种心境产生的根源。

抛弃了患难的爱情，
如同随手扔掉一件废物，
在痴心女子的痛苦基地上，
建筑自己未来的幸福。

无助

抛弃别人的人，

别人也会抛弃他；

痛苦到底啥滋味？

还是让制造痛苦的人来尝尝！

我不想自己一边写着谴责痛苦制造者的诗，一边又违背“文如其人”的准则去制造建筑在别人身上痛苦的幸福。父母的影响，文学的熏陶，中国情人的功利色彩，妻子的心灵痛苦，就像合力版筑成的一道土城墙，坚固地竖挡在爱情与情爱、理智与感情、纯洁与欲念之间，也由此使我成为“高处不胜寒”的一个抱肩缩膀的卫士：防御与守护。我的防御使用两种不同材质的盾牌：一面闪烁着铁的冷光，迎向美目的杀手；另一面则为藤条编织，我的抵挡虽然显得很柔软，但心灵的守护还是难以被击穿的，即便受伤那也仅为肉体的痛苦。我守护爱情免遭伤害，谈不上忠贞，也归结不到情操守一。我发自内心地说：我不配享受这些桂冠。我的凡胎生命，一直在受着灵与肉的煎熬，潜滋着丑陋的欲望，身心里蠕动着贪婪的虫子，它时刻都想爬出来，去啮噬美的存在，去蚕食善的叶片，去毁残爱的花朵、情的玫瑰。完全彻底地消灭它，除非彼日何丧，绝望得毁掉自己的肉体生命，这就愚蠢得如同把脏水和澡盆里的孩子都泼出去一样。其实，应对欲念的贪虫，我们大可不必恐慌，抑制它的手段十分简单：促其冬眠，不给它提供适宜的繁殖土壤。但问题是，这个世界只生活着亚当和夏娃，上帝对人类摊开的手掌，一只写着爱情与幸福，另一只写着情欲与痛苦，尔后他把两只手合起来，不再管世间尘事了，而毒蛇与禁果是他留在伊甸园里的最后语言。我们尽管读懂了，但人类偷吃禁果的行为却无法得到应有的禁止，这是一个神话之外的美丽错误。我们无从更改，只能修正自己。

我经历过夏娃的诱惑（到现在依然如是），美丽的禁果就摆在饥饿的眼前，伸手取舍完全在一念之间。贪欲的虫子从冬眠里苏醒，蠢蠢欲动。这时，你很难撤下它渴望爬出来的头角，你只好一边软弱地退缩向理性的角落，背靠着理智竖起的墙壁，操拿守护爱情的盾牌，来抵回情欲的利刃。我的几次故伎重演，得益于诱惑者的知难而退，像植物的触须遇到障碍便由此改变了试探的方向。另一个得益于我的生性敏感，如同湖边饮水的惊醒之鹿，在危险逼近的时刻首先顾及着逃离，至于与清美的水失之交唇以及是否展现逃跃之美已无暇顾及了，重要的是你必须抉择逃离。虽然你很狼狈或者气急败坏，但你要知道任何的逃离都不可能是以美的形式来体现的。犹豫或者眷顾，都会成为情欲的俘虏或者美食。而另一方面，你便会伤害另一头鹿的温柔情爱。我经历过诱惑，知道猎手放在铁夹子上的一块烤肉是怎么回事，我走近它，又警觉地逃离开了，虽然留在雪地上的脚步有些迟疑，但没有一只走向它的相反方向。

活着——无论对男人还是女人——各种各样的诱惑总是难以避免的，每个人都会有我一样相似的经历。猎者和猎物以及我们的灵与肉也总是在森林、在草地、在生存的空间搏杀着，因而，流血场面：看见的与看不见的景象时刻都在发生。猎与被猎，愉悦的心理满足和精神的痛苦并存。而诱惑与被诱惑，同样如此。禁果的奥秘就在于它的被偷吃，否则像原始人一样，性与情人也就无魅力可言，灵与肉无须在煎熬中、在搏斗里得以分离出崇高与卑琐，圣洁与肮脏。如此也就消失了原罪的忏悔和清洗，人类彻底地归复到动物生存的本性上，交配只是为了种族的不被灭绝。

上帝把禁果堂而皇之地摆放在伊甸园里，显然并不完全反对亚当与夏娃的偷吃，否则，他动用权利拿走罢了。上帝宽恕偷吃禁果而向他忏悔的人，责罚道貌岸然的伪君子。这些人钻进裤裆里偷吃禁果，扬起伪善的面孔却布道起禁歌，装扮成上流社会的文明人。卢梭的《忏悔录》是现今世界文学史上无与伦比的心灵史。这部书写在他的反对者群而攻击他的最艰难时期，唾液几乎要淹没了他的生存。卢梭并没有选择沉默和逃离，而是用自己的忏悔来回击攻讦他的人。这一大胆的勇者行为，令诋毁者汗颜地败下阵来。可见真诚的忏悔是绞杀虚伪的生物，它有着顽强的生命力。不是所有“糟践自己”的文字——如一些赤裸裸的性描写，再如一些美女作家的所谓性爱之作，都会成为卢梭之后的文学经典。将自己丑化成“乌鸦”或者美化成“凤凰”，都很难飞翔起来，不是因为它的翅膀沉重，而是它太轻飘了，缺乏灵魂解剖刀的流血。她有着女人被侮辱、被损害的历史，却没有反抗的自尊和呐喊，也没有原罪的忏悔与清洗。这样的暴丑揭示，与人体模特虽然形似，却迥异两端：自然之美与灵魂之丑。

如卢梭一样手持思想的利刃，披面沥血，剖割灵魂的阴暗面，在我国文学界，似乎只有巴金一人，他的《随想录》说了真话，有着震聋发聩的艺术力量。他的自省精神可嘉，忏悔心灵可贵，对十年文革扼杀人性的历史、对自己害人也深受别人损害的经历，予以血泪控诉和灵魂鞭笞。我读完《随想录》后，也曾陷入这样的随想：巴金老人并没有完全把他心里的真话说完。他保留了什么？当然，我们任何人都有自己感情的一角隐秘角落，我们握有自己神圣的天赋人权：遮盖帷幕或打开它，别人无权横加指责，粗暴干涉，显然，巴金老人是把这心灵私密的一角掩饰起来了，留给中国文学一个真实的遗憾。

我读过两篇当代“揭秘”的散文：郭风的《年轻时候》与张守仁的《角落》，似乎后者写得淋漓真实。一位年轻的女诗人和他坐在他家的门厅里平静地交谈，横在彼此中间的是白桌布上的一束红玫瑰，“俩人谈得融洽而快乐”，不觉时光飞逝。傍晚，女诗人告别，穿上外衣，到了门后和他握手。“我正欲开门，她凑到我耳边轻声低语：‘我可以吻你一下吗’？我突然闻到一股年轻女性的体香”，既尴尬又迟疑地接受了她在他右额一吻，次日，这位女诗人便走了，远涉重洋。张感到她提前离开这座城市是缘于这样的交流：“您的感情生活有没有纠葛？”“如果我重新结婚，仍将选择现在的妻子。”“真的没有其他的感情波澜吗？”“我好比一条河流，向前流淌会有新的际遇，穿越峡谷或者拐弯时不可避免地激溅起这样那样的浪花，但因有河岸约束，从未泛滥。”“难道您不需要妻子以外的女人的抚爱？”“我只有一个……哪能再分出另一个我来承受呢……”他最终意识到：一扇心扉的委婉关闭，引发另一个心灵的永远痛楚。“相思，命定是一种伤害。”——这样的一篇短文，使我完全读呆了，如雷击一般震悚，因为我就有着这样的一段真实经历。需要说明的是：当时我33岁。

我的这段经历，应当说比《角落》讲述的还要复杂，而且感情是立体的，交织着祖国之爱、爱情之恋、情欲之苦。即便时过境迁，回头书写这段个人的情感史，我还是感到一片茫然，仿佛一苇之舟颠簸大海上，而岸还在遥远的地方。对我来说，那时的情感好比一条急湍的河流，在爱情与情欲之间汹涌，这使我想起一篇小说的名字来：《灵魂的搏斗》。当然，我还没有丑陋到出卖灵魂的地步，而她也是如此。我们并没有更多的亲密接触，也不像俗常人捕风捉影的想象。很可能彼此的内心都曾搅动起情感的漩涡，但没有溃堤决岸，没有愚不可及地超越理性的界线。对此，我们要感谢对方。爱慕并没有造成任何的伤害。

我们是陪着领导到俄罗斯去的。在美丽叶尼塞河岸边的阿巴干，我们建有一座合资企业。八月的一天，我们度过中俄界河。黑龙江水面宽阔，平静流淌，与我想象中的历史不太一样，好像缺乏着悲壮的色彩。首次出国远行，我有着激动和依恋，有着向往与难以割舍。我以一篇《想念祖国》，来陈述我当时复杂的矛盾心情。我这样写道：

轮船刚一驶过黑龙江的主航道，我的心就猛地往下一沉，我晓得我已经离开我的祖国了。

那天，天空飘洒着微微细雨，江风吹动着丝丝凉意。我透过雨珠儿滚动的舷窗，向刚刚离去的海关望去，迷濛中那威严的白色主楼，那岸边的绿柳垂杨都在我无限眷恋的瞩望里留下深情的一瞥。无意间我看到我美丽的同伴心也在闪亮着一江春水的激情，哦，恋故土，爱祖国，心心相连，情情相同，只有祖国母亲的深爱才能永远维系我们民族感情的血脉啊！

我觉得江风与凉意都不复存在了，滚滚的热血在瞬间注入江那半儿祖国大地的血管里，她燃烧着深沉的火焰向远方的大海奔涌而去。在这一刻儿，母亲、妻子、女儿送别时的含泪微笑都浮雕般凸现在我的心里，成为我想念故乡思念祖国的真实载体。人未远离，只在一条江的这一半儿，为什么思念就这般浓郁，为什么爱就这样富有深沉的重量？！

——我在文中虽然写及了她，但绝非卿卿我我的个人情感，而是我们的黄皮肤、黑眼睛的故国之恋。当夜，我们一行住在布拉戈维申斯克，从宾馆的十一层高楼上，可以望见远岸城市的灯火。我伸出思想之手，颤抖着伸向历史的深处，想闭合海兰泡那百年前的绝望眼神儿。江风翻卷上来，涛声浪语透穿窗帘，好像被鲜血涌流的回想打湿。这一夜，我睡得很不平静，辗转反侧，早上醒来，坐在窗前的沙发上，沉思默想。这时，睡在一墙之隔的她敲门走进来，坐在另一张沙发上。我们属于同代人，因而在交流上没有过多的障碍，像《角落》所使用的文字：我们平静地交谈，隔开着一张狭窄的沙发桌。我记不得桌上是否摆放着红玫瑰之类的鲜花或塑料花，但至今还清晰地映像出床铺一侧的墙壁上悬挂着精致的油画：雪地里的一座尖顶教堂，色彩灰蓝而宁静。在晨光里，我们蜻蜓点水似的谈到了俄罗斯的文学，她所读的书有限，因而交流并不十分顺畅。这个早晨仅此而已。太阳升起来，另一侧隔壁的房间有了响动，我们打住了话茬儿，等待早餐和去机场。

在穿云破雾、飞行外兴安岭的上空中，我们挨排坐着很少交谈。我的情感更多地停留在首次乘飞机，思想故国的爱恋上——俯视舷窗下的茫茫云海，我不禁想起一位海外游子所写的一首忆念祖国的诗句：总想横抓江河的激情，一拍翼千山飞过……现在，我正是怀着这种超越时空，飞向千山万水总想看个够的美好心境。只是那银色机翼下还未融尽的点点雪山，那暗蓝色的蜿蜒河流，那草地森林、都市村庄已都不再是我亲切而熟悉的了。在一种陌生而新鲜感里我竟然自怨自艾起来，为什么我第一次乘坐的飞机不是在国土上大写意的抒情呢？为什么我横抓江河的初次激情不是故乡的松花江，不是祖国的长江长城？如果有一天，我真的飞临祖国的辽阔蓝天，那我拍翼的欣喜与深情一定会是大海般的充沛啊！

此际坐在身旁的女同伴正在读书，而心绪难平的我还在尽展联想的翅膀，心中回响起那首港台情歌：我悄悄地闭上眼睛，让我想想你是谁？

——你是我美丽纯洁的女儿，温柔善良的妻子，你是我慈祥和蔼的母亲，你更是我可亲可爱的祖国啊！离开你我就像这浮云一样漂泊无定，想着你我便会神奇地充满自豪的力量……

今天坐在台灯下，抄录这些15年前写下的文字，我还是感受到了它的真情实感性。我当时就是这样思想的，但我也不否认在我心灵情感的主旋律上夹杂着不和谐的杂音，譬如我乘车中曾经无意间触摸到她短裙下的质感丝袜，欲念的游丝产生了失重的浮动，虽然是瞬间的意识流，但我的丑陋心理是真实存在过的，我并不为此狡辩。与此类似的意识流，在以后还曾多次闪电过。我这般断语指的是我天马行空的欲望，而非墨守成规的行为。因此，我的忏悔与批判的鞭子，只抽打在我自己的灵魂深处，流血的也只能是我自己。

此行，我们还在克拉斯诺雅尔斯克住了一夜。宾馆建于叶尼塞河的右岸，名字叫旅行者。我们费了很大劲儿住进去。临窗眺望晚照中的大河，波光闪闪，像一条披着金甲的游龙。在等待转乘火车去阿巴干的白天里，我们游览了这座美丽的城市。我心仪的俄罗斯著名文学家阿斯塔菲耶夫住在这里，我是从他写的一篇散文里——1980年我从沃格格达迁回家乡，居住在克拉斯诺雅尔斯克市郊格列麦契山上的科学城。离住处一百公尺远的地方就是悬崖峭壁，叶尼塞河流到后不得不在崖下蜿蜒——我很想去那里看看，但我得服从领导的意志，打消了这个愚蠢的念头。经年后，我读到了这位人文作家的代表作品《鱼王》，也为这次以及后来几次与科学城的失之交臂而遗憾。在叶尼塞河两岸，随风漫步中，我们拍了许多值得纪念与回忆的珍贵照片。其中，有一张喂鸽子的，是她给我们三个男士拍摄的，我们蹲着，伸出手掌中的葵花籽，与鸽子和谐嬉戏。

关于这块土地上的这些和平的使者，我曾经寓有美目，留下遐思——在候车室等待着开往叶卡捷琳堡的火车，蓦然间有一把情感的钥匙拨动了我的心锁：在俄罗斯什么是最幸福的？我转过头去“考”朋友。朋友笑而不答，只是用她那纤巧手指很随便地往靠窗的一排棕榈树那边一指，“喏，就是它们！”绿意盎然的棕榈树间正有三五只鸽子在盘旋嬉戏，好像这宽敞明亮的大厅不是人类在候车，而是为它们自由飞翔所营建的又一片美丽的天空。我也不禁会心地微笑起来，看来在幸福的理解上我们拥有着同一个美丽的心境——为此，我还写下这幸福背后的痛苦思考：自从毕加索的笔下诞生了这和平的鸽子，人类就更加珍爱它们了，而这些美丽的生灵又确确实实在为今天幸福生活着的人们创造着一种和平安详的氛围，这个不太艰深的道理也只有在流过血之后，才会被体验得更为深刻。

我们因了工作的关系，在俄罗斯还有过两次长途旅行，而且都和这鸽子有了些藕断丝连，或拍成照片或拷贝于记忆里。其实，我们都很羡慕这些鸽子的自由，它们不似人类活得这般沉重，要思考流血的历史，要虑及承付的道德与责任，要经受灵与肉的痛苦煎熬。我们被冒名为高级动物，我们就必须迥别于低级动物的所作所为。人类的生理本能与心理要求，最终都要交叉在人生的坐标上：思想。这是动植物所不具备的。我们感受幸福或理解痛苦，都是因了思想的存在，抽掉这个人类向善的天堂阶梯，高级动物只能沦为爬行的种群。

我们谈论鸽子的幸福话题，怀着一种宁静的心情去欣赏它们在蔚蓝的天空或者雕花的穹顶，自由自在地飞翔盘旋，仿佛灵魂也在张开俊美的翅膀，期待着飞往幸福的天堂。当然，我们不是鸽子，我与她是大脑沟回里布满复杂思想与情感的男人和女人。我们行走在土地上，既在寻找着幸福也在制造出新的痛苦，我们没有自由飞翔盘旋的翅膀，而是用思想替代了它们。

在后来的长途旅行中，也就是谈及鸽子的这一次，我们三人（另一位是领导）经历了这样的蠢事。在叶卡捷琳堡，我们忙完事务，匆忙中购到返程车票，便找了家宾馆住下。售票时女售票员告知是明天3点的车次。我们感到很欣喜，明天上午还有浏览市容的时间。以沙俄女皇命名的这座古老城市，典雅而优美，有许多的欧式建筑、历史展馆，值得一看。我们只是走马观花，还来不及细致欣赏、慢慢品味。寒风里，大家跑了一天又冷又饿，晚餐后想尽早洗浴，上床休息。她是一个在俄罗斯跑惯了的女孩子，受其欧风熏染，意识现代。据她说，在乌苏里斯克，因找不到宾馆，她曾和贸易单位的几位男同事挤住在一个套间房里，她睡在里间。由此看来，她的思想少有大家闺秀的清规戒律。我们的住间也是套房，里间两床，外间摆放沙发，一道毛玻璃墙从中隔开“客厅”与卫生间。她想早些睡觉，去电话催另间房，但被告知尚需等个把小时方能腾出来。疼爱她的领导叔叔说：若不顾虑，你就先在这里洗浴吧，反正都是家里人。她于是大大方方地去洗浴了，喷头的流水声很清晰地传闻到了里间。我们半躺在床上，看着听不懂的黑白电视，有些心不在焉。我必须向读者真诚地交代，我当时确曾产生过有关青春胴体之类的意识流，妻子在家沐浴时，我都尚且幻想。我一直没有读过弗洛伊德的性心理学，我不知道这是否就是正常的心理条件反射，就像我们看到荧屏上的接吻或沐浴镜头一样，虽然那脱去的外衣、乳罩被甩在浴室门外，但我们的幻想却透穿门扉与墙壁，停留在沐浴者的健美胴体上。我的瞬间意识流就是这些。要说还有什么联想，那就是我从前曾读过的郁达夫小说《沉沦》。郁达夫对故园的痛苦之爱与我的对家园之思，或许都是由女人的这一自然形体而真切地传达出来。不可否认，在与异性的接触中，我产生过或多或少的生理欲念，经受过或轻或重的心理煎熬，但我也坦诚地说明：在异国他乡的逆旅里，向前奔驶的生命列车拖载着的情感重物，只有两件最为珍贵：祖国与家。倘若抛弃它们，那你就只剩下一个空载着的悲哀灵魂，而且这样的失根生存，还不如死掉好。

我们经历的蠢事，是理解错了时间的概念，当她披拂着一头飘散香波气息的湿发走出来时，我蓦然醒过神来，不是为她初浴的美丽，而是我们距离明早3点登车只有三个半小时了。大家手忙脚乱地整理妥当行李，于是她回到自己的房间睡去了，我们浅眠着等待乘车的东方既白。对于我来说，失去叶卡捷琳堡既是一个遗憾，又不完全是。我所更深一层理解的“沉沦”，是从书本上所读不到的。

也就是在这一次归程阿巴干的途中，我们谈到了双方彼此躲闪而又回避不了的现实问题，近似《角落》里的那场对话与交谈。记得，那是在行程次日晚的一个大月亮地。包厢里的领导雷鸣般地打呼噜，我们心烦意乱地睡不着，便走到过道上，扶靠栏杆欣赏着窗外美丽的夜景。我笔记里留有这段旅行的文字——

在俄罗斯美丽的星空下行进，我喜欢临窗欣赏，用带着几分游子相思、几分离人忧伤的目光分割着西伯利亚月亮的钻石。它凄美而冷艳，游离在大地上。雪野遍洒月光，是我们通常喜欢的大月亮地。我看着窗外雪野枯树的飞影，在想着心事，其实是在想家。除了家的温馨，我还能想什么？家和国除了大小之外，透视其本质都是一种意义。跨越国界，想家与怀念故国凝固成无从分割的一个整体，进而我又想及心灵痛苦忧郁的实质，它应该是一种灵魂的催化剂，除掉情感上的轻浮，增添思想上的沉重。正如我暂且生活其中的这个伟大民族，虽然饱受了二战的摧残，经历了解体的阵痛，并又一次品尝到了缺少面包和奶油的贫困滋味，但新增添的这些困苦和忧郁，非但没有压垮他们，反而像被严冬积雪压弯的枞树一样，凭借着顽强韧性的品质和团结的力量，再度弹跳在姗姗来迟的春风里……

行车过道上，站立着三五个无眠者。我俩初始沉默无言，一边欣赏着共同的风景，一边想着各自的心事。我的所想写在上面，而她的所想已经被带往了遥远的地方。我只用心灵记录下了这一次15年前的月下交流，以后就再也没有过这样的对话。我们的脸都面向窗外，只有情人才会在月夜里彼此凝视着眼神儿。我们初始交往就不是，心与心之间隔开着一道严格距离的网：道德与责任。

或许是因了月亮与雪地皎洁的缘故，我们的小声对话都很平静。

她说："我真的很羡慕你和刘姐。我的父亲经常夸你们。"她的父亲跟我们夫妇都是一个单位的，人很耿直。

我回答说："是的，我们生活得既幸福又痛苦。"

她关心地问："她的病很严重吗？"后来，她的父亲也经受了这种病的痛苦。

我的心产生一丝不太严重的痉挛："并不像外人想象得那么严重，但对于女人来说，比死亡还要痛苦。我爱她，也是因了这种痛苦。"

她突然转变话题问我："爸爸说我脾气不好，你的印象如何？"

我坦诚地回复她："这点像你的父亲。至于，对你的印象我只能说很好，但就是这些。"

……

我们又默然地看了一会儿月亮，便回到包厢里在雷鸣与车轨的撞击声里睡去了。次日醒来，我们又恢复了以前的平静，梦境被抛在了一个遥远的地方。如果我不用文字把它真实地记录下来，那么没有人会知道，在西伯利亚的大月亮地，两个小人物的心灵曾经沾满了忧郁的碎屑，而且有那么一点近似崇高的味道。

第四章

遥远的爱情山

我看过一部外国影片《我生命中的女人》，西班牙的。故事并不复杂，但拍摄得很美，浪漫而忧郁。一个叫恩里克的老电影明星，因生活无爱开始酗酒，吸毒，在滑向毁灭前程的绝望边缘，这时，同样失去爱（他的男朋友抛下她到南美秘鲁去了）而流浪到这里的年轻芭比，以死灰复燃的情爱来拯救恩里克。然而，芭比还是割舍不下她从前的爱情，乘飞机去了南美。恩里克再度陷入痛苦的境地与失望的等待。他回到与芭比初逢的老地方——那家露天酒吧，难以抑制内心的苦闷和寂寞，要了一杯威士忌，触唇间的蓦然回首，重现了昔日重来的惊人一幕：满脸憔悴的芭比背着旅行袋，从林间小径向他走来。芭比的男朋友死了，恩里克拥吻着满脸泪痕的芭比，他们找到了人生中共享的爱情美酒。

我在这里所要讲述的是《我生命中的女人》的中俄版：我与一个俄罗斯女人的真实故事。我在这个遥远的国度生活了两年，像流浪的芭比一样来到了叶尼塞河畔一座叫阿巴干的城市。我与美丽热情的娓丽娅相识，并由此结下了一段鲜为人知的感情，只是故事的结局，与那部西班牙的爱情片相左，我回到了妻子痛苦等待的身边，而娓丽娅还依然呆在西伯利亚，与她酗酒的丈夫生活在一起。十余年时光流逝，回想这段往事，我在伤感情怀里分泌出更多的感激，是我生命中的两个女人——妻子与娓丽娅使我变得对爱情的更加珍视。她们像我灵魂的河流里飘荡于木船上的桨板，一只在风雨同舟地奋力向前划，而另一只则帮助我修正了偏离航道的困惑与迷惘。我发自内心地感激她们，并祈祷上帝赐予她们以更多的幸福。

我与娓丽娅谈不上跨国之恋，我们还没有发展到某些喜欢窥探别人隐私者所想象的份儿上。我与她有过独处的空间，但没有翻译在，我们彼此只能进行简短的日常对话，更多的交流是眼睛的语言。至于是否读懂，我想只有上帝一个人明白了。

讲述“这段”故事之前，我必须先交待一下“爱情山”的由来。

我们工作的地方坐落在萨彦岭蜿蜒的山脉中，风光如画的大河——叶尼塞河发源于崇山群岭的西萨彦岭，在奔向遥远北冰洋的旅程中，流经上游的第一座重要城市阿巴干。这是俄罗斯哈卡斯自治州的首府。这里生活着少量的图瓦人，长着黑头发、黑眼睛、黄皮肤，脸孔扁平，典型的蒙古人种。由西萨彦岭向南，穿越俄蒙交界的唐努乌拉山与蒙中交界的阿尔泰勒山，便到了中国版图“鸡腚尖”上的阿尔泰，据说在风光旖旎的哈纳斯湖岸，至今还生活着一支图瓦人，他们居住在木刻楞的板房里，从事渔猎，跳着图瓦舞。在阿巴干这座城市里，哈卡斯人也并不多见，他们多生活在南部的西萨彦岭。我没有去过与哈卡斯自治州交壤的图瓦自治共和国，首府克孜勒坐落在大、小叶尼塞河的交汇点上，那里生活着众多的图瓦人。

阿巴干是一个多民族聚居的城市。在我们与州运输公司合资的糖果厂里，我所知晓的便有俄罗斯人、图瓦人、格鲁吉亚人以及朝鲜人、德国人。我们参与其间，又多了临时居住的中国人。我前文说过，阿巴干位于叶尼塞河岸畔，其实并不准确。叶尼塞河是在这座城市的南山背后流过，只有登上巅顶，放眼南眺才能瞭望着这条大河的身影。叶尼塞河在城市的东面稍偏点南流过。与之钩连的是流经城市西边的叶尼塞河支流——阿巴干河。阿巴干又译称阿巴坎,下河沿的意思,即这座美丽的城市位于河的下游。我们的合资厂建在阿巴干河西岸的南山脚下。这座只生长低矮野草的山峦,被当地人称之为“爱情山”。名字多么富有诗意,我初来这里时,听到爱情山的名字便心向往之,我的爱情暂时遗留在中国,而这座山又赐予了我生命之外的爱情。此山何以有着如此称谓?翻译老汪告诉我,当地的男女小青年,在教堂里举行婚礼后,喜欢开车从山背后——那里有一条通往别墅小区的柏油路——爬上山顶,尔后畅饮象征着爱情醇美的香槟酒,随之摔碎空瓶子,以作青山为证的盟约。我感到老汪讲的很像一个遥远的美丽传说。或许,这是他蒙人的编排。大约过了个把月,一个假日,老汪亲自开车,绕过山背,距离漫圆的峰顶一箭之地踩刹车。我们踩着叶梢枯黄的疏草,走到那堆碎玻璃瓶前,阳光照耀下幻变出梦样的色彩。它很像一堆碎玉,又宛似破裂的一大块翡翠。站在这座爱情桂冠的高巅,山之坡背下的两条河,一远一近地静静流淌着,漫入云雾的纱帐。阿巴干右岸,城市的一方,楼房鳞次栉比,教堂的尖顶闪亮着银光,像一柄利剑刺向虚无的天空。一道桥连接着城市与郊野,甲壳虫般的车辆在钢架的桥梁里蠕动爬行。淡紫的光雾中,叶尼塞在山谷的河床里寂静流泻,仿佛墨绿瓶子里的香槟酒。风中的老汪波浪着满头黄黑的卷发——忘了交代,他是二毛子。母亲是俄罗斯人,在“跑毛子”流亡到海拉尔时,嫁给了老汪的中国父亲。中俄关系紧张的上世纪五十年代末,母亲带着一家人归国定居在这里。回想起了他往昔的爱情,他说,他和刚结婚的妻子爬上这座山时,他们正当二十岁。他们带上山来的那瓶香槟酒美极了,溢出来的泡沫像雪一样白。他将瓶子摔上一块石头,绿色的碎片落进草丛,还闪动着湿润的泪光。三十年一晃过去了,他还记得他吻着妻子的嘴唇,有着香槟醉人的味道。其实,老汪并不是一个真正爱情田园的守望者。在后面,我还要讲述他的一些并不美但也算不得丑陋的故事。

在爱情山的半坡上，有一处美丽的地方——别墅与墓园。我写过阿巴干系列游记：

山坡上一排排尖顶式俄罗斯风格的小木屋，远远看去就像绿色海面上飘动着的船帆。左缠右绕着的黑色飘带，是通向别墅区的柏油路。每家每户的别墅都围上一圈儿漂亮的木板栅栏，园中栽上三五株果树，颇有些列维坦大师油画的味道。别墅区美在风和日丽的夏季，收获在树叶灿烂、果实飘香的秋天，寂冷在冬日——风雪把小木屋遮盖得严严实实，偌大的“庄园”只留下看护人孤零零的脚印。与之相毗邻的墓园，夏天如同一座美丽的花园，绿荫匝地，鲜花盛开，那掩映下的一座座精心雕制的大理石墓碑，宛然精美的工艺品，上面镶嵌着死者的彩色照片，镌刻着对死者歌颂或怀念的铭文。那墓碑上的每一帧彩色微笑都让活者感到死亡的轻松，好像这里所有的灵魂都在鸟儿的歌声中甜美地睡熟了。在这里无论是垂暮老人，还是情窦初开的少女，以及“二战”保家卫国的浴血士兵，他们在欢乐或痛苦弥留之际，都想留给亲人一个永恒的微笑，以此减轻他们心灵上思念的痛苦，唤起他们美好的回忆。这也是俄罗斯人对恐怖死亡的一种微笑式的挑战，祭奠时，不需要什么繁文缛节，一束美丽的鲜花或一个缤纷的花环，就足以寄托心中永恒的思念了。

我们二十余名中国员工就生活工作在这样的环境里：阿巴干河畔，爱情山下，周围环绕着俄罗斯村庄，别墅与墓园。十分优美，也十分幽静，除了蔬菜奇缺和交通多少不便外，这里真的无可挑剔。

合资企业里俄罗斯的男性偏少，屈指可数几人为翻译老汪、副总经理谢尔盖、守门人瓦洛加以及两个锅炉工。瓦洛加是个很有个性的格鲁吉亚族老人。阿巴干纪行有对他的描述——

爱情山脚下夜色降临，风儿吹动树叶的声响清晰可闻。这时，脚步声便会有力地响起，那顶亲切而令人熟悉的格鲁吉亚式小帽浮现在灯光里，守门人瓦洛加准确无误地背着他那杆一年也放不了一次的老式猎枪出现在厂区里。他细长的身影照例是“拴”着他的老伙伴——一条在一次尽职尽责的守护中被偷盗者打折了腿的小狗儿。初始见到瓦洛加令人汗毛孔都有些森然，他那双灰色的眼睛透着一股鹰隼的悍气，微白的胡须翘楚着，一看就是一个易于暴躁的老人。其实，并不尽然，瓦洛加只要一背上他的猎枪就自觉不自觉地带着战士的威严了，他似乎在重温年轻时代抗击法西斯那种艰苦卓绝的战斗生活。接触时间长了，便会感到瓦洛加的亲切可爱，尽管有时他的热心会帮上倒忙，或者因某一桩事，没有按照他的指挥意图去做而大喊大叫，然而瓦洛加却仍然是这个大院里忠诚的卫士和值得信赖的朋友。而且，他深爱着自己肥胖多病的妻子，轻微的一声呼唤，都使他敏捷着脚步赶到妻子的身边。她的严重哮喘和心脏病，危机着他们的爱情。瓦洛加曾经为妻子的一次病危，呆坐在院子的木凳上而默然下泪，晚霞映照着他孤独的身影，低垂的白发有如爱情山冬日的落雪……我们最后归国离别时，瓦洛加的妻子还住在医院里接受治疗，我们把存留的救心丸送给了他，祈福他的妻子安康。我走了，留存怀念一幕的是如此美好的景象：

无助

爱情山下，别墅区里的果树涂红了诱人的嘴唇，在弯垂的枝条上吻着甜蜜蜜的阳光。守门人瓦洛加起得更早了，当院的薄霜印出他匆匆忙忙的脚印，摘完果子，又找出空空如也的橡木桶，刷净装满了清水。松裂的木桶需要细细地泡胀一下。酿酒的日子开始了。俄罗斯的男人是不能没有酒的，就像没有爱情的女人一样。拉丽萨——瓦洛加显得过于肥胖的妻子，扎撒着两条圆润雪白的胳膊，在落满树叶的当院里摇摆着耳环，活像只彩色的大鸟，兴奋得（很少见到这样的景象）招呼瓦洛加过来帮忙架火，她要熬制果酱呢。俄罗斯女人也不能缺少果酱，就如同缺少甜美的爱情一样。

十年过去了，像冬日橡树一样的瓦洛加与他夏日白杨一般的妻子拉丽萨（她喜欢穿绿衣裙）还健在吗？我想时光所酿制的果酒与果酱不可能永远储存着甜美的爱情，上帝会从伊甸园里召唤走一个人，而让另一个人孤苦地空守着心灵干裂的橡木桶或者透明的玻璃瓶。那泪眼蒙眬中的爱情山只能成为遥远的回忆了。

或许有些读者已经读得不耐烦了，我用了这么多的文字来描绘爱情山的自然与伊甸园的亚当，而就此遗忘或冷落了夏娃，其实，这只是我喜欢的写作心理而已，欲擒故纵嘛。倘若我开笔就大写特写我生活周围的女人，就多少有失绅士的风度，而且也会显露出浮躁的心态来。虽然我不敢保证自己所写出的文字绝对货真价实，但绝非心灵与情感的赝品。瞿秋白在临死前写过这样的话："虽然我现在已经囚在监狱里，虽然我现在很容易装腔作势慷慨激昂而死，可是我不敢这样做。历史是不能够，也不应当欺骗的。我骗着我一个人的身后虚名不要紧，叫革命同志误认为叛徒为烈士却是大大不应该的。所以虽反正是一死，同样是结束我的生命，而我决不愿冒充烈士而死。"死去的瞿秋白是我们活着的人的精神导师。他的襟怀坦荡，他的磊落诚实，使我在读过《多余的话》之后，深感灵魂受到一种潜在的迫压：我的心灵包裹着过多的虚伪与自私，以前所写出的文字背后都躲藏着一副伪善的面孔，现在到清算的时候了。当然，这种清算是诚实对虚伪的清算，是善美灵魂对丑恶心灵的清算。我再不想骗取崇高或高洁的声名了。我宁愿用双手推倒自己哗众取宠的“金字塔”，这样要好些，起码使忍辱负重的良知感到生存的轻松。我首先说明，在爱情山下的两年里，我因了工作关系，几乎每天都生活在俄罗斯的女人堆里。因此，在写娓丽娅之前，我有必要交代一下工作在我周围的“碧眼金发女郎”：

女会计老拉丽萨，身材矮小而健壮，走路带风，直筒子脾气，说话像放机关枪，经常散发火药味；她深凹的眼神儿带着管家婆的威严，而且兴高采烈时亦笑声爽朗，泄露出满口镶嵌的金牙。

小拉丽萨是出纳，性格迥异老拉丽萨，文静娴雅，不苟言笑，身量适中，像我们常在苏联影片中看到的普通妇女一样，夏天喜欢穿淡颜色略显老气的“布拉吉”，而且不擅浓妆，不描画眼影，为人和气，嗓音有些沙哑，如一种水鸟的鸣唱。

司机嘎丽娅，小个且瘦削，不似我们常见的俄罗斯女人碧眼金发，眼球淡灰，头发浅黑，装束春秋皮夹克，行为举止像一位大男孩儿，车开得野，手把利落，办事不拖泥带水，喜欢孩童般质朴的微笑，而且嘴里也是镶嵌着几颗金牙。

这三个女人的生活都很不幸，她们的家庭都残缺着不完美的另一半。老拉丽萨在五十岁上死了老伴，小拉丽萨和嘎丽娅都是被她们酗酒的男人遗弃了。前者带着五岁的小女儿，与身患重病的老父亲生活在一起；后者同初中的儿子相依为命。

无助

不幸命运的还有会计助理“老德”（一位德国籍女子），都快50岁了，还是位老处女；她瘦高挑的个子，像鹤。初始招聘来一位女采购员，我忘记了她的名字，人长得一般，有点像中国人。她也是位不幸的离婚者，眼光有些粘滞，工作不得力，不久便被辞退了。这个时期，我们的工作科室简直就像是一个缺少爱情的“女儿国”。后来，招聘了两个女员工（在俄罗斯男人“金贵”，一般职位难以招到），才总算打破了“孤儿寡母”的零纪录。其中的一人便是娓丽娅，她顶替前采购员的空缺。通过翻译老汪的介绍，我们握握手便彼此相识了。记得时间是在敞开南窗的初夏，视野里的爱情山浅草漫上穹宇，似乎把棉云朵的边缘都涂绿了。

娓丽娅拥有着自己的爱情，在这个上层的“女儿国”里很有点鹤立鸡群的味道，神态如老拉丽萨一样，遗存些俄罗斯文学中旧式贵族女子的淡影儿，仿佛叠画着老托尔斯泰笔下安娜·卡列尼娜以及肖洛霍夫刻画的顿河女人“阿克西妮娅”的形象。我初见娓丽娅时，脑海里浮现的就是这两个俄罗斯的女人。虽然我读过大量的俄罗斯经典文学，契诃夫、蒲宁、大小托尔斯泰、肖洛霍夫以及康·巴乌斯托夫斯基、普里什文，但美丽浪漫且充满着痛苦形象的俄罗斯女人只有这两个——安娜·卡列尼娜与阿克西妮娅。她们为迷惘困惑中的爱情之死，就像楔子一样锥进我的灵魂深处，而且凝固成时间的血痕。

娓丽娅长得很有俄罗斯女人的特点，可以说是婚后女子的一个标本。与东方女人相比，长得人高马大，体态丰腴。欧罗巴人种的脸型白皙，而且洋溢着青春的光彩。她的头发偏褐红（可能染成），眼睛淡蓝，好像黎明时分纯净的海水。娓丽娅喜欢穿戴，一年四季都把自己打扮成贵族女子式的典雅气质，而且她还吸着烟卷儿。这没有什么好奇怪的，在合营厂里很多女工都吸烟，我们不得不尊重当地的习惯而辟建了吸烟室。娓丽娅的装束，在下雪的冬天达到俄罗斯女人的极致，像电影《钢铁是怎样炼成的》里的冬妮娅一样，貂帽、裘皮大衣、短裙、高筒皮靴，在洁白的雪地上走起路来，浑似一只南极岛上高贵的国王企鹅。尤其是她偏爱浓妆，嘴唇鲜红，眼影也画得很重，就更像了。我们这些远离家室的男同胞，自然都很欣赏娓丽娅，也乐意跟她打招呼，翻来掉去就是嘴边学会的几句：早上说“得拉斯奇”（您好）；晚上下班喊“搭思维达尼亚（再见）”。娓丽娅也不厌其烦地回复这两句，离开翻译的拐棍，她和我们的交流也没辙。娓丽娅更多的时候，是用蓝眼睛笑出相逢或再见的美丽浪花，尔后坐上晚霞里的通勤车回家。她的家在人与乌鸦友好相处的阿巴干城里。

娓丽娅和我们的观念完全不同，当翻译转告她中国人厌憎乌鸦，并视它们为不祥的鸟类时，我看到她怪异地合不拢红嘴唇，蓝眼睛里生起迷惘困惑的波澜。她很不理解，也难以置信，乌鸦会以什么样的巫术去伤害人类呢？难道就是它们身穿像她一样喜欢穿的黑衣裙吗？娓丽娅夏天的这身打扮是多么的凝重而高雅。俄罗斯人司空见惯的这些玄鸟，它们在空旷雪野“哇——哇”地叫着，在城市上空的晨昏盘旋，但这些并不影响人类的生活呀！娓丽娅再一次与翻译和我闲谈中这样表达她对乌鸦的理解：“我爱这种黑色鸟，它们在使用着自己的真嗓子歌唱生活的快乐、忧伤和烦恼。”娓丽娅的话由此启迪了我的错误“乌鸦观”——每当清晨或黄昏，从山的那边就会有一大群乌鸦啼叫着飞过我们的上空，刚来时听着有些发瘆，时间久了倒产生了一种亲切感。在俄罗斯这块土地上，任何一种鸟类都被看成是人类可爱的朋友。以后，我不仅仅对乌鸦，即便对俗众诋毁的猫头鹰之类的所谓凶鸟，都有了“兄弟姐妹”的认知，这我要从心底里感谢娓丽娅，她和谐了我与自然的关系。

无助

然而并不是所有的人都如我一般喜欢娓丽娅的，譬如老拉丽萨，她拥有着的传统心理就多少有些看不上娓丽娅。与小拉丽萨温文尔雅相比，娓丽娅显得疯张，而且说事与表达思想直来直去，从不晓得婉转。机关枪对着机关枪，可想而知这种临战的紧张情绪了。终有一日，她们之间爆发了一场不大不小的战争。姜还是老的辣。首先败下阵来的自然是娓丽娅。她一个人坐在办公室里伤心地落泪，没有人敢去招惹老会计来安慰她。我和老汪都是她的朋友，自然是替她打抱不平，但也仅为情感上的援助。在这件事上，娓丽娅毕竟理亏，她采购东西的票据因她平时的大大咧咧而弄得像脏污的手纸，这不怪她又怪谁呢？当然，这并不是老拉丽萨最终发火的理由。

为了补偿娓丽娅所受到的委屈，在不久的一个假日，我和老汪邀请娓丽娅去了郊外的草原，散散心。这次愉快的初旅，我将它写成《美丽的草原》。这是我阿巴干纪行里行文最美的一篇。我把它抄录下来，算是对遥远往事的一个纪念。

——这片草原，我是多么熟悉呀，像老朋友相逢，一见面就被它深深地吸引住了。绿湖似的一片草漫向远山的淡蓝，似乎它风中的绿波再荡起一些，那遥远的碧空也被它濡湿了。湖中浮动些翡翠小岛，那是七八棵聚拢成一堆儿的白桦或白杨，在风里抖动着闪光的叶片，而那大些的岛子——绿树密集的地方，便是闪露出蓝漆板房的村庄了。有三五只羊儿卷起的几朵雪白浪花，更多的是牛羊、马群撒落下的片片彩霞。一幅多么美丽的油画呵，在夏夜里肯定还会飘动着一捧意境深远的火堆，火光照亮的不远处会不时响起狗的吠叫，马的嘶鸣以及牧放孩子们的清脆笑声……噢，我终于想起来了，这不就是屠格涅夫那支灵秀的神笔为我们所展示的美丽如画的白净草原吗？所不同的是，它不在东欧平原，而是在西伯利亚的中南部山地，是这些零零碎碎的山把这一带切割成大小不一的草地。草地上的牧群还是有的，但不像我国内蒙草原那样稠密，天上飘动着多少白云，地上就飘动着多少雪白的羊群，在这里一片偌大的草原，也只有一两处放牧点。我们开着车穿行了四五块草地，才喜出望外地碰上了一处牧群，七八头奶牛晃荡着雪白的乳房散落在草地，好像刺绣在绿布上似的。

在这篇散文里，我还写及了一对放牧的老夫妻，他们盘腿坐在一块旧毛毡上，好像在慢慢回忆过去那些充满甜蜜爱情的日子，或者他们什么也没想，只在温暖的太阳下晒着幸福的梦境。其实，此次草原之行，老汪和我都是有所想的。老汪这个人呢，什么都好，就是酒后管不住自己的舌头，心里想的都会翻肠倒肚出来，譬如他年轻时候，曾如何与几个美少女两情相悦地做爱啦。酒后的他往往迷失了自己的道德观，为了炫耀他往昔的“性能”，甚至得意忘形地“白话”起他曾和朋友的女儿暧昧之事，他酡红着脸，迷醉着灰黑的眼神儿，啧叹道：嘿，那两个雪白雪白的小馒头……之后，他便耷拉着脑袋进入了久远的幻梦。酗酒与谈性是老汪诚实、善良的另一面，虽然谈不上丑陋，却多少让人有些瞧不起他。而另一面，酒醒的老汪清高地鄙视起别人，他习惯动作是撇嘴，缺了的牙齿被另一种心理的丑陋遮掩起来。我和老汪算得上彼此分不开的朋友，除了酒与性的不同观念和理解外，双方相处得融洽而友好。“投之以桃，报之以李”的礼尚往来，也时或发生。我瞧不起老汪，是因为他遗忘了生命中的另一半血统。他开口闭口便是“我们的家园俄罗斯”，他生活在这块土地上，自然是无可厚非的。问题是一谈起俄罗斯女人，他就两眼充电，赞不绝口，诸如皮肤白皙，修腿挺拔，丰乳饱满，而他在忘形中往往不顾及我对中国姑娘的赞美：文静秀雅，乌发如瀑，春眼含波。他完完全全忘掉了自己生命的另一半家园：半黑的头发，半黑的眼球，黄白交融的皮肤。有一天午饭后，我们坐在办公室里闲话，谈起两国饮食的优劣及对环境保护的态度，当然，也顺带唠唠女人的话题，若不如此，老汪就不愿多交流。这次，是老汪率先燃起的战火，他批评中国人什么都吃，激进地断言凡是地上爬、天上飞的动物都吃光了，显然，他说的是他还生活在海拉尔乡村时期的打麻雀，事实是三年自然灾害前他母亲已经带领一家人回归到这片土地上了。我没有马上反击老汪，我觉得心理上有些发虚，中国动物的保护情形虽不至于像老汪说得那样血呼拉掌，但我的同胞确乎还在以麻雀、青蛙、果子狸、穿山甲等果腹、美食。当时我的心里窝着一股火，在暗中寻找"以牙还牙"的机遇。老汪见我沉默，更加得意起来，他撇起嘴唇来，由动物转入他擅长的"女人"话题，"你们中国女人啥都好（他的习惯用语），就是不漂亮，像没长开似的"。老汪这样的不满意，是有所指来这里工作的中国女工。我对此不再容忍，在心里已经上升到国格的高度，立马反唇相讥：你们俄罗斯啥都好，满街跑着流浪的狗，满城都是离婚的女人。老汪顿时被呛噎住了，抻着脑袋像一只水洼里可笑的"长脖老等"（鹭鸶），其实，我说出这等的气头话儿，是很不应该的。我伤害的不仅仅是老汪，还有我们合营厂的这些没有男人的女人们。我在此向遥远的爱情山下的她们，道一声真诚的歉意。

我节外生枝地插写了老汪的故事，这应怨他潜滋着老鼠偷油吃的欲念。他亲口对我炫耀：瞧，要不了多久，我就会把两个女人泡到手。我明白他暗指的是小拉丽萨和娓丽娅。他在想象中把她俩当成了美食的羔羊。当然，我也并不怀疑老汪的猎艳手段，因为俄罗斯人的两性观念毕竟不同于我们东方人，男女之间更具有一种非功利型的开放性爱，或许，真的像老汪所吹嘘的那样简单，一瓶"喔特嘎"（白酒）或者红葡萄酒，就可以酒后上床。我怀疑老汪的夸大其辞，不久就得到了验证，小拉丽萨并没有让他如愿以偿，甚至还在公开的场合把手指放在脖子上，嘲笑他是一个“酒鬼”。老汪不得不承认他的努力失败，嘟囔道：她是个不贪吃诱饵的正经娘们儿。于是，他转而进攻娓丽娅，信誓旦旦地要把她搞到手。这次的草原之行，就是他的计划之一。

我对娓丽娅的所想，不像老汪那般“馋猫”地体现在直接的性爱上，我对她更多的是交流之外的美目欣赏，喜欢她的大大咧咧，热情爽朗，即便是当着众人开玩笑，也像演戏一样地认真坦荡。记得有一次是在厂区的当院里，我和老汪到车间去，半路碰见娓丽娅。老汪无事找话说，其实他正在软泡娓丽娅。他逗她说我喜欢她，娓丽娅故作惊讶地张大蓝眼睛，黑眼圈更像可笑的企鹅了。没等我回过神来，她像跳舞一样用一只手臂揽着我的腰，当着老汪的面，大大方方地一直把我揽送进众目睽睽的车间。众人笑起来，娓丽娅却故意板着面孔不笑，弄得我脸红得像鸡冠子。老汪也弄得有点尴尬，他或许心里已经明白娓丽娅是在以这种玩笑的认真方式来回复他：她不喜欢他的一些做法。事后我并没有把这个玩笑当真，因为在这个有别于东方人生活习俗的国家里，一个俄罗斯的女人拥抱你或者吻你一下，并不能就此证明她爱你或者钟情于你，如果就此想入非非，那就说明你是一个自作多情的大傻瓜蛋，白痴。

行文老出差头。还是接续我们的草原之行，因为这一次是深值得我怀念的。那天我们停下车，蹚着绿地毡上的野草，向碧海深处的牧群以及那对放牧的老夫妻走去。天空湛蓝如洗，朵朵白云飘浮，岚风在用无形的鞭子放牧着这些上帝的羊群。浅草没着脚踝骨，娓丽娅穿着的红皮鞋，仿佛两只红蜻蜓在紧贴着草尖掠飞。她行走中顾惜着草丛间绽开的花朵，因而扭摆着的腰肢更像是在煦风的吹拂下舞蹈，与娓丽娅并肩行走的老汪，有时献殷勤地去挽扶一把，但很快媪丽娅就摆脱了这只手臂的束缚，很显然她陶醉在美丽的大自然，不喜欢自然之外的东西存在。我故意落后几步，装作在欣赏花朵，其实是在欣赏草地上舞蹈的蝴蝶——媪丽娅，这也使老汪减少了被甩开手臂的尴尬。这一天，媪丽娅打扮得十分自然而美丽，使草地上的蝴蝶都收敛了斑斓的翅膀。她黑裙子裸呈着膝盖以下的白皙腿胫，雪袜红鞋，身着半截袖束腰短衫，条纹状的鲜艳图案，使如水的流动在视觉上减弱了她略显发胖的身段。草浪上的风儿时或漫吹过来，黑色裙摆波动着斜成三角形的旗状，浑圆的臀部被裹紧，描画出弧形的圆润线条。这很像某位西方大师笔下的一幅油画，使我想起了米勒的《拾穗者》。媪丽娅弯腰折取鲜花的动作极像那画中人，而今这帧充满生命动感的自然油画，还鲜明于我的记忆深处。

草地上圣洁而美丽的诱惑，我用眼睛捕捉到了，用心灵感受到了，但我却笨拙得未能完美地把它表述出来。在我阅读的记忆里，似乎只有郁达夫的小说《迟桂花》，把这种男人与女人之间美的诱惑，描述得自然而超凡脱俗，波澜不惊而动魄，既充满流动的欲念，又主宰着人类圣洁理性的纯净情感。或许，我读及《迟桂花》时正赶上与妻子的初恋，是她曾经丰腴的形体与浑圆的臀部，使我与郁达夫心中流淌的美文叠化成爱恋的一体，以至于十年之后，在这遥远国度里的一片草原上，《迟桂花》与我的初恋从痛苦的冬眠中醒来，幻化为这花朵间脱蛹而出的彩蝶。

这次草原之行，老汪并没有得到预期的进展，他豁牙露风的恭维词——“克罗细娃”（漂亮）以及“牙吉彪溜不溜”（我爱你），都没有得到媪丽娅这个“国王企鹅”的青睐与回应。回来的路上，老汪像泄了气的皮球一样打不起精神，倒是坐在副驾驶座位上的媪丽娅满心高兴，还轻轻地用女中音哼唱起我熟悉的曲调《喀秋莎》来。

其实媪丽娅的生活并不像我想象的那样完美，草原之行后的一天，午休时间，我看见娓丽娅孤单地坐在二楼走廊尽头的外楼梯间。冬天，这道东墙上的外楼梯是封闭的。夏天打开它，既可以通风，又可以方便行人。自然，这块圈以铁栏杆不算很大的地方，却是一处视野开阔的观景台。远眺东萨彦岭蜿蜒起伏，绿波涌动。南望爱情山，它斜披着绿色壁毯，从天空刮下来的蓝色风，在绸缎般的草地上吹着口哨打滚儿。娓丽娅搬把椅子就坐在那里，默然地抽着烟，好像在想着什么心事。我从内部的楼梯走上走廊，准备回卧室。廊道光线有些阴暗，东头敞开门的外楼道宛然嵌镶风景的狭长画框，缕缕青烟袅袅，一尊黑衣雕像凝然不动。从侧影看，我就知道是娓丽娅，二楼办公室抽烟的女人就她一个。这也是老拉丽萨不喜欢她的原因之一。我走过去，她转过脸庞来，满脸的泪痕。我不晓得她因何而伤心，也无法与之进行更多的交流。我问道：娓丽娅，嘎克？（怎么样？）当然应该问为什么哭？但我不会。她明白了我的关爱，简洁地回复道：喔特嘎（白酒），并以手儿指向自己的脖颈。这是俄罗斯人用以说明“醉酒”或“酒鬼”的手势。显然，她不是在说自己，很可能是向我说明她的丈夫又喝得人事不醒了。果然，下午老汪向我透露了这一消息：娓丽娅的丈夫酗酒很凶而且每次都要大醉六七天，这一回怕是又少不了天数了。丈夫一醉可苦了她，又要去丈夫的单位向领导说好话请假，又要送小女儿上学，下班回到家还要做饭还要抽空照料他洗漱。她为此十分苦闷，或许她的抽烟与此有关。老汪想搞定她，瞅的大概也是娓丽娅情感危机的空子，但最终老汪在我离别爱情山之前，也没有完成突破娓丽娅的道德防线。看来娓丽娅并不像别人想象的那般轻浮，她同老汪游戏爱情的人生态度完全相左，是一个寂苦的守望者。

我不能完全否认娓丽娅对我的好感和信赖，如我对她的喜欢一样，这是用神经末梢或第六感知到的，绝非什么令人作呕的自作多情，好感与喜欢是男女之间正常交往的心理，是异性相吸的情感基础。自然，圣洁杂以欲念，植以情丝，也都是可以理解的，最为重要的问题是：我们不能突破理智的防线，成为情感泛滥的俘虏，从爱情田园的拓荒者、守望者演绎为弃逃者与伤害者。这就是我对天下有情人说出的最诚挚的话。我这样说是因为我和娓丽娅之间有过一次心灵的对话。

老汪“泡”娓丽娅失败了，但这并不影响他们朋友之间的亲密友好，老汪在转攻别的女人同时，与娓丽娅照常说说笑笑，而且比以前的心怀鬼胎要自然得多。一阵风雨过去，阳光灿烂无比，这大概就是俄罗斯人或者西方人的爱情观，男女之间淡化功利性的色彩。因为工作关系，我们三人经常开车出去，或过河进城，或到郊野。一次，老汪心血来潮，拉着我们爬上了他们一家人夏游的一座小山，野草丛生，鲜花盛开，我熟知的有铃兰与百合，一串串白色的小铃铛随风摇晃，一瓣瓣红色的火焰在阳光下燃烧。娓丽娅兴高采烈起来，忘情地采撷着烂漫的野花。她的纯情像一位天真的少女，她曾让我看过她护照上的照片，高中毕业前夕照的，秀气、纯净，蓝眼睛似明澈的山泉，而不像现在这般表面欢快的背后藏躲着苦恼和忧郁。我们走进一片白桦林，亭亭玉立的树干宛然少女的芳姿，令我蓦然回想起初恋的往事，念及那首赠送给爱人的诗篇：

银亮的树干闪动着炫目的光泽
绿色的春天在软了的枝条上摇曳
像纯真的少女以流溢美丽的眼波
诱我走进那洁白的深邃
圆润的叶片上醒着无数颗深情的眼睛
吻我柔密的黑发吻我发烫的面颊
…………

在你安逸的绿云深处，我捧出纯洁的心
悄悄地对你说：至今我还在深深地爱着

我还爱恋着那个初恋中的美少女，心灵中烫印着雨夜的初吻，双手灼痕着酥胸的火焰；我清晰地回想起那首为她呈献的裴多菲的爱情诗：世上的樱桃千万颗，而我只有一个老婆，就是这一个呵，我也嫌它太多……我们热烈地拥吻着，手臂如常春藤。后来，生活的暴风雨袭临了，我们变成了两颗痛苦中生长的橡树，像女诗人舒婷赞美的那样：根，紧握在地下，叶，相触在云里。每一阵风过，我们都相互致意，但没有人听懂我们的言语……十几年了，我们心存着痛楚，守望着爱情，互挽着行程，跋涉在漫漫风雨里，同样是“没有人，听懂我们的言语”。

走下山，我默默地跟在老汪和媞丽娅的身后，念及遥远的妻子的泪痕，我的心像被一条忏悔的小虫子啃啮着，虽然我并没有做错什么，但我从情感里毕竟分泌出了欲念的黏液，这对妻子的纯洁爱情是一个亵渎，对媞丽娅的友爱也是一个玷污。我感到自己背负着的生存躯壳，比自然中蠕动爬行的蜗牛还要丑陋。

回程车开到一半时，坐在副驾驶上的媞丽娅用女中音打破了两个男人的沉默。我完全没有心理准备，根本就想不到媞丽娅会单刀直入地问我这么个棘手的问题。老汪一边减慢车速，一边翻译着。

这时的媞丽娅手捧着鲜花，回过头来大胆地看着我：“刘学颜，你喜欢女人吗？”

我猝不及防，躲闪开她火辣辣的目光，诚实地回答：“喜欢。”

媞丽娅并不退缩她的“黑眼圈”，“你喜欢我吗？”

我被逼向心灵的最后角落，不知道哪里来的勇气，就像被粘滞的飞虫猛个丁地挣脱了丝网上的翅膀，回复道：“我喜欢你，但我更深爱着中国的妻子，她和你一样，是一个痛苦中的女人。”

媪丽娅转回了她的头，低转下目光看着她手中的鲜花，并用高挺的鼻翼嗅了嗅，尔后便去欣赏窗外流动的风景：旋转的绿野，飞掠的树木。我们再没有进行更多的交流，通过翻译的转达，就像嚼过的馍一样，已经失去了原来的味道。

秋天来到了，爱情山的野草枯黄，别墅区里的果树坠满了飘香的红玛瑙、紫珍珠。假日中城里人开着小车来到别墅的小屋，忙着采摘果实。瓦洛加的妻子还住在医院里，她不能像去年的秋天一样来酿制果酱了。瓦洛加整天都呆在妻子的病床前，堆放在当院里的几只橡木桶积满了灰土。合资厂的四个女人——大、小拉丽萨，嘎丽娅和老德，一如既往地过着她们没有爱情的平静生活。只是拉丽萨给小女儿添了一架钢琴。媪丽娅还是抽着她的女士烟。不久，西伯利亚的秋风猛烈地刮起来，厂区周围的杨树落光了金箔样的叶片，空空荡荡地显露出架在枝杈上的喜鹊窝、“老鸹”巢。外楼梯被封闭上，一夜醒来已经是大雪铺地盖岭了。爱情山开始了又一冬漫长的生活。

圣诞节后，我们准备归国的行程，阿巴干是铁路支线，购买国际列车的票需要到克拉斯诺亚尔斯克。老汪酗酒“冬眠”多天了，购票的事安排由我与媪丽娅和另一名中国女工同行。但不晓得为什么，媪丽娅却固执得只同意与我前往，或许她认为去一名中国女工纯属浪费多余，或许她认为这是对她的不信任，总之，她没去，我和另一名中国工人去了。

在临走的前一天，媪丽娅来到了我的办公室，她来偿还以前向我借的十万卢布。我们无法交流，平常学到的那几句话是无从深入彼此感情与心灵的，就像油永远浮漂在沸腾的水面一样。我送她到门口，情感冲动中很想拥抱媪丽娅一下，我已经预感到爱情山的下一个春天已经不再属于我了。这时，我的心一哆嗦，妻子的面庞叠画进来，那方绣着一丛红梅和两行词句的赠别手帕浮现在眼前，“两情若是长久时，又岂在朝朝暮暮”。我都守望着爱情等到回国的这一天了，我还有什么不能再等待的呢。

我们最终没有拥抱，彼此说了声“达思维达尼亚”，然后那道厚重的橡木门就永远地关闭了。我回转身来，走到窗口，冬日积雪里的爱情山一片炫目，如同纯洁的梦幻。

第五章 无援的伤害

我差不多是和陌生的猫头鹰家族一起来到了政府大院。两千年底的雪，已经飘满了我生活中的这座小城。在晴好的天气里，从城中高处，顺着海水一样的蓝天东望，远山银鳞闪光。深山里的雪，近些年来下得更大，更厚，像一床大棉被，罩盖了林地和旷野。这样的季节，猫头鹰已经很难捕捉到食物了，便从山里一夜之间飞落城中。它们也像农民工一样，成为这座古都里另类的打工一族。

政府大院里生长着四棵古树，都有上百年的历史，是清代阿勒楚喀城的遗物。在这座古城里，它们是植物中最老的家族之一了。每棵树都需要两三个人才能合抱得过来，而且虬枝盘结，皮相粗糙，地表龟裂着沧桑的足根，一看就有着厚重的历史感。人们已经认识到了它们存在的价值，在树干钉上铜质的“族徽”：古树名木。后院还挺拔着一棵老榆，像个孤独的老者，叶子被秋风扯光，根部陷落在雪堆里，更显出一股苍劲的气势。或许是它的拒人千里之外的冷傲、孤僻，使得猫头鹰择栖在前院的三株柳树上。它们虽然也落光了叶子，但褐色的长须垂拂，更多的日子是银髯根根，在冬阳的照耀下仿佛闪光的流苏。猫头鹰家族，每年来此过冬的有二十来只，分居在靠近办公楼的两棵树上。院门旁那略显孤单的一株，只有在初冬时节，整个家族迁来之前，暂且成为两三只“哨兵”的临时落脚之地。

我进出这个大院，不过四年的时光，当时与这群猫头鹰的命运，并没有什么不同。我的生活在那两三年里，也落满了寒冷的风雪。像这几棵孑遗的老树一样，我为之工作了二十余度春秋的百年糖厂，破产黄摊。一夜之间，手端的铁饭碗，被自己作践得敲碎，三四千人从此都像失去了土地的农民，成为城市里的打工一族。我和妻子都曾是荣耀一时的“甜蜜事业者”，而今一落千丈，饱尝起痛苦的折磨。如今时过境迁，我不想再去喋喋不休地来讲述那段去意彷徨的历史了。这并不是我个人的命运，而是一场伟大变革中的暴风骤雨，洗礼或者言其相反的词意“摧残”，其实都是让所有的经历者面对现实：承受时代向前发展中的强烈阵痛。就像战争年代，我们的父辈们端起枪冲锋一样，你必须踏着前面战友倒下的尸体前进。生活在每个时代里的人，都会有所牺牲，作为我们就是面对着转变生存方式的一次痛苦抉择。那时，我没有别的更多想法，只是想在这个落雪的冬天里，寻找到一个温暖的落脚所在。就像那群从山里飞过来的猫头鹰一样，借助朋友的引荐和我文学上的“雕虫小技”，我走进了这座古树参天的大院，虽然仅为一个打工族，但我似乎看到了命运里的春天。

在每年秋冬之交，猫头鹰的到来是有着迹象的。我对它们的关注，或许是与我自身的命运以及内心里苏醒的人性有关。从踏进雪中的大院，我习惯于风中流泪的目光就有了一种充满悲悯情怀的搜索。自打经历了一连串权力角逐的倾轧、诬陷，又迭遭破产后的世态炎凉和亲情浇薄，我时或从夜半的无名伤感里醒来，顿悟到我的关爱应当在人类自身充满变数之外的地方去寻找寄托和慰藉。当我喜忧参半、心悬两间地走进三棵老柳守护的积雪甬道，先是看见一群鸽子，盘旋在我头顶的蓝天上。这群大院里被饲养的美丽生灵，后来同样成为我所关注的对象，是我上下班所阅读的美学课程之一。

待会儿，我还要悉心讲述它们的生存命运以及充满温馨浪漫的爱情故事。靠院门口的那棵大柳树，光秃秃的，虽然雪枝披拂，但并没有引起我更多的注视，或许是那群鸽子转移了我的视线，也或许是它的孤寂落寞为我所不喜欢，即便到现在我的情感也还是如初。倒是里面那两棵间距不远的“姊妹柳”，给我第一印象极其深刻，是因了那流苏之间的静默生灵吗？我猛一抬头，便发现了蹲伏枝叉间的它们，或寂然独居，或夫妻相偎母子相依。我感到讶然，难以想象在这人类居住的城市里，居然还能看见它们的身影，进而感念于这里的为官者对于它们存在的宽容。至于后来所发生的伤害事件，多少是“晚节不保”，给人留下诸多的遗憾。

秋风起时，后院的榆树很快就掉光了叶片，南向垂落的一根树枝，像脱臼的手臂暴露出来。柳树披拂的枝条，依然顺着细密的叶片，往下滴淌着绿意，差不多满当院都铺层厚厚的雪毡时，它才落净早春时光的“丝绦”。其实，在黄叶还稀疏的时候，猫头鹰的“信使”就已经飞来了，尚未落雪的甬道上洒落下花花点点的白色粪斑。这种现象持续一段日子，雪就铺天盖地而来。随之，在某一个不为我们所知的夜晚，猫头鹰家族便飞临这座我生活中的城市，在五六个月里，成为我命运的一个参照物：悲悯或感动。

我再谈谈大院里的鸽群。它们被饲养多少年，我没有向有关人员打听过。时至今日，它们已经形成一个庞大的家族，粗算也有两三百只吧，而且还在继续繁衍着，仿佛要将这个经常上访的大院，演变成一片和平的美丽景象。变革在突出着问题，激化着矛盾，阵痛的到来使得人们感到一种生存的压力，茫然无措中便将心存的慌恐、怨气、激愤，找到这个大院里来释放，以寻觅安全庇护的心理要求。这个时候，鸽子的生活秩序受到干扰，盘旋在天空，就非和平的迹象，而是带着慌乱的飞行轨迹。更多的日子，鸽群都呈现幸福和安详。它们拢着色彩缤纷的翅膀，像人类心满意足地背着双手，在甬道、花坛、草坪、雨搭下悠闲地漫步，一边寻觅着地上撒下的粮食，啄食着草叶、花瓣，一边咕咕地呼朋唤侣，表达爱情。

一天晌午，吃过饭后，我走出办公室，准备到街上办点事。刚步下楼前停靠车位的雨搭，就发现两只鸽子在谈情说爱。夜间，曾下过一场雨夹雪，从雨搭上面渗露下的雨水，在地面积成一个脸盆大的水洼。两只鸽子想当然地把它当成了美丽的湖泊，在岸边顾影自怜，然后，那只灰羽的雄性鸽子，可能是为心中炽热的爱情燃得口渴了，他啜饮下一口水，便跑到等在一旁的母鸽子前。两个角质喙，在像我们人类一样开始忘情地亲吻着。这是我第一次得以近距离观察鸽子们的爱情生活。它们在完成做爱之后，双双飞走了，留下我一个人沐浴在温煦的阳光里。这真是一个妙不可言的初冬的中午。它使我猝然想起一位死去的年轻作家，他所创作的散文名篇《大地上的事情》，就是以敏锐的观察，细腻入微的感情，而来深入我们另类朋友们的微观世界。他用这种眼光来观察喜鹊：喜鹊的躯体比灰喜鹊壮实、粗拙。它们站立时惯有的警觉动作和那身从早穿到晚的燕尾服，使它们被儒勒·列那尔戏谑地称作“最有法国气派的禽类”。它们仿佛拥有一副金属的喉咙，叫声锐利、干燥、毛糙，一派大巧若拙的气度。灰喜鹊的形体柔美，羽色具有灰蓝和苍蓝的光泽。它们的叫声娇媚、委婉、悠然。它们聚在一起的时候，很像一群古代仕女。

多么可惜呵，苇岸死的时候才39岁，带走了他生命中另一半的大地上的事情。

这些鸽子得意忘形中，也会受到意外的伤害。而且这种伤害并不完全都是伤害者本身的过错。只因它们太过于疏懒，将车辆的循环路当作它们贵族式的散步场地，或者谈情说爱的舞台，即便并不快的车速，也会将昏头昏脑者碾压于轮胎之下。尸体拾走之后，留下的血痕要等一场雨清洗，或一场雪重新覆盖。这种无意识的伤害，很是让我感伤，而且无援。

我写到这儿，聪明的读者大致已经明白，我为何浪费了这么多的文字来描写大院里的柳树、猫头鹰以及鸽子，这里存在着一条并不十分复杂的生物链：饲养鸽子，每日要往地上撒粮食，无形中引来了嗅觉灵敏的老鼠。它们的存在与出现，也就此成为了猫头鹰每晚的美食。因而，猫头鹰家族便在每年大雪封山的冬天，把这个古木参天的大院当作天堂。而对于生活在城市夜晚里的老鼠，则成了它们的地狱。

我来到这个大院，也是向往着把它当成我未来生活的天堂。在以往的岁月，我已经受到过多的伤害，曾经幻想以逃避来免除被叼啄得体无完肤的心灵。其实，那时我太过于讲究人性的东西，固守着“与人为善”的祖训，坚执着做人的道理，而且性情里潜蕴着疾恶如仇的“坏毛病”（油滑的官场中人都这么评价我）。总之，就是读了些书，有点太清高、太孤傲了，因而受到伤害也就难以避免，性格即命运嘛。有人说，我现在学圆滑了。其实我还是原来的我，要说改变，只是我把伤害当作一种精神上的财富，像受伤的蚌用紧闭的苦泪来孕生珍珠。而且，我也从伤害中学会了生存的本领，就像鹿在狼群的追赶中逃脱得更为健美。不用说，这种健美是心灵上的超凡脱俗。而今我何以宽容，是因为我受到别人的嫉妒；我何以深沉，是因为我为虚浮所害；我何以微笑，是因为我饱尝过太多的苦泪。我走过浮躁的沼泽地，蹚过欲望的大海水，在等待着上帝的召唤：重归涅槃。

我受到过伤害，饱尝过被伤害的滋味，因而，我不想也不能再去做无谓的伤害了，无论对同类，还是对自然，如同辛弃疾所倾心赞美的那样：一松一竹真朋友，山鸟山花好弟兄。我们与所有的生命平等地存在着，没有彼此伤害的理由。然而，并不是所有的人都这样想，因而伤害还大面积地发生，嫉妒躲藏在暗角里喷溅毒汁，企图毁灭美的存在；名利在扒着门缝觊觎着权力，阴谋扼杀对手的竞争。政治与官场的染缸，摆在面前，参与者没有人能够摆脱伤害。这种伤害，是一种难以言说的痛苦，像猛虎雄狮为偷猎者预设的夹具所伤。流血者往往舐着爪子，充满着悲哀而绝望的眼神儿。我受过这样的伤害，面对着躲藏在黑夜里狞笑的对手，只能大睁着失眠的眼睛，抚膺枉叹。

在来到这个大院后，我又经历了一次双重的伤害：人对人之间和人对猫头鹰之间的无谓伤害，而我对此却无从援手。这是我之悲哀，一个小人物无所适从的心灵悲剧。

来这个大院之前，我和大家都是陌生的，内心感觉就好像是一头刚被捕获来的动物，在众多参观的目光中，茫然无措。这很可能是我头天进入大院，谨慎观察中偶然发现猫头鹰所产生出的一种亲近感。人与人之间的陌生，那种心灵的隔阂远远超过人与动物之间。尤其是像猫头鹰这样的鸟类，我们无需顾虑它的伤害。它大而圆的眼睛，只是为黑夜捕捉老鼠而准备的。人的眼睛是最为复杂的，不仅仅在构造上，一笑一颦，喜怒哀乐，波诡云谲，尽蕴其中。这扇心灵的窗户，有时看似透明，却往往为其所诱骗，如同关进居室内的大眼睛蜻蜓，即便扑闪着翅膀，到死也飞不出这层它看得见外面世界的透明。我渴望在陌生的大院里，能寻找到一扇或者更多扇便于倾情交流的心窗，彼此都毫不戒备地打开，然而，这是一桩颇费周折的探索，同时也是十年来我何以转向墓地的一个重要原因。我填写的一阕西江月，多少传达出我的这种思想。

无助

揽目风高云淡，十年生死之间。横流沧海老天山，视作等闲来看。常与鬼神交结，少跟活者闲言。去留缱绻意枉然，天地人生驿站。

另一阕《满江红》中的“竹柏苍然兄弟意，山花烂漫吾妻也”，化解辛弃疾的词句，发散出的也大致是此意。我这样抒写真感受，不是悲观厌世，对人类心怀着没落贵族的绝望，而是说“千古知音最难求”。然而在这个陌生的大院，我还是找到了可以敞开心扉说话的朋友。我这篇文章里，要谈及的A女士便是其中的一位。

我和她以前相识于文学，归类文友，虽然一年到头也难得见一面，但彼此都知道。在这座城市里，彼此都为“爬格子”的性情中人。我和A女士最初相识是在1993年。那时她在报社副刊做编辑，而我即将远赴俄罗斯的西伯利亚工作。行前，接到她的邀稿信。我知道她的名字，但尚未见面，盛情难却，就胡乱从旧作里选寄了两篇。转年从国外归来后，知道是发了其中的一篇，是写对童年故居怀念的，“小女人”的东西。当年，我就这么个水平，文章流于轻巧，思想浮在表层，为人也有些浮躁。那三四年间，发表在《哈尔滨日报》副刊上的文章，也大多“小家碧玉”式的豆腐块。其间也偶然读及她的散文，清纯有如山溪之泉。后来，看到省报发表她的长篇通讯，是写小山村书记的，很有些规模，虽然还谈不上大家风范，到底还是有着气势。在我看来，这是她写的最富有生命激情的一篇东西了。这与后来，她跟我谈到多愁善感与自杀的心理迥然有别。这次谈话和交流，我后面还将详尽而如实地写及。

我们的真正相见，是在她调入大院，而且跻身科局领导的数年之后。一次，市里的“作家协会”召集理事开碰头会，其实，就是年终岁尾大家聚聚。

在一家酒店，几位朋友尚未尽兴，又换个地方去唱卡拉OK，她唱的什么，我并不记得，我唱的是一首《萍聚》，当时没怎么想，在家里常听到小女儿唱，而且这首歌儿节奏好把握。我天生就缺乏乐感，跳舞性窘，踩不上节拍；唱歌情迫，压不住旋律。被逼无奈，就扯着嗓子干号完事。似乎这一次，还就大致顺溜下来，而且个别歌词还记忆犹新，我们毕竟“曾经相聚过”嘛。

我们再次相聚，她就成了我的顶头上司。我重点要讲述的就是这一段经历。彼此有过误解与理解，隔阂和交流，以及她所受到的伤害和我对这种伤害的爱莫能助。我把这些发生在我身边的事，真实地记录下来，意在表达我的这种困惑不解：为什么我们彼此要无休止地伤害，把心都刺伤得鲜血淋淋？难道是我们生存的空间太过于逼仄吗？还是权力的金属棒产生着过强的眩目磁力？这个时代呼唤着强者的竞争，而摒弃“暗角”的不光彩作为。竞争——无论是商界还是政界，都在唾弃着不择手段的伤害。正因为我有了这样的思索和理解，对弱者所受到的不明不白的伤害，就更加在背地里抱着一颗同情心，而且对自己的无援，愈发感到无以名状的痛苦与悲哀，也因此对伤害的制造者倍增痛恨。尽管我在学会宽容，但在情感上，一直都无法原谅曾经在我的童年侮辱并伤害我母亲的人，也难以释怀曾经在我最痛苦时期将世态炎凉的盐粉撒上我伤口的人。我彻夜难眠时，反复咀嚼的一句话是：一生一世都不要去伤害疼爱你的人！这种不见刀口，不见流血的伤害，是极其可怕的，受伤害者孤独而伤悲地会将它带往另个世界里去。倘若鲁迅不受到他疼爱的弟弟周作人的伤害，他不会在死前如此绝情出言；如果林风眠的母亲不遭受宗族的凌辱，他不会一辈子再不踏及乡土；帝王胸怀的刘邦，怨怼丰县故里人在他落难时的袖手旁观，他贵为天子时也不忘啬赐生养他的土地……

伤害，是多么地可怕，是精神的瘟疫。

无助

伤害，又是多么地可鄙、可憎，是善美心灵的死敌。

这一年，我从死里逃生中缓过点元气，混了个文联的闲职，而她则得以升迁，成了这个大院里最年轻的女干部。文友成为顶头上司，并不是我嫉妒的地方，在心里我似乎还找到了一种荫庇。文人相轻，我们彼此是不应当存在的。除了生存上的这点非分之想，我这个年龄是无需再使人产生戒备的心理了。朽木还能雕出何等样的东西呢？连傻子都能看出这其中的门道，她的慧目谅也不会走眼。再说，以前我们原本就是君子之交淡如水。

猫头鹰飞来的前后，一次公出归来，我大体听说了她受到伤害的遭遇，详情与匿名信的内容不得而知，据说是很污损人格的流言蜚语，而且使用的文字极其下流。卑鄙者所惯用的手段，诸如捕风捉影，无事生非，男女关系等等，都以打字的形式散播出来，而制造散播者躲藏着真身，像幽灵一样在受伤害者的附近徘徊，期待着猎物能在痛苦的不辨方向中落入他们所设计的阴险陷阱。我不知道我的这位身体娇弱的顶头上司，在那个冷言风语的特定环境里，是怎样熬过了心理难以承受伤害之重的脆弱时期。对于她来说，这无疑是一个“娥眉曾有人妒”的黑色日子，黯然神伤，心灰意冷，无以名状的悲愤，以至泪泣。这都是每一个所受到伤害的人，初始面对时所做出的应变反应。因为这样的伤害来得突然，不曾预料前进的背后暗藏冷箭，使人猝不及防。一方面匿名者暗自得意，幻想着阮玲玉、翁美玲等自杀的痛苦，仿佛己身便成了一名成功的杀手；另一方面亲朋好友，组成了声援团，以义愤填膺的屏蔽，来为受伤害者遮风挡雨。我的情感是倾斜在受伤害者一方，这不止因为她曾是我的文友，或者今日的顶头上司，重要的问题是她作为一个女人，不应当受到这般卑劣手法的无端猜忌和凌辱。在古老的东方，损毁一个女人的名誉，似乎只用身体就能把她轻而易举地击垮，很多的阴谋者就是采用这一软刀子的卑鄙伎俩，完成了黑蝙蝠一般暗夜里的狞笑。而无眠的啜泣或者亲人悲痛欲绝的痛苦，在“施虐者”听来，是世界上最美妙的音乐。

在那些落雪的日子里，她穿着一如从前大方得体，面色显得很平静，仿佛暴风雨过后的湖面，波澜不兴。我为她这种政治或者说人生的成熟，而感到由衷地高兴。但我作为一位稍长她十岁的男士和下级，在私下播传的小道消息面前，是不应当也不合适地去表示我的慰问和祝贺。这样反而会把事情搞糟，将她推向难堪的边缘。男女之间，尤为与女上司之间，毕竟是有很多心里话难以也不便互相倾诉的。那段日子，虽然见面甚少，在走廊上碰见时礼节性地打声招呼，但我感到伤害还是在她的心理发生了一些变化，眉间时或挽系一丝不易觉察的阴云，她以往那种恬静的笑容也似乎在减少昔日的频率。我知道，抚平伤害是需要一个自我疗治的过程。我从前有过这样的经历，当我夜半猝然间醒来时，面对着黑夜大睁着眼睛，仿佛伤感中要捕捉到曾经逝去的美好情感欢乐，然而，从心灵间推不开的是痛苦的沉重。好不容易又宽慰着自己睡过去了，但又有谁能知道，心灵里已经满是忧伤的泪痕。我到今天也不再愿意去回首那段受到破产和殇情的往事，在写下这些文字时，我还是感到酸苦和痛楚溢满眼前的纸张。为此，我在心里默默呼唤：我们人和人之间还是少一些伤害吧，多一份理解和宽容！

这一年，雪似乎下得勤些，时或出现玉蝴飞舞的景象。我每天进出大院，都流淌着风泪。上下班已经养成一种积习，抬抬头看看蹲伏在风雪柳树上的猫头鹰家族，在心底里向它们问一声安好，似乎它们也在受到了一些人心存陋习的伤害。我每天埋头于创作《生死之旅》，且信且疑于大楼间私下里的风传。我怀疑会有人这么偏狭吗？在僻远的乡间，那种“夜猫子进宅，无事不来”以及视猫头鹰为凶鸟的古老传说，似乎还陋根未除。在文明开化的地方，还有谁肯相信，这些迷信的欺骗呢？记得，我曾读过张烨写的一篇散文《猫头鹰带来了吉祥》。作者的祖母生了重病，当地民间传说，雨夜闻听到猫头鹰并能数出它的叫声，就会给亲人带来平安的祝福。于是，她披着雨衣，蹲在树丛里，淋得浑身直哆嗦，但幸运的是这一夜她听到了猫头鹰的叫声。天亮时，她赶回家看到祖母睁开了重焕生命光彩的眼神。其实，猫头鹰和乌鸦都是与我们和平共处的朋友，它们所曾受到的伤害，不是来自于它们聪明的本身，而为我们自以为是的人类。他们愚蠢地依据鸟类的外表和叫声，就心生好恶地把喜鹊、传说中的凤凰称作吉祥鸟，而将乌鸦、猫头鹰归类到"报凶之鸟"，这是多么地令人贻笑大方呵！这个大院老鼠昼伏夜出，有了这些猫头鹰的存在，它们就消停得多了。我们安然生存、正常工作，何以与这些前来觅食的"山民"过意不去呢？它们鸣叫——很可惜我从来未闻其声——怎么能够决定人类的命运和我们自身把握好的官运呢？

好在这年的冬天，猫头鹰的家族安然无恙，两棵大柳树成了它们幸福生活的天堂。

转过年来的春节前，已然忘记了具体的日子。一天下午，冬日散淡无力的光泽洒落在我办公室窗外的雪地上，那棵大榆树兀自挺立，如寒风里的孤傲斗士，我伏案的偶然间抬头与之触目，心动凛然。对坐的女孩子（另一章里将会写到她），去做别的事情去了，我孤寂的一个人正陷入生死之间的沉思。一记敲门过后，她走进来。我心理并无准备，因为她很少过来，我去她的办公室就更加少了，仿佛彼此间都有着拘谨，在她可能是矜持，在我则显得迂腐，好像有那么点清高。其实，心里还是生发性别的障碍，因而每次接触和交谈都仿佛隔着一层玻璃，尽管透明却无从透彻，很多话、很多思想稍一深入，便自觉或不自觉地滑向另一侧的河岸。我们双方都小心翼翼地划着交谈的桨板，从前的了解毕竟不多，深恐被卷入伤害或"出卖"的漩涡。彼此都有着被"出卖"、被伤害的历史，因而这种谨慎就显得极为正常。孤独者渴望倾诉，但他不会去寻找危险的人物来推心置腹，如同荒野里的一只鹿宁肯寂寞得死去，也不会去和狼做交流。我懂得这个道理，也明白应当向哪类人坦诚地敞开自己的心扉。

礼节性的客套之后，她背对着窗户坐在女孩子的位置上。我们交谈先是源于共同爱好的话题——文学。在这个物欲横流、心灵浮躁的社会，似乎没有比谈文学艺术更为高雅的事情了。但若是对牛弹琴，就会显出迂腐气来。我们十分轻松地谈起各自手头上所读的书。当时，我正阅读《时间：个人的活着》，是一本抒写心灵的沉重史。我已经不大喜欢“小女人”的东西了。或许是探访墓地过多，心境苍老所致吧。她一面微笑着批评我生活得沉重，另一面就感时伤怀地自我沉重起来。伤痛随着这个冬天的即将逝去，毕竟还没有从心灵深处完全消失踪影。野外被冻伤的人，他永远也不会忘记漫天冰雪的寒冷。

她依然保持着浅笑的风度，故作轻松地问我：你听过我的事吧？

我不能对坦诚来说假话：从关心你的朋友处，听到些风言风语。

“你是怎样来看待这件事？”

我的回答必须真诚而得体，“我从不怀疑你的做人。对于乱嚼舌根者，你大可不必往心里去，关键是你们夫妻间彼此信任，不能让‘后院失火’。”我当初确实使用了‘后院’这个词，虽不够文雅和准确，但真实地表达了我对这件事情私下里的关注和想法。

她对她的夫君就此事的态度还是满怀感激：“他完全和我站在一起。”这是一种危难之间的最好理解了，所谓的“比翼齐飞”、“相濡以沫”，考验爱情的忠贞唯其大风天或残剩滴水的时刻。

她这样讲，我就已经明晓她心灵的春天正在慢慢走近。

然而，这次伤害，对于三十出头的她，对于她正蓬勃生长中的政治生命，无疑是一场猝不及防的苦霜。从她的黯然泣泪中，我知道猛烈的暴风雨过后，受及摧残的心灵叶片要在很长一段时间里才能弥合被撕裂的伤痕。我望着渐渐暗沉下来的天色，那棵老榆树以铁的枝丫刺破暮空。她离去时，我对她说："你的朋友们，都在背后关怀着你，而且时间会证明一切的！"我尽管这样给她打气儿，然而，在她走后，我自个还是陷入一种莫名的悲哀，为人与人之间不该发生的伤害，也为我对朋友受到伤害的爱莫能助。

这年的除夕前夕，我结束《生死之旅》的最后一篇文章《壶碎》。春节过后，春天如期而至。春分地皮干的季节里，柳树上的猫头鹰家族，在一个夜间回归山里，它们的歌声将传唱于林间的美丽星空下。这一年，对于我似乎过得非常快，转眼间"非典"闪电而去，夏天便来到了。我的《生死之旅》已由何振邦老师作序并予以肯定，而且他还亲自打电话给我的女上司，要求对我给予关照和爱护，仿佛我这棵小树就要长成大树似的。她亲自来找我，满怀着欣喜和祝贺。此时，她差不多或者说已经完全走出伤害所笼罩的阴影，因为她的微笑已回到先前的频率上。我也在心中为她的精神康复默默地祝贺。她后来抽空读了一些我的生死文章，并告知我她准备写点评价之类的东西，仅此之语就已经令我很是感动了，同时也证明她以沉默和忍耐的力量赢得了这场看不见敌手的胜利。

她所受到的人与人之间的伤害，随着时光的流逝而雾散见天了。而在这个新的落雪季节，另一件意想不到的事儿，人对猫头鹰的伤害悄然发生。似乎大楼里的人都知道这件事，私下里有过交头接耳，但没有人敢公开站出来替无辜的猫头鹰说话，我又何尝不是怕树叶掉下来砸破自己的脑壳呢？给猫头鹰伸张正义，就等于我要承受伤害，而且人微言轻，于事无补，于己无益。在那些寒冷的日子里，每天夜晚，人去楼空后，两棵大柳树上的猫头鹰，都要遭受来自地面上的不同方式、不同手段的袭扰，鞭炮的震吓，礼花的闪射，它们惊恐万状地蹿向晨空，又待夜深人静后，小心翼翼地栖落在树上。山里的积雪厚重，可捕食的老鼠稀少，此时回归就意味着挨饿，或者死亡。它们不能失去这方庇荫家族，且赐予它们生之温暖的伊甸园。它们只希望以自己的沉默和忍耐，来换取伤害者的良心发现和仁慈的宽容。它们只为了生存，白天伏枝如铁，夜晚除了捕捉老鼠，它们决不伤害鸽子，也不轻易来唱人们不喜欢听的歌声。它们似乎在彼此告诫着慎展歌喉，要等回到山林的舞台，再尽兴唱给美丽的大自然听。人类只爱画眉、百灵鸟的巧舌如簧，而它们吞食老鼠的歌喉，味道确实不怎么样。

那些严寒的日子，我很是为猫头鹰家族而担心，每天早上行走在积雪的甬道，都仰抬着风泪眼儿，透穿挂霜沾雪的纷披枝条，瞭望它们沉默的身影，其心态有如柳宗元《捕蛇者说》的蒋氏，当差役来村骚扰时，“吾恂恂而起，视其缶，而吾蛇尚存，则弛然而卧”。

或许是猫头鹰们的坚忍，或许是驱散者的退让和疲惫，总之，猫头鹰坚守在这两棵柳树上，熬到了残雪融尽的春天。于是，在一个不为人知的夜间，它们又扶老携幼地飞回了自然的家园——山林。

大院里的猫头鹰的故事结束了。而我与她——我的“文友”与“上司”，还有一桩交往要叙，这是伤害平复以后的事情，是一次极其平常而又极其深刻的交谈，它关涉到人生生死的话题，因而，我不得不把它补录在这篇文章的尾部，它多多少少还与前面的伤害有着牵连。

在今年夏天，会议之余的一次草原之行，我对桌的女孩儿有幸同往。草原是宽阔人们襟怀的地方。对于初来者——她和女孩来说，这是一次充满欢乐而愉快的旅行。我喜爱草原，几乎走遍了内蒙古的中东部，我的苦乐、忧伤的泪水，以及沉思的目光都洒在了荣枯的草叶上。草原是我情感疗伤的所在，我每一次临往都渴望着能孤独一人地躺卧在草原的怀抱里，像儿时伏身在母亲的胸怀间，不是撒娇，而是委屈地痛哭一场。这些年来，我的心灵受到了过多的伤害，承受了过多的痛苦，也目睹了亲人之间的谅解和伤害，草原母亲，就让我伏卧在你的怀抱里，任情感的河水泛滥一次吧！然而，每一次我都不是一人来到草原，我的痛苦被朋友们欢乐的接待融解和剥夺了。只有一次，也仅在草原城里的歌厅。我的流泪是因为我有着痛苦中的深爱！

这一次草原之行，我想她会和我以往的感受一样，想一个人抱膝或躺在草原上，以孤独的心灵向受到过严重伤害的情感倾诉。七月的草原，因为持续的大旱已经苍老了一半的青春。景色因人而异，她看到的是苦春，而我感受到的已为霜秋了。对于女孩儿的感受，我并不知晓。她的生命里会有无数个夏天，她的情感不会因了这一次草枯而过度悲天悯人。我和A女士毕竟都是受到严重伤害的人，而对她尤为记忆犹新，一位艰难生存在男人居多的官场中的女性，她所最为珍视的名誉，被诋毁者无端地践踏，这就像一条洁白的哈达，为一双踩过牛屎的皮鞋所污损。虽然，事过境迁，她已经不再言及，但毕竟心扉留痕。她坐卧在黄昏的草原上，显然是想倾诉，在倾诉中流泪，在流泪里洗去心存两年来的悲苦，然而，她不得不像我以前一样，被迫放弃这种渴望泪流的想法。有朋友陪伴的草原，真的不是痛苦倾泻的地方。

也就在这一晚，我们三个人谈到了生死的话题。饭后，看看时间尚早，我提议去参谒一下苏联红军公墓。这是我每到一座城市喜爱去的地方。我已经生过了，但我还没有死去，预演或提前进入角色，去跟未来的死神谈判，在我看来，并不是一件多么坏的事情。我们每个人都正行走在这条路上，只是距离远近罢了。采取回避的态度，其实是最愚蠢的做法。

夜色的黑纱拖曳在星空，从草原深处刮过来的风儿充满凉意。公墓已经很少行人，绿丛间的长椅空寂。我很想在这里坐坐，感受一下死亡的真实距离，美丽而温馨。这是因为有人曾经流过血，因此，和平的鲜花就开满了这座城市。我们看罢墓地、纪念碑，就走上灯光照亮的宽阔街道。身旁绿树枝叶婆娑，铺地砖暗淡下色彩，我们在漫步间感到这个夜晚有了一种交流的渴望。她说："我以前是个十分敏感而脆弱的女孩儿，很多时候总想流泪，而且还设想了一些死法。"她说的话儿，我能理解，搞文学的人，大都多愁善感，秋风落叶而伤离枝，苦霜凋花而含悲容，至于自杀的大文豪也不少，小文人也有一些，我们生活中的这座小城里就有一位文友因苦闷而上吊自杀了。这种自杀的情绪，我从前也有过，但大多都是一闪念，墓地越看越多，它反而消失了踪影。

我对她的话儿感到了一丝兴趣，她设想的死法是不痛苦的安眠，或许这与她睡眠不好有关。在我看来，死亡本身就是一种痛苦的抉择，无论选择哪种方式，都是对生存烦恼与绝望的逃避，更重要的是逃避着责任。她能坦诚地披露自己生死的心态，并不为之掩饰，尤其是在顶住伤害这一难关。我想，她从今以后就绝不会再轻言去死了。因为伤害往往会走到它们的反面：成熟，这是伤害的制造者所未曾预料的结果。我想起，我曾经对她说过的那句话："时间会证明一切。"两年时光尚未流尽，她已经变得更加成熟和坚韧了，如一株"会思想的芦苇"，在生活和政治的湖岸，自由自在地生长，这是值得赞美的。

归程车上，我们又进行了一次倾心的交谈，我谈到了自己计划中的这本《爱无助》，她听说很感兴趣，然而，她不会想到我会将她所受到的伤害与猫头鹰联系在一起。这是那两年大院里发生的事实，我只是忠实地记录下来而已。至于，我对她曾经产生的误解，已经随风飘散了。而且我也即将暂别这个大院，与鸽子们、猫头鹰们说声再见了，但愿你们别再疏懒得过了头，别再受到新的伤害了，也愿借女作家张烨那篇文章所言：让猫头鹰带给我们所有人以吉祥！

第六章 真诚的守望

在对待爱情的问题上，我十分崇慕我的双亲，他们之间相敬如宾，白头偕老。在我的记忆中，他们没有红过脸，吵过架，日子过得很平淡，却又很丰富。因为他们喜欢像候鸟一样地生活，年轻时拿搬家不当回事，步入晚年也叮当二五地折腾很长一气，现在总算尘埃落定了。为此，我长出一口气，心里默祷：感谢仁慈的上帝，和平降临他们的心中。除了动辄思迁之外，我的双亲忠实于爱情，他们所留下足迹的地方，都是清泉在流淌，连最爱挑眼拔刺的人，在这一点上也不得不闭上嘴巴。尽管很多人都知道，我的父亲自打年轻起就有一位相处极“铁”的女同事，我们姐弟都管她亲切地叫着王姨，但尽可以去他俩工作过的地方去打听，没有人会说三道四，因为王姨和我父母的友谊牢不可破，硬是没话可说。我的母亲是个生性敏感的人，在对待我父亲和王姨的交往上，无可挑剔。他们年轻时常来常往，同桌吃饭，同炕睡觉的事也有，年老了，三人又走进一座城市里交结不断。他们的友情比我的岁数还大。1956年，我的父亲在牡丹江卫生口做后勤工作，单位托儿所雇人，王姨应聘。那年，她二十七岁，长我父亲一岁，而且已经离婚三年。生育一子，由男方抚养。王姨就这么独身生活到现在，与我父母一样都已是“垂垂老矣”。王姨进入我父母的生活，而且为我父母所共同接纳，这是一个多么美丽而又充满着温暖人情的故事呵！恐怕这样真诚的守望，在当今社会是很难再找到了。

其实，我这样说，未免有些绝对，大千世界只为两性存在，我们生活在地球村，每天相见和相处，不是亚当，就为夏娃，正因有了诱惑的存在，情欲的泛滥，才更加显示出男女友情之间的纯洁弥足珍贵。

我下面要讲述的是我与C女士的十八年交往，大体与我父母跟王姨的故事相当，但不是翻版，这一点在阅读中要加以注意。

我的记忆很怪，在情感里潜藏着些鬼知道的细腻之处。有很多事情，很多独特的感受，即便纤如发丝在多年后我也会记住。我对光线特别敏感，或许是打小眼睛不好的缘故。盲人虽然看不清外界的物象，但对于光线却有着捕捉的灵性，仿佛另有一双神奇的眼睛在用来感知这个把他们推向黑暗边缘的世界。我读过一段描写一位盲按摩师的文字：当不来客人时，他就搬过椅子将脸庞迎向敞开着的门口，静静坐着，好像在欣赏着外面街道上的美丽风景。有一次，他欣赏得如醉如痴，客人——作者进来时，他脱口喊起来：别挡住我的阳光。读到这儿，我的心有些酸楚，阳光很可能是盲人窥视世界与自然的唯一窗口。我恍然明白了：他们行走在路上，仰着面孔，是在渴求寻找温暖心灵的阳光呵！

我很懊悔自己投错了文学之胎，而没有选择别的道路，我对光线敏锐的感知和捕捉，是与生俱来的存在。至今，我还能感知出两岁时窗口照射进来的阳光，沿着金色的轨迹我向着炕沿爬去，束缚中记住了捆绑在腰间的缠腿带，颜色是淡黄的。我还清晰地记忆着一个吹箫的月夜，是在四岁上，坐在家门口的小凳上，支棱着耳朵捕捉夏虫和青蛙的歌声，蓦然，就从远方传来这幽咽的歌调。我仰着小脸，看见了暗蓝天空的一轮月亮，边缘堆砌着碎银，就像我手腕和脚脖上套着的银镯圈儿。

我和C女士的初次见面就是来自于这暮晚窗口的暗淡光线，当我与她在十五年后重新碰面，闲谈里提及此事，她几乎不存多少印痕了。那是一次笔会，是《哈尔滨日报》社副刊组织的，由承办的这个区负责提供采访对象和食宿。十几位业余作者，先是分任务，然后跑下去深入生活和组织材料。我是采访一位西瓜大王，在他家里连吃带住一昼夜，回来后大家又坐在一起，谈写作提纲。在会上，彼此都是陌生的面孔，我并没有注意到她。就在这天黄昏后，众人散步归来，看看天色已晚，我到洗漱间刷牙洗脸。房内没有点灯，窗口亮着一方淡光。因是夏天的傍晚，我们所居住的平房附近没有高楼遮挡，我站在洗漱槽的东侧，临靠着窗口西望，天边上的火烧云燃烧得只余残烬。而夜空正在转换成暗蓝色，仿佛有几粒星星的钻石在闪烁。这时，她走了进来，占据另一侧去洗漱。暗淡的房间里，只余拧开水龙头的短暂声响，寂静是很压迫人心的，我想应当说点什么，大致的对话很简短，互通一下彼此的单位，姓名。在提前离开洗漱间，礼貌性地打声招呼时，我看了一眼她的背影儿，所穿的深色连衣裙与暗淡下来的光线漫成一片。当再度重逢，我提到此事并大致说出她当时所穿的衣服颜色时，C女士很是惊讶，其实，这并没有什么好奇怪的，只是我对光线和颜色特别敏感罢了。

笔会以后，在这十五年的时光里，彼此再也没有见面。最初几年，双方的名字在市报上偶然看见，我印象深刻的是她的一篇散文，好像题目叫《远去的帆》，是写她对往事的追忆与伤感。而她留存记忆的是我的一组小诗，后来让我看了她当时收藏的剪报，是写农家新生活的，回过头来看看，稍满意点的是《专业村的日出》：

是一泓不平静的湖

红瓦屋的彩贝

跳动着一颗颗闪亮的明珠

两篓红鲤摆开了满脸笑纹

一车豆角鲜嫩了向往的富裕

哦，今夜小屯有多少颗欢乐的心

在按动着计算机的键盘

期待着下一次的日出

那时，我们每个人都关注着笔会上“萍水相逢”的作者，谁在报上发表了哪些作品，工作近况怎样？通过笔会的编辑老师（后来我俩成了朋友），我大致对C女士有所了解，知其已经离婚，而且调到省电视台工作。以后，确曾在省报上看到她写的一篇拍摄散记《在山顶的日子》。十五年间，关于C女士可写的就这些文字。

我们再度相逢，是在上世纪末。县里办文化节，需要拍一部反映金代历史的文化专题片，我想到了她，联系上后就去了她的办公室。如果没有事先通话，彼此形象都遗忘得差不多了，十五年只余存一个暗淡光线里的模糊背影，在大街上相见是不可能相识的。当初，参加笔会的诸多人，都已经漫漶了记忆，似乎坚守在文学孤岛上的，目前就剩下了我这个傻子，而且把生活搞得很不像样子，居住的楼区破烂不堪，房间像牛皮癣一般脱落墙皮。第一次见面，第一次握手，有了从前以文会友的基础，事情很快就谈妥了。她爽快地同意帮忙，而且帮得很上心，没有什么可挑剔的地方。有了合作的底子，后来——也就是在三四年的时间里，我们彼此有了更多的交往、交流与合作，拍了几部片子，值得纪念意义的有《神舞》和正在拍摄中的《海东青》。我后面会详尽写写这两次令人愉快而富有精神品位的合作。在逐渐的相处中，我不得不承认我喜欢上了她，不是情感上的东西。倘若男女之间一说上喜欢，就往性爱上想，这就太庸俗了。我们东方人就会装，往往装得道貌岸然，人模狗样的，很是让人恶心。西方人在说喜欢上，就不做作，而且表达得很直白，很坦荡，在他们看来，喜欢异性的某一方面，诸如美貌、英俊、温柔、强悍，是极为正常的情感表达。

我喜欢C女士，是因为她的性格靠近男人的方面，生活细节上马马虎虎，丢三落四；说话直来直去，不绕弯子；与异性接触，大大方方，说笑得体，很多事情粗粗拉拉，不在心里斤斤计较，不使女人的小性子；事业心强，答应朋友的事尽力而为——这不是总结的评语，台里的人都这么看，这也是她手下小兄弟们喜欢她的地方。我喜欢和这样的女性交往，简单而不复杂，透明而不浑浊，坦荡而不龌龊。交往中不必提防有无"玫瑰陷阱"的设置，有无流言蜚语的产生。这样的女性心里无邪，值得共事与信赖。我想，我父亲的女友王姨，应当是这类型的女人，她独身到老都生活在我的父母中间，并没有造成我们家庭分崩离析的局面，而且我们自懂事起就经常盼望她的到来。父亲可以穿着她织的毛衣上班，我们姐弟敢穿上她的手工四处炫耀。父母和王姨相处，我作为母亲过多传之敏感基因的男孩儿，太熟悉他们之间交流的眼神了，充满着一种关爱的亲情，没有那种粘滞的目光出现，仿佛秋日的天空纯净而透彻。我相信自己的眼光，不会把淫荡看成无邪，把贪欲视为清心，把攫取当做奉献。这样的走眼和闪失，或许我有过，那也只为我的浮躁所致。我不想拿"人非圣贤，孰能无过"来做搪塞的理由，我只能说，亚当降临在世间，他注定就要承受夏娃的诱惑，偷吃禁果并非完全是他们之间的过错。这过错也包括上帝的虚无。

在与女孩子的交往中，我最怕碰上那种看似单纯的复杂。一次，一位女孩找到我的办公室，十分谦恭地来向我请教一些文学上的问题。屋里就我们俩人，我对桌的女孩出去办事去了。男女之间，在办公室里唠嗑或做交流，这是平常不过之事。谈了一会儿，我发现她的目光游移，总盯着门口，似乎怕什么人在监控或偷听，终于，她疑神疑鬼地站起身将原本就没有关严的门半敞开，然后才定下神来和我继续交谈。我内心感到可怜和羞辱，我知道文学这个原本高雅的艺术被一种来自外在的压力——比如猜忌和流言——所亵渎了。原本十分自然的对话，出现了卡壳和断层，门打开，她的心似乎单纯，而我的思想却过于复杂起来，与她这样的交谈只此一次，不是她躲闪我，而是我避开她了。

我与C女士的谈话和交流，无论是在她的办公室，还是在幕天席地的野外拍片或公出住宾馆，或在饭桌上，都无需躲闪目光或闪烁其词，这很像姐弟或兄妹之间的交往，平平常常，随随便便，谈拍片子的策划，谈文学上的东西，也谈一些工作和生活中的琐事，也开一些无伤大雅的玩笑。没有那种字斟句酌的拘谨，也不存在疑神疑鬼的戒备，都敞开着心扉，除了个人的绝对隐私之外，就再无什么隐私的事了。我这样说，很开放，要被某些心怀龌龊的人曲解成“亲密关系”。我们生活中不乏此类之人，将正常的异性交往，都肮脏地看作男女情事，并不负责地搬弄是非，由此造成多少家庭悲剧。我厌恶并憎恨这样的“狗男女”——请原谅我使用这个欠文雅的词语。因为我在过去的生活中深受其害。那时，我和妻子上班的工厂效益尚好，因了工作的竞争，一位女士很是妒嫉我这点文字上的功夫，便将窥探的触须伸展到我一墙之隔——集体宿舍间隔成软间壁的邻居家来。与我邻居的女主人，频繁接触，拐弯抹角地打探我们夫妇间的情感如何？性事怎样？有无贪赃枉法之事？那个时期，我与妻子似乎就生活在被“秘密特工”的监视里，仿佛已经失去了心灵自由的一份权利，我们的情感与欲念都受到了一种无形的可怕压抑，好像总有一双幽灵的眼睛在黑暗降临的夜晚，扒着窗帘的缝隙，偷觊我们夫妇间的床第生活。一个女人，一旦产生了这种虚荣心和嫉妒心，是多么地可怕，而且会做出损伤他人权益的愚蠢事情。这使我想起美国影片《蝴蝶梦》来，那个生妒忌的女管家，在一对恋人的美好情爱里，最终用“妒火中烧”毁了庄园，也葬送了自己。但愿，这个女士别再做出这样的蠢事了，不仅仅是针对我们夫妇的伤害。我可以宽容这位健在的女士，但我不能纵容这种行为，顺手写在这里，正好与C女士的做人品格形成参照。倘若没有洼地，又何以呈现出高山呢！

我没有窥探别人隐私的习惯，像前面所提及的那位女士，这是很让人厌恶的事情，如同吃饭吃出了耗子屎——我从前在工厂的职工食堂开集体伙，小米饭里经常出现老鼠的排泄物，没办法拨出去，还得照常吃，但在心里却诅咒着这些肮脏的家伙。在过去很长的一段时期里，特别是“文革”，公民的隐私权几乎被剥夺殆尽，甚至夫妇间夜里说些的温存话，也要向专案组汇报，以接受监督。两性关系者，更是遭了大殃，游街的男女要胸前挂上一只破鞋儿，以示说明。如今这样不尊重人权，不保护隐私权的事是不会再发生了。很多人正在改变着从前的恶习，我们所提倡的与世界接轨，不仅仅是政治经济文化，它也包括文明的生活和生存方式。

我对C女士的一些关注，是来自内心深处的真诚关爱——在此，我们也不要曲解了关爱一词的纯洁性。我们作为“可怜天下”的父母，在有时也彼此关心一下各自的女儿，如她们上大学和交朋友的情况，还如对她们某些观念和“前卫”行为的难以理解和苦恼，这样的交流不是太深入，并不像女人和女人之间那种“母爱”的倾诉。她的女儿我见过，活泼、开朗，那种男孩子气，在某种程度还能在她的身上找到。或者再往上溯源，可以在她女儿外祖母身上找得到逝去的影像。血缘的遗传，是根与根之间的贯连。记得，初次和她到雪天野地里拍片，看见山里的深深积雪，她天性里的孩童气自然就释放出来，近五十岁的人了，她的笑声和行为都有如童年，在雪中爬卧、照像，这与她后来痴迷上滑雪都有着藕断丝连。我们外出拍片，在大自然的怀抱里，相形之下，似乎她返归孩童，而我正步入老年。这种心态，是很难改变的，关于我自己，抱定的生死命题就不用多谈了，而她走出离婚的阴影，带大女儿，却保持着如此青春健美、蓬勃快乐的心态，是很不容易的。从我十五六年前，看到她沉重的背影，到新近接触到她的“前卫”生存方式——开车、滑雪，我感到她这个独身女人活出了自己的生活天地：不为情所苦累，不为爱所缧绁，走出曾经叹苦的沼泽，走进自己预设的芳草之地。在这一点上，我的王姨并没有做到如此完美，或许是两代女性所具有的心态和所处的时代不尽相同吧。我为她的人生感到宽释，为我王姨的命运心存凄苦。

朋友之间，有些方面的问题是无从回避的，好像行进中，碰上一条延绵的山脉，只要走下去，迟早你会找到豁然开朗的垭口，翻越山那边去。关于她从前的往事，我与她交谈中，尽量注意不去踩踏这片雷区。这不止关涉到个人的隐私，而且是她人生历程中心存的一道伤痕。不管对谁来说，你和这个人曾经生活过，那么，在你的生命中就必然真实地留存这个人的信息和影像，洗脑和彻底消除记忆是根本不存在的。你可能在某一个春天里想起他或她：那时拥坐在江畔的长椅上，眼前的波光闪动，一叶醒来的白帆船飘出视野，融入远天的一片雪云里；或许柔情的柳丝垂拂在乌鬓的脸际，沉思间那曾经热爱过的人正充满情意地看望着你——生活中不是所有的爱都发生裂隙，也不是所有的情都随着另一个人的离去而全部胎死岁月的母腹，总有那么一些情感的细胞存活下来，被相似的某一场景或某一件事克隆出来，而且记忆犹新，心灵深处免不了会浮升起淡淡的忧伤。

无助

我已经记不得了，是怎样踏进她的这片雷区，似乎是彼此在心理上都不曾做着准备时发生的，过后我感到愕然和追悔，我何以要用关爱的手指去捅破她曾经流血的往事，而且是在这风光如画的地方，在这高山之上的温泉之地。在最美丽、最温暖的地方，却要彼此谈起各自生活中最暗淡、最冷彻的往事，这是多么地不可思议呵！

这件事发生在八月底，是去长白山拍摄《神舞》的镜头。一路乘车，由松花湖而上山，三个女孩子——她的女儿，两个演萨满舞的女孩子同行，如果不发生“踏雷”和另一桩“流泪”的事，这次长途旅行，在我的记忆里应当是比较完美的一次了。我们很幸运，美丽的天池拂去云雾，仿佛仙女打开匣奁正在化妆。仙境之美难以用文字来表述，这么说吧，是我一生中所看到的最美画面了。雪云飘落瓦蓝的水中，燕子穿梭其间，错疑是倒飞在天空。所有的人，都为这如梦如幻的美惊得目瞪口呆，这哪里是人间的情境！如此美的地方，友人为我拍下的两张照片，却都是沉思状和有些忧郁，难道是我生活得不快乐吗？或者是预示着所有的美只存在于瞬间。果然，我们拍完镜头，仙女的妆奁合盖，为云雾的雪巾所挽系。

下山去拍瀑布，在温泉上边的一片岩石地上，我们不幸踏进了双方的“雷区”。很可能是她眼前女儿欢乐的存在，使她产生了向我倾诉往事的渴望，使我由此知道另一个“他”已经生活在西南的红土地上了。她说，他和另一个女人过上了，但生活得并不如意。说这话儿的语气，没有幸灾乐祸的味道，还蕴藉着一种牵系的忧伤。对往事复仇，我知道这不是她这种类型人的风格。人性化的东西过多，善良的心灵只能为宽容所左右，所主宰。往事对她而言，很可能是人生道路上的一个美丽的错误！只是这种情感上的事，谁知晓呢？连上帝都很难忖度和把握。她从不限制女儿的自由，另一半的生命毕竟是那远方的父亲赐予的，她告诉我今年十月长假女儿就去他那里旅行。她以“母爱”来容纳曾经的伤害和痛苦，为了女儿能享受到另一半父爱的阳光，她对这种情感的牺牲感到值得和宽慰。这是她不同于一些狭隘的“单亲母亲”的地方，通过剥夺女儿另一半应当享受的爱，而借以完成对离异者的情感惩罚，或者心灵上的复仇。这是C女士让我敬重的地方。

似乎C女士还大致谈及了他前夫的相貌，说女儿长得像他，流淌着他蒙古族的血统。她并没有像其他受到过伤害的女人一样，将往事所有的过错都加罪在一个人的头上，稍有微辞是他的“大男子主义”。这很可能是她最不能容忍的地方，是他们俩分手的最根本原因。我不想过多地将自己生存的触须翻越别人生活的藩篱，这也是我一贯坚守的风格。只是因了她这位朋友，我才多少产生出了解他们陌生世界的一份渴望，更多的想法是想帮助她卸掉痛苦，尽管这种关爱是微不足道的，有时甚至还帮了倒忙，但拳拳心意是真诚的，不掺杂虚伪的水分。

既然彼此都是坦诚披露，我也大致跟她说到了我离婚的姐姐，我在心里一直牵挂着她，我也谈及了我痛苦中的妻子，以及我对待这种痛苦的理解和我们夫妇间坚守的情爱。我和她，就谈了这么多的内容，而且是边走边聊的，十分简洁，不久，就到了瀑布的脚下。这时，她的孩子气又显现出来，或许因了女儿的存在，多少有着些做母亲的矜持。我还是那种老气的样子，更因了这样的交谈而心头泛苦，为了我的王姨，我的姐姐和妻子，也为了她和我自己，而且，我一直难以释怀的是，为什么在最美丽的地方，我却心怀着推搡不开的忧伤？难道这是我的一个宿命吗？千年激流而下的瀑布，你能不能为我破解这潜蕴生命里的奥秘？我的存在只有数十年，为何却要经历如此之多而且沉重的苦难？我站立着的脚下的温泉水，能给我一个温暖的回答吗？

这一次美好的旅行，我们既有着真诚倾诉，也有着她拍片过程中发生小矛盾的委屈流泪，对此，我也要向他们母女表示歉意，因了我饭桌上的语言不慎，而使她的“委屈加上委屈”，好在她是一个宽容的人，事后就将不快全然忘掉了。

长白山是我们俩交往中，唯一一次触及往事的“雷区”。以后彼此见面就再没有言及她心中的“他”和我心中的“她”。触及朋友间的情感角落，需要保持合理的距离，在这一点上，我和她都掌握得恰到好处。这不是自夸，事实也是如此。

长白山归来后，我的内弟撺掇我——拍片时用过他的车，与C女士相熟——帮助C女士解决个人问题，遗憾的是中途夭折。心意虽有，或许在她的情感上帮了倒忙，总之，我们都淡化了这件事，我这个人天生就不是做月下老人的材料，从此，就更死了这份心，似乎我心存的这份真诚守望还将持续下去。我想，我这种真诚或许只有上帝才会知道。

像前章“无援的伤害”所讲到的故事一样，到此就当结束了。但问题是，她还有诸多富有情趣和个性的小片断，尚未收纳进来，弃之在我看来是很可惜的。这些片断多少从另一个侧面映衬了我前面所写及的文字，读者就权且把它看作这篇文章的补录，而且我还要谈谈从她办公室书柜里拿回家来所阅读的一本书。这本书恰巧写到了一个有家的女人和一个独身男人的故事，聪明的读者也许已经洞晓，我说的是《廊桥遗梦》。没错，就是这本书。它目前已成为我和妻子爱情之外的经典读物，过会儿我将特别写写它。

我说过，C女士是位事业心很强，生活不太拘泥小节的人。除了性情，这很可能与她从事的电视职业有关。我接待过不少电视台来我县拍片的人，一位女编导和一位男摄像，配合相当默契，而且住宿就在对门或隔壁，这样工作和照顾起来方便。C女士和他的两位男助手，都曾向我讲述他们在大兴安岭拍摄《在山顶的日子》的经历。由于远离城镇，他们不得不睡在同一间木屋里，像姐弟一样自然而亲切，没有那么多婆婆妈妈的复杂想法。这需要坦诚，我和他们三人都接触过，而且还曾有一次敞开门分居两间屋里的事，睡在农家土炕上，夏夜的小南风透窗而吹，虫鸣枕畔而歌，寥落犬声时入梦中，觉睡得甜，心跳得静，由此我也感受到“影视人”，并不都像外界传说的那样“糟糕”。这都是些局外人的复杂心境或者妄加揣度，我们应当为此改变生活的视角，矫正丑陋的心态。亚当与夏娃有偷吃禁果的经历，但那不是人类生存的全部历史。我是鉴于我父亲跟我王姨48年的“友情”以及我和C女士18年的交往而说的。

C女士的粗心和马虎也算得上可以。一次，我们拍片夜宿长春一家宾馆，分住在隔壁。三位同行者去街上消遣，我躺在床上读带来的一本书。这时C女士洗漱完毕，也没有看房间号，就兀自闯了进来，待发现走错门，自己也不禁大笑起来。生活就是这样，给粗心者带来诸多苦恼、麻烦，也带来很多意想不到的快乐。C女士能战胜爱情的失败与痛苦，在我看来，就在于她天性里存在的这种快乐。

当然，C女士也有她心存不满的时候。譬如有一次，乘车外出拍片，我的作家朋友习惯称呼结了婚的女人为娘们，我有时也好这样说，她听了，觉得不舒服，就直言不讳地说，我不喜欢听这个词。有一次，我忘了这码事，当着她的面脱口而出，便感到心里很不好意思。或许，她的女权意识觉醒得比较早，因而在与前夫大男子主义的抗衡中，她最终选择了“独身”。我没有和她探讨过这个问题，我想是吧。电视台挑选她主持女性频道工作，算是选对了，还有比她更合适的“女权”者吗？

最后，我要讲讲那本书的故事了，简单而复杂，像涌出的泉水一样，看似游离大地的母体，而又无时无处不萦系其中。我做出这个比喻，是想说这本《廊桥遗梦》，在我与C女士的交往中，绝不要仅仅把它看作是我从她书柜里抽取的一本书，或者说是她允诺相赠的纪念品。生活中很多无意识里发生的事件，随着时光的向前移步，而走到了它凸现出意义的精神家园。那是两年前的一个夏日，天气晴好，我到电视台大楼里找她办事。从她北向的办公室，可以看到窗外洒在楼顶上的阳光。在她忙碌业务的时候不便打扰，于是我很随意地走到她身后的书柜前，在紧密挨靠的书脊间，眼光偏偏就捕捉到了这本小薄册子。其实，《廊桥遗梦》在中国已经流行十年之久，我知道这本书的存在，也在书店和书摊看见它的面目，但我懒得翻动它，没有产生阅读它的渴望。我从许多推介的文章里，大致了解这是一本适宜于中年人的读物。我不想读它，是怕它也写成琼瑶式的爱情故事，浪漫而不实际。当我回到家来，读及这本书时，我还没有想到在两年后我会写出“我生命中的女人”，而且C女士成了我笔下的一个“真诚的守望”。这或许是巧合，但这巧合里却躲藏着宿命的身影，就像自然界里存在着的那根生物链一样，破坏其中的一节，就断了很多生命的进程。譬如没有那次笔会上沉重而深刻的黑色背影，没有十五年后的重逢，那么就不可能存有我心中的这份真诚守望，而这本《廊桥遗梦》或许我终生都不会读它，即使读及了，那也是另一番不同的情境。这就如同那个哲学的命题一样：“人不可能两次踏进同一条河流。”我想，这个“命运链”中，还有着它的不同层面的扩展，譬如我的父母和我王姨，我与我的妻子，而一部优秀的作品，它所净化的灵魂绝不止成千上万！当我深夜读罢发生在太平洋彼岸的这段凄美的爱情故事时，我的心湖层起波澜，望着身旁睡熟中的痛苦妻子，我深刻理解了“责任大于爱情”的人生道理，也恍然悟出我对C女士的一份真诚守望，来自我对妻子陷入痛苦之中的真诚守护。静夜里，我用双手捂着脸，像受到伤害的蚌壳紧闭柔软的灵肉，灯光下的指缝间有晶莹的珍珠，在闪耀着美丽而忧伤的光泽。在生命与爱情之外的浩宇之间，人类居住的星球在静寂无声地旋转，有着多少如《廊桥遗梦》一样的凄美故事在发生，在继续着。过了许久，我重新打开双手的“蚌壳”，看到泪滴孕生于118页—119页间的文字珠玑，于是把它在心灵深处珍藏起来，以作生命里的一份纪念：

> 自罗伯特·金凯上星期五从她身边离去后，她才意识到，不管她原来自以为对他多么一往情深，她还是大大低估了自己的感情。这看来似乎不可能，但是真的。她开始理解他早已理解的事情。
>
> 但是，她还是端坐不动，她的责任把她冻结在那里，眼睛死死盯着那扇后窗，她一生中从来没有这样死盯着任何东西看过。他的左车灯亮了，再一瞬间他就一去不复返了……

“哦，基督——哦，耶稣基督，全能的上帝……别！”这些话都是在她肚里说的，“我错了，罗伯特，我不该留下……可是我不能走……让我再告诉你一遍……为什么我不能走……你再告诉我一遍，为什么我应该走。”

她听见他的声音从大路上传来，“在一个充满混沌不清的宇宙中，这样明确的事只出现一次，不论你活几生几世，以后永不会再现。”

无助

第七章 与天使沉沦

这是一群漫漶在我记忆深处的女人，她们就像旷野上空的流星一样，只在我生命的视野里短暂地闪现过后，就永久地消失了，今生今世永不会再现。下雪的日子里，我伏案寻觅，如同渴望在窗外的枯枝上找到绿叶，这并非完全的荒唐，起码我是想到了对往事夏天的寻找。也尽管这种寻找仿佛地层考古一般支离破碎，瓦片与颈圈或缶底，已很难复原成美丽的形体了，但它会使我们想象出创造它和使用过它的那些粗糙或柔骨如肌的双手。还可以想象出它曾经装载过清凉的泉水，甘醇的美酒，或者脱去皮壳的粟谷。我如此譬喻，就是想告知读者，这些印象模糊的女人，她们都曾经在某些方面，或多或少地影响了我，是留在我情感与生活树干间的刻痕，尽管没有伤及爱情的命根，但划过的地方无疑还残存着印迹，我把它写出来，是想彻底解脱沉重的肉身，让忏悔后的心灵得以更轻盈地飞翔起来。

我将这些生存在社会底层的女人——按摩女、夜总会的歌舞女，说成是天使在沉沦，很多人——淑女、雅士，是会将嘴角撇咧到腮帮上去的，而且还要流露出不屑一顾的眼神儿。其实，这些人都浑然忘记了“丑小鸭何以变成天鹅”的历史，当上帝用母胎造出人类的那一刻，我们都是以天使的身份降临于世的，没有什么淑女和妓女、雅士和无赖之分，而且我们用嘴吮汲着的都是纯洁的母乳，从侧埋在胸乳间的一只眼睛看到了蓝天飘浮着的奶汁般云朵。后来，不同的生存环境改变了已经长出翅膀的天使们的命运，优雅的条件，良好的教育以及相反的生活走向，使得天使或翔集于上层社会，或沉沦在社会的底层。面对现实，我只想说出一个事实：按摩房和夜总会，大多数的按摩女、歌女、舞女身份标签多填写着两个字：贫困。这些女孩子多半来自山区、乡村和小城镇（当然也有一部分城市里的女孩儿），她们为城市的迷人灯光、富裕生活所诱惑，走进这里来吃几年的青春饭。于是，她们就毁掉了曾经的天使身份，让纯洁的心灵成为污染社会的一个根源。这难道都是她们的过错吗？社会以及参与者，不排除我自己在内，难道就只凭着一张嘴指斥她们的堕落，而自身就无清洗原罪和忏悔的地方吗？夏娃沉沦的另一半，是亚当的罪过，上帝也将会说出这样公正的话。

记得，四年前的一次外出考察，由“黄龙府”的农安乘车去德惠，在中途上来两个女孩儿，一身当时流行的“小姐”打扮，其中的一个还是一脸孩子气，看样子不会超过十六岁。她的眼神儿还一半天真纯洁，一半淫秽放荡。我的座位挨靠着她们。她们彼此咬着耳朵，交流最近的“猎客”收获。我感到难以言说的悲哀，如我女儿一样的上学年龄，应当在知识的海洋里遨游，而她们却像重油污染过海面上的水鸟，一半遭浸的翅膀沉重地耷拉着，另一半干净的羽翼扑闪着，渴念飞向天空。“救救孩子！”——下车后，看见她们勾肩搭背，还一边不忘向行人顾盼生姿的背影，我知道鲁迅在八十年前喊出来的这句话有必要再呼喊一遍。

我一面痛心疾首地在心底发出“救救孩子”的呼喊，一面又身不由己地向诱惑的渊薮滑落，这是我的悲哀。尽管，我适时地止住了“原罪”的脚步，但我不能就此伪装起来，扮成高贵的绅士模样，这同样是我所摒弃的做法。天使不应当掩饰，她曾经闪现过的“魔鬼”念头。亚当也必得承认他偷吃禁果的历史。我们每个人在产生强大涡流的诱惑面前，都曾主动或身不由己地卷入“利海色涛”之中，像一节草棍或破船的碎片，浮荡在世俗的波峰浪谷间。无论你藏掖心底，将其带进死地，还是坦诚地说出来，写出来，公之于世，上帝都将会宽宥你从前的罪过，以及忏悔。

我愿意努力，像一名虔诚的基督徒一样，在咽下最后一口气之前，领取心灵“忏悔”的洗礼。奥古斯丁与卢梭的《忏悔录》是“心路历程”上的两座里程碑，至今尚无人能摘取戴在他们流血头颅上的荆棘花冠。曾经有人指斥他们是用“记忆文学”的泡沫来欺世盗名，我不想参加论战，惹火烧身。我只想喝问，指斥者你为何自己不曾戴上“忏悔”的荆冠？莫非你是无罪的圣贤？历史长河里总会有沉渣泛起，但有一点无须怀疑，嘲笑卢梭者，无从取代卢梭；讽骂鲁迅者，也不可能成为鲁迅。忏悔是需要一种真正的贵族精神，而斗士则要具备不畏生死的气概，连自己的一块原罪的死皮都下不得手旋去者，我们有权利质疑他的嘴上功夫。忏悔，还是不忏悔？断然发问容易，但真的拿起用思想消过毒的手术刀来解剖自己复杂多变、充满各种矛盾斗争的灵魂，无疑是十分艰难的，而且痛苦难当。它不仅仅是你自身的痛，还要牵连你的挚爱者。这也就是我国至今尚无一部真正的心灵忏悔录的缘故。巴金老人真诚地“忏悔”了一半，韦君宜坦荡地“思痛”了一半，至于“用身体来写作”的美女作家们，实在不敢恭维，因为她们不是用心灵来忏悔，而是在用肉体来露丑。我读过这类美女们的作品，我感受到她们的肉身在沉落，而灵魂却轻飘得像一根从天使翅膀上掉落下来的羽毛。

我作为亚当的子孙，生存在美丽的伊甸园里，我不得不面临着夏娃儿女们的诱惑。上帝所亲手制造、放置人间的这枚禁果太具有魔力了，多少人都难以抵抗地偷吃了它，而且将生命呈献上祭台也不足惜。我读过美国作家霍桑的《红字》，那位偷吃禁果而宁肯遭受一生惩罚的女子，到死也不肯说出一个与她共浴爱河的人，于是，一个身上背着耻辱的红字，另一个灵魂深处烙印着忏悔的红字。上帝以禁果来考验他的教子们，然而，对偷吃者也显得无能为力。在他看来，忏悔或许就是拯救灵魂的最好办法了。我不是基督徒，也不相信虚无的上帝，我的忏悔只来自对自己精神的求赎，来自对自身爱情的痛苦理解。不是生活的欢乐使我变得崇高，而是心灵的痛苦，是身旁至爱者的伤泣和忧郁，令我行进在伊甸园的丛林间黯然神伤，而将去意彷徨的背影，留给"夏娃"多少显得失落的眼神儿。救助我的，是前方伸过来的一只手臂，病痕斑驳而充满着难解的柔情。我向那只手臂靠拢过去，像痛苦的藤一样，缠绕于上帝所赐予我的美丽而忧伤的爱情之树。

我经历过一些不为外人所知的诱惑，今天讲述出来，意在清洗我自己，并彻底向过去告别。尽管当年我的行为可圈可点，而且没有造成双重——对妻子和那几个女人——的伤害，但我的欲念也曾露过头，如蛰雷滚过天空之后的冬眠之蛇，然而，我以理智抑制住了从深沼中冒出的情感气泡儿，使它们化为透明的虚无。这并非我的意志坚强，而是妻子的柔情似水以及隐身在爱情背后的痛苦，使我成了逃脱渊薮中的幸存者。我将几个故事转述出来，并无伤害那几个女人的恶意，事实确乎存在，情欲的网中有过心灵挣扎的痕迹。

那是青春时代冬雪的日子，夜晚灯光里的玉蝶敛翅在窗外空地和树枝间。刚刚息止的雪，尚无为生产的烟灰污染和被脚步踏践，纯净而洁美。我例行在办公室值班，所辖的班组三班倒，负责零点班的报到和巡回检查，是一桩熬人心血的差事。这天零点班过后，签名簿已经收起。我坐在办公桌前，空寂中欣赏窗外落寞的雪。那时，每晚也要拿一本书去看的，但我已然忘却了所读的书名，正热衷于写诗的我很可能是在读诗。我已经写了不少的爱情诗，现在看来竟像出自于女孩子的手笔，软绵绵的没有一点血性。没办法，

无助

那时的我虽然刚刚经历爱情痛苦和人生的挫折，但还尚未像今天这样转化成精神的财富，好比春天第一场的野火过后，草根刚刚萌生出嫩芽儿。也似乎妻子的生病，使我在悲苦之余，朦胧地意识到从此以后要善待另一颗承受着痛苦的心了，或许正是这道心灵间悄然筑起的堤坝，使我免于被诱惑的波浪裹挟进去。要说感谢，我首先应该鸣谢猝然降临的苦难，它像一场早霜使贪青的庄稼意识到尽快地成熟，不仅仅为生命所需，更是一种责任。那个美貌出众的女孩儿就是在这种状态下闯进我的生活。我必得说实话，爱美之心，人皆有之，我无从也没有权利来拒绝对美的欣赏——无论它来自于自然，还是同类，拒绝就等于固守心灵的丑陋。我生下来就不想做一个丑八怪式的爬行动物，心怀着自己的美学爱恋：小时我喜欢母亲，稍大我暗恋着二表姐，她们都曾经是“美人胚子”，是我以后所要寻找爱情的参照坐标。

这个鹤立鸡群的女孩儿，因为自视其美——也确乎为美，在很多异性的心理斩关夺隘，一时间成为注目和“腹议”的焦点，这就自然更引起我的审慎。我生性警敏有如自然的触须，在很多充满危险的时刻转向相反的抉择。譬如这雪后初霁的子夜，万籁俱寂里有生命的足音自远而近清晰于耳畔，似乎是一头小鹿在雪野空灵地跳跃。我悠远遐思中，美之小鹿已闪挪身影出现在窗外洁白的舞台上，一道金色的“追光”铺展至门口。随着咯咯吱吱的踏雪声，仿佛春光里的泉水漫流落满枯叶的山涧。我想象喉咙冒烟中伏泉而饮的情景，当是多么地爽心醉人呵！随之幻象的是敏锐的触须，它仿佛意识到了危险的存在，或者遇到了理性的障碍，迅即地团身藏起了易受伤害的情感。走进门来，她摘下围巾的微笑，瞬间凝冻在我之冰冷里，这个时刻只有把自己变成冷血动物，才能安全地使情欲的神经冬眠，否则你便会沉沦在两眼清澈的深泉里，像一片落叶徒自作失根的挣扎。我不想成为轻飘飘的落叶，为一次坠入爱河而做一生心灵的忏悔，这样的代价太大了。我没有让她坐下，也没有与之交谈，在这夜深人静的时候，任何一点的宽容和放纵，都极易“雪崩”。激情落幕之后，纷落的冰雪将会葬埋我们所拥有的一切：情爱与爱情。

我们的对话，是海明威站立着写下的文字，简洁而透明，慌乱中她说是来取几张报纸看的，或许她说的是实情，或许是掩饰，总之，她很快便退出了我情感的领域，这以后再也没有如此经历。

后来，我又在另一个单位，遭遇了类似的经历，然而赖于以往的经验，如同一条侥幸逃生的鱼儿，我既不会吞食诱惑的饵料，也远离于看似透明的网绳，使得彼此相安无事，没有造成情感上的伤害。我拒绝“玫瑰陷阱”，并不如古语所言“坐怀不乱”，心无旁骛，我诚实地说，我还达不到心如止水或了无欲念的份儿上，我也一再声称自身的境界难及崇高，我不想背着累名——像甲壳类动物在生存的天地里过于沉重地爬行。我还是那句话：我的禁欲是痛苦的爱情所赐！假如我一直都生活在快乐里，很可能就会得意忘形地做出乐极生悲的蠢事来。我的不做蠢事——直白地说没有情人，也还是先前的观念，中国的情人之间功利色彩太浓，仿佛小商小贩之间的市场交割，贪欲和贪色成为情感上的两条平行线，永远不能相交于心灵的源点，而是往往“螳螂捕蝉，黄雀在后”，或者“醉翁之意不在酒”，爱情被颠覆，暖巢被捣毁。一念及这些，我便觉得那美目已变成骷髅，欲念便荡飞半天云外。

在1996—1997年间，我曾沉耽于对李叔同的研究，并沿循着他的生死轨迹而寻寻觅觅。我一路上分泌着浮躁的情欲，又一路上求索着这位大师何以超脱尘世，清心寡欲，而得以完成精神上的涅槃。我想找到打开这把心锁的闪光钥匙。从天津他的故居，到南下杭州他剃发修度的虎跑，他修行过的仙岩伏虎寺，厦门的南普陀寺，直至他仙逝的泉州温陵养老院，清原山上的灵骨塔，我追踪于他的生死。这些年来，我在生死之旅上，对诸多历史人物的追踪，只有李叔同一人成为我全程锁定的目标，然而，我最终找到的只是刻录在一块岩石上的四个瘦骨嶙峋的大字：悲欣交集。我趺坐在石头上，一时间沧桑无语，终于顿悟出大师的心境：为了求得灵魂的空灵，他自残了沉重的肉身。

我在清原山上想明白了，但我下山来却做了一个糊涂事。朋友新开一间按摩，让我放松一下，于是我便顺水推舟地去找异性按摩了。这是我首次进入这种场合。一位扁鼻梁的女孩替我全身推拿，而且有着轻微的挑逗动作，使我欲念浮生，然而很快便消失了。

次日，我独自一人去了晋江的姑嫂塔，探访了郑成功的石井故居，参谒了水头船覆山的郑氏坟墓，傍晚返回住地，饭后正待冲澡消汗，一位女子闪身而入（这是一家个体旅店），暗示我可以陪宿，而且信誓这里绝对安全，因为旅店在子夜锁闭铁门。我婉拒了她。于是，她怏怏不快地走了，因为这一夜，没有可捕获的猎物。第二天，我逃离了这个地方，害怕她再来纠缠，但由此我也失去了对晚唐诗人韩偓墓地的探访。结账时，老板诡秘地告诉我：昨晚，你伤了那个女孩儿的心，说你嫌乎她少姿色。或许是吧，她真若为美女蛇所变，我怕的还不要忏悔一生？

转过年来，我就落难了，赖以生存的工厂宣布破产。我自然远离“饱暖思淫欲”的境地，随之惶惑和苦恼以及世态炎凉吞食掉了我的欢乐。那百无聊赖的日子，我寄情于山水，踏访金女真人的历史遗迹，这也是我后来得以死里逃生的前期演练，获益匪浅。一次，我与同样苦闷的破产朋友，打着雨伞去古城外的祭天台考察。遍地水田碧绿，蒙蒙雨雾里有黑色的燕子贴着稻梢在掠飞，远方的河岸时断时续地传来鹧鸪的鸣叫。我们时而踩在细瘦的稻田梗上，时而顺着水渠往“大土包”走。当回到白杨树夹峙的道路上，我们已有些狼狈。或许，是雨天和这一身洗不掉的苦闷，一向严谨的朋友，动议结伴去城里的夜总会散散心。我理解他的心境，彼此都怀有说不出的苦闷，以为到那种场合会得到释放和缓解，其实更增添了烦恼，因为暂时的拥红吻翠，消除不了现实的生存压力。我们在沉默里走回家中，因为另一半苦闷（夫妻双职工），还在倚门等待着我们的冒雨归来。

在这万花筒般旋转的世界里，尽管懒窥眼，也难免成为这万花筒里被旋转的人。尽管我想做一个举翥高飞的人，像天使一般生着纯洁的翅膀，然而我栖落的生活纸醉金迷，如同重油污染的海面，使我渴念重上天空的羽翅湿粘，我不得不面对与“天使”沉沦的现实。那是在南海岸边的一座大城市，我在业务客户的安排下，碍于情面，半推半就中走进了夜总会，也由此了解了一些灯红酒绿背后的真实内幕，知晓长着美丽翅膀的天使是如何自甘沉沦的。

那晚十月里的南国热风暖吹，满目翠浓。街道两侧高大的棕榈，倩影摇姿，鲜花烂漫地开着，播洒清香。从不远处大海边吹来的风儿，湿润着肌肤和鼻腔，令人感到周身通爽。业务办完的当晚，客户尽地主之谊，在海边的一处酒家，举办晚宴。由落地长窗望向海面，沉沉一片，好像泼洒下过浓的墨汁，被灯光照耀处，白亮的潮水从碧沉里推涌而至，尽管关着窗户，仿佛声浪就泼溅在透明的玻璃上，随之“哗”的一声又散开去了。这是一个宜酒、宜歌、宜兴的美之所在，大家围桌吃着海鲜，品尝加了冰块的红酒，席间谈笑风生。若无酒后发生的事儿，这个夜晚无疑是最值得人生回忆的一个美妙夜晚了。客户也是相处多年的老关系，此次又拉来他的两个朋友——A君与B君作陪，席间的酒自然是喝了不少，皆处于微醺的状态。似乎是A君——一个瘦尖脸相而且善于酒桌上说些黄段子的人，首先提议去散酒唱歌。我来过几次

无助

了，办妥业务就匆匆逃离这座城市。我感到这座城市里的生活五彩幻象，而精神却不敢恭维，是拼命攥钱的沙漠。囊中羞涩的我，自然就想到逃离了，到别一处风景地——绿色的氧吧，换洗一下空虚的肺。既然朋友倡言，客户总是不好拂了面子，于是，散去酒桌上的两位作陪女士，我们六七个人，分乘两辆轿车向城市的“腹地”进发，那里是文明的所在。

我以为A君所提的唱歌，是和我生活中小城的“歌厅”相差无几，占据着一个单间，两只麦克风，鬼哭狼嚎一通，将灌下去的酒气“雾化”掉就算了。这足见我之孤陋寡闻，是没上过大台面的井底之蛙。大城市是不兴这个的。看看门脸——“金龙玉凤”夜总会，就富丽堂皇得了不得，不逊于古代帝王们遣兴的王宫。像昏头昏脑的鸭，被一只无形的手拎扯进充满魔幻色彩的单间。我忘记了具体的楼层，因为走上去的每一层都回旋着美妙的音乐，闪烁着神奇的灯光，仿佛是在步入即将演出的音乐厅，或者高雅的艺术殿堂，然而，我这种感觉很快就像童年吹出的肥皂泡幻灭了。因为接下来发生的“变故”，让我瞠目结舌，手足无措，而且我的所作所为被客户朋友看成是短练的雏儿，就像大自然浴的海滩，所有的男男女女都赤身裸体晒着太阳，而你穿着衣物倒显得不合时宜的局促和尴尬了。想想看，人们都拥红吻翠，而你装扮成老夫子的正襟危坐，道貌岸然，是显得非常可笑，或许在朋友的眼里是可怜，在小姐的心里骂你不吃腥的猫儿，假正经儿。

我的瞠目还不在于重摆美酒，男女之间的言语调笑。这样的场合，我多多少少还是经历过的，因而心里有着应对的准备。当门重新打开，我不得不结舌了，因为一队美女列阵而来，款款的舞步似在走着T形台，袒胸裸腿的衣装，风鬟云鬓，描着眼影儿，画着眼圈儿，涂着唇膏，染着指甲，搔首弄姿地就站立在你的面前，等待着欣赏和挑选——这使我立马就想到中世纪贩卖黑奴的情景，不过那些黑奴是丧失了生存权利而被迫站在露天市场里供白人像挑牲口一样，来看看牙齿，捏捏肌肉，摸摸乳房，而她们——站在我眼前的这些妙龄女子，这些曾经的天使们，是因了生活的某种诱惑、某种向往，自甘堕落风尘，沉沦于此的。她们原本可以过着另一种生活，从事另一种正常人的劳动职业，在清贫的日子里保持着自由尊严的心灵和纯洁的天使身份。然而，她们走出贫困的山区，走出蹇促的小镇，走向另一座遥远的城市，来到这个陌生之地，在华灯初放的夜晚，浓妆艳抹，从一个房间走向另一个房间，让酒足饭饱之后充满淫欲的目光像挑牲口一样来随意挑选。即便在她们真实地陈列于我面前时，我还觉得这是读旧体小说所产生的梦幻。我的现实生活，虽然有乌七八糟的现象，但还不至于重演“贩卖”的历史，而且我也正在扮演其中的一个罪恶角色。

轮到我来挑选了。此刻若是采用“世人皆浊我独清”式的拒绝，在这种“染缸”的场合，显然并不是聪明的做法。还是顺乎大流吧，我只想尽快混过这一关，早些结束这段“被出卖了的艾米莉”的历史。我开出的条件很公平：谁能喝下该我承担的酒，谁就来陪我。我不胜酒力，而有人替我喝了，届时我付“陪酒”小费，应当算是“赖乎情”的合理交易。或许我这样方式的挑选，女孩子们还不适应，或者深感意外，因为她们每晚所经历的挑选，都是被动的，如同关在笼子里的活鸡，哪只被抓出来宰杀，是要经过买主的点头应允。其中的一位女孩站出来，表示愿意承担别人敬给我的酒。双方交易完成。她像一只波斯猫，偎依在我坐着的长沙发上。打量她的岁数，和我女儿相仿，交谈中一问，果然如此。彼此干坐着总不是一个办法，于是，我们打破陌生的沉默，进行了一番在别人看来是极其可笑的交谈，好像是“猫和老鼠”在彼此友好的氛围里，玩着一场难说高雅的游戏。我想，是这样的吧，因为我这只蠢猫，总是怀着悲悯的心肠，已经“错”吃了好多次放在嘴边的“鱼肉或者老鼠”什么的，兴许狡黠的老鼠拿走了她“不闪腰、不岔气”的份额，背地里还要讥笑蠢猫的假慈悲、假斯文呢。没办法，骨子里的东西——我是说与生俱来的善良，是很难改变的。

初始，我们的交谈布满暗礁，这在于她的心怀疑虑。风月场中，她已经是个颇有历练的老手了，知晓该怎样与不同类型的客人周旋。似乎碰到我这般故作清高的雏儿，在她看来，一会儿便将显现出原形来。像每天夜晚，她所经历的猎艳客人一样，先是装装样子，然后便咬起耳朵根儿说起“爱不爱我”的酸溜溜的话来，让人恶心得直想吐，或者原形大暴露，像猪八戒似的，往脖颈和脸庞拱着臭烘烘的嘴巴，更甚者乱摸、乱捏，整整像一个正在发情的儿马子——她所见的就是这些人，因而她不再相信任何进这种场合里的男人。走进这里的男人瞧不起这里的女人，骂她们是“荡妇”；而生活在这里的女人，同样既依附于走进这里的男人掏腰包，但也同样在背地里骂他们是搓磨人的“淫棍”。坏男人和坏女人为了各自情欲和金钱的需求，而在社会的暗角滋生出苔藓之类的霉斑。

我们枯坐在别人的荡笑里，开始交流。我问她何方人氏？她答荆州。显然是在说谎，这一点我可是老手，考她几处荆州的人文古迹，她自然落荒而逃，不得不承认她是公安人，并且能够回答出故里的文化人——明代公安派的三袁，她的家是在乡村，生活中的小镇离县城有三十里路。这期间我们的谈话进行得并不顺利，A君过于“热情”了，时常像跳马猴子似的扔下他“玩弄”的女孩子，跑过来指导我的“猎色”，一次硬是扯拽着我的手放在女孩儿的旗袍下露出的大腿来，还有一次强拖着我的手去摸女孩儿的胸部，我真的有些憎恶起他的丑陋嘴脸来，甩掉手，强耐着性子，以免得伤了和气。或许，是我的这些真实举动，暂时赢得了她的信任，她随之向我掀开了心灵隐秘的一角。

她身下有一个妹妹，正在家乡念初中。父亲很少给过她温暖，马马虎虎侍弄几亩薄田之外，便是喝酒、打牌，不顺心就拿她母亲出气，并打骂她。她在这个家呆够了，初中毕业便跟着男朋友到沈阳打工，后来俩人黄了，回到家不久，一位同村的姨妈将她带到这座海边的大城市，从此吃上了青春饭。这活儿已经干了两年之久，赚的钱除自己正常开销外都寄回家里，她说：她恨不负责任的爸爸，但她可怜她的妈妈，疼爱她的妹妹。说到她的妈妈和妹妹，她有些动情，浓重的黑眼圈里有泪光闪烁。

我不想再去谈这些沉重的话题，便问她业余时间都读什么书？她说，她干这种行业，过的是夜猫子的生活，凌晨三四点才能回到合租房休息，读书的时间一天有两三个小时。她喜欢懒在被窝里看书，读过王朔的一些作品，还有九丹的《乌鸦》。她皱起眉头，直言不讳地说，《乌鸦》让人看着恶心——这可真出乎我的意外，一个生活经历比“乌鸦”很可能还要肮脏的风尘女孩儿，却指斥《乌鸦》的不洁，这是我绝没有想到的事情。我从前一直拒读这本曾经用身体写作而被炒热的书，原因是：我怕点灯熬油，再读成另一本的《上海宝贝》。回到小城，书店以及旧书摊，《乌鸦》早已飞得难觅踪影。还是北京来的一位出版社的女编辑神通广大，我们成为朋友后，她临上飞机前问我有何要求？我说你就帮我弄一本《乌鸦》吧，我想看看它恶心在什么地方。当我读完这本书，我还不感到怎样的恶心，只是觉得作者将它写轻了，挺深刻的一个题材，写成了男女之间流俗的情事、性事，而心灵的忏悔以及对于原罪却没有给予足够的揭示，她似乎只满足于“身体”和读者目光的快感过程，而忽略了长翅膀的天使沉沦为乌鸦的心路历程，何止是无奈和不甘的痛苦，而为灵魂被放进烤箱里的煎熬。她放弃了煎熬的这一道程序，因而，《乌鸦》的分量就显得轻飘些，如前面所言：像一根从天使翅膀上掉下来的羽毛。至于女孩所说的恶心，我想任何文字都没有比身体的肮脏交易，更让人恶心的事了。

我和这位女孩儿，还谈到了“我是流氓我怕谁”的“痞子作家”。她说，她最近有了余富钱儿，就去买一套王朔文集，她喜欢这个“痞子”，很想读读他的《美人赠我蒙汗药》。我回来后，在省城的一家打折书店，找到了这本书，一读大呼上当，显然这是一本“炒名”的书，为迎合读者的媚俗心理，而起了这么个诱惑人的名字。我和女孩儿一样，都是望文生义。从这本书里，我读到了很严肃的东西，是一本穿着西装革履、正襟危坐而写出的“批判文学”。在读此书的那一天，上面开着套话儿的会议，我坐在下面读得津津有味，可不是蒙汗药，是醒脑的清凉油。我读出了那种“有了快感你就喊”的境地。当然，在这种众目睽睽的场合，只能偷着心灵来自慰了。因了这个女孩儿的关系，我特别欣赏书中“老侠”说出的一段话：

> 我还不理解朋友在这方面的好客。如果我平时就好这口，或我在家压抑，想借去外地的机会宣泄一下，或者出于好奇心，以前没尝试过，这次要试试，朋友们帮个忙，这都可以理解。但你不想要这个，你拒绝了，他们好像受了侮辱，有种非要置你于死地而后快的那股劲头。他们一帮人帮你安排，把你领进一间屋子，灯光昏暗，莫名其妙地，门一开，突然就进来好多个女的。他们就对那些女的说：这是我们的老板或领导，你们得好好给我伺候。那些小姐‘哗’地就扑上来，就这劲。实际上我跟他们没有商业关系，也没有任何利益上的纠缠，就是朋友。他们这种非要使你同流合污的劲，甚至会影响到朋友关系，认为你这人虚伪不诚实什么的。

王朔还说：“而那种事我觉得它是个人选择。你可以不选择，拒绝这事也很对，也不是说就那么没有自制力完全做不到。接受它呢，可能要比拒绝它难一点儿，真的，我也有过类似的经验，一点都不舒服，很尴尬的。”

我不想再转引下去了，在这件事之前，我确曾也有过类似的经历，被同行的朋友逼得无奈，不得不咬着牙说出一句气急的无耻话儿，“你喜爱做那事，我喜欢欣赏女人裙子里的大腿儿。”得，即便这样跟着下流，也还是把朋友给得罪了，因为你不想跟他一同下水。而今这位朋友已经死去了，让我替他来做共同的“无耻”忏悔吧。

关于那个女孩子，我已经模糊了她的面孔，似乎我还向她故作高雅地推荐过两本书：卢梭的《忏悔录》和缪塞的《一个世纪儿的忏悔》。她所“引荐”的两本书，我都看过了，而且感想都写在上面。

趁着众人自慰情欲的忙乱，我和另一位“守身如玉”的朋友抽身而退，我们付了“赔酒”费。两位女孩送我们至电梯口，门一开，彼此握握手，就今生不再相见了，谁也不会留存下对方的影像。你的慈悲，只会在今夜管用，明夜乃至接踵而来的日子，这些沉沦的天使已经褪化掉曾经保持尊严的羽翼，像“凤凰”变成“乌鸦”，而且还会嘲笑起假慈悲的猫儿：瞧，他们多么愚蠢呵，竟然向我们这类人推荐狗屁不值的《忏悔录》。要作忏悔，我们就不会在这座捞钱的城市里花天酒地地生存了。

走上子夜梦回的灯街，回望刚刚浮游上来的沉沦之地，面对“金龙玉凤”的霓虹灯箱，我不禁从心底发出一丝苦笑：这里面圈养的玉凤已是蜕化成野雉，而那些泄欲过后走出来的“金龙”，也已是演绎成为了可怜的侏儒式爬虫，这难道就是我们的现实精神生活？

第八章 消失的欲望船

我有一个女儿，自她小时候起，就和她亲近惯了，在忘情嬉戏时，父女之间没大没小，好似兄弟一般。作家汪曾祺所写的《多年父子成兄弟》，说的就是这个意思。或许因了女儿的关系，我与其他熟悉或陌生的女孩交往、交谈，就显不出感情上的隔来，不像与另一些成熟的女性交往，总觉得相距着一层透明的玻璃，人看得真真切切，心却游荡在天边，而且所谈的话题如同浮云，总是被不辨方向的风吹送到难以预知的远方。在我的生活中，除了A女士和C女士之外，我很少去和别的女士做情感上的真诚交流，我怕她们复杂，也怕自己被弄得复杂，变成失去本性的“四不像”来。与其有隔，还不如什么都不谈为好，隔着“玻璃”交流，总使人感到是身处于不自由的探监室。而与天真率情的女孩儿交流，我便心无挂碍，很自然地就走过女儿曾经为我预期搭设的桥梁。这，我要感谢女儿，是她以纯情的“父女之爱”引领我走向情感的圣地。

其实，我与女孩们交往的不复杂，还是源于她们的一片清纯，透澈的心地像山林间的泉眼，旷野里的初雪，还未被生活排放的废水，人生烟道里的灰尘所污染，因而与她们做情感的交流，再圆于世故或者复杂，就会感到羞愧，在心底里责骂自己是一个伪君子。我不想这样责骂自己，因而，我便愿意敞开心扉，接纳清泉的流入和初雪的飞临。

我与第一个女孩儿的交往，是以保护始，而以伤害终。这是最令我深感痛惜的事情。我与她并不算真正意义上的师生关系，“职工代培”教育彼此间只为名分上罢了。她来自于一个边远县，不晓得省城畿地是这般复杂，而且所来培训的人，很大一部分都已成家立业，成为社会上老道的“油子”，滑腔滑调。有个别人染于底层的陋习，乐道男女情事，而且善于窥探别人的隐私，有时难免捕风捉影。这样的人喜欢生活在别人的痛苦和受到打击的垂泪里，就像蛆虫蠕动在没有关严盖子的酱缸里。她是一个喜欢打扮而且大大咧咧的女孩儿，与同性和异性交往，都不藏着心眼儿，而且从不掩饰自己内心的情感表达——在那个思想意识解冻不久的年代，她注定会成为被伤害的对象。果不其然，不久即有风言风语传来，说她与几个小流氓纠缠在一起。向我“告密”的几个男同学，很有点幸灾乐祸的样子。对此，我警告他们不许再向外传播。事情似乎就此平息了。她也似乎没有意识到，她在一个傍晚偶然与几个当地小痞子的交谈，却成了人们捕风捉影的口实。对她我也复杂起来，因为她的过于率真，会造成很多乐道此事者的误判。即使错了，他们也心无愧疚，连道德的责任都不负。这是营蝇狗苟的一群，别指望他们能作出精神的反省和心灵的忏悔。我蜷缩了自己警敏的触须，只在暗地里保护着她免受更大的无谓伤害。一次，她病了，没有来上课，我在班上发现后，犹豫再三还是到她寝室里看望了她，但我不敢久留，浮皮潦草地安慰几句就退了出来，而且马上到教室的门口来个“亮相”，这足见我的复杂和虚伪。若是放在今天，我绝不会这样做了，与率真交往就应当还其心地坦诚。即便如此，我还是造成了对她的伤害。一年多过去后，其时她已经在省城市郊的一所正规学校念书了，而我正在等待着另一批学员前来培训。深秋的一天，我正独坐办公室看着窗外的落叶，轻轻的敲门声过后，厚重的木门被推开，难以预料中是她走了进来，而且脸色很不好看，我不知晓发生了什么事情，请

无助

她坐在办公桌的对面，彼此注视着。一年多不见，她似乎已变得成熟些了，与前年的18岁迥然有别。或许是伤害的作用，或许是成长中的顿悟，我为她感到高兴。静息片刻儿，她带着幽怨的口气发问："老师"，——感谢她还没忘记我曾经的身份，"我一直都敬慕你，但我很难理解，你为什么要对我进行伤害？"

我感到惊讶，我从来都不是伤害别人的人，正因为躲避伤害，我才跑到这里来重操旧业，舐伤疗痛，我怎么会恃强凌弱，将身受的伤害转嫁到这个无助的女孩子身上呢？一定是发生了误解。事情的真相终于弄清楚了，"告密"者之一酒后吐真言，而且还将我牵扯了进去，惹得她委屈地转乘了几次车，跑来找我算旧账。我将事情的原委讲述一遍。她到底是个通情达理的女孩子，冰释前嫌后，我们站起来一同走了出去。其时，已到晌午，我没有留她吃饭的勇气，因为看门的那个老头，正在玻璃窗上压扁了鼻子窥视着我们的走向呢。望着她瑟瑟秋风里远去的背影，我一时感到怅然，我所经历的伤害，为什么要接二连三地在我伤痕累累的心上发生？

与另一个女孩儿交往的故事发生在西南地区的盈江岸边。我在《浪迹红土地》里有过记述，因而只想简单地重复一次。这个陌生女孩儿，是我一生当中所见到的最善良的人，尽管她长得并不美，但她却怀有着一颗天使般的美好心灵。当我坐在北国的冬季里，再次提笔写起她时，我还感到一种历久弥新的感动，仿佛一年前的事就出现在昨天或者前天。望着窗外满天飘舞的雪花儿，层层叠叠地铺展在大地上，我就联想及远在千里之外她的美好心灵，如这初雪一样洁白无瑕，纤尘不染。我和她完全是偶然的相逢，如不同山涧里的两股泉，交汇于盈江的虎跳石，彼此的心灵都飞溅起了雪样的浪花。她为我和朋友热情指路至虎跳石，过后还带领着我一人前往落水洞。

密林中的小径贴靠着山边，与水岸伸展，荫浓遮天，寂静中只闻风语涛声。这一路下岭爬坡，累得我气喘吁吁，热汗淋漓。女孩儿却行走自如，健步若飞。在这空无一人的峡谷里，我与女孩独行，像父女一般亲切、自然。在落水洞的凶险处，我们还曾互相关照，互相援手，如此这般的关爱与热情，这样的纯洁与心无杂念，是我这些年来浪荡红尘间所未曾经历过的。这是大自然的一次赐予和恩典。

这段转抄旧作的文字，是我当时的真实心境流露。在一个空旷而无人的河谷里，只有我和那个女孩儿，彼此都心无杂念，心灵洞开的窗户汩汩流淌着清澈的泉水。当我们只穿着袜子，手拉着手，走过湿滑的水中石梁，像父女一样充满着世间的真情。这也是我在别离她后，何以会满怀深情地写下这样一段忆念的文字：

> 告别美丽的盈江，车轮扬起了浮灰，女孩儿的身影从视线里消失，像祝福自己的女儿一样，我在心底里祝福她："今后能找上个善解人意的好心人，一道过上好日子。"

最后在这里，我所要讲述的是与我工作两年之久的女孩儿的故事，这很可能是我一生当中最后的一个女孩儿的故事了。在我渐渐老去的生命里，青春的大海将会成为一个不可企及的遥远梦想了。我不可能永远生活在女孩儿们的美丽世界里，像一棵苍老的树不是衰朽地化为白蚁蚀蛀的齑粉，便会为时光的利齿巨斧所啮斫，但愿它倒下时别砸伤了春光里的花草。

我和B女孩儿坐着对桌的这间办公室，是在大楼的阴面。我向窗而坐，透过窗口可以看到后院那棵百年沧桑的大榆树，我一直把它视作一种精神的象征。四季轮回中，大树苍劲地活着，不需要大自然更多的眷顾。春夏两季，她披挂绿枝，满心愉悦地生长在周围的树篱和花草间，一些鸟雀会藏迹在她的浓荫里做窠，生儿育女。秋风渐起，掉光叶子之后，整个漫长的冬天，她就生存在自己的孤独里，像一个空巢中的老人，只有风雪来造访她的家门。我独自一人，坐在这个“被爱情遗忘的角落”里，更多的时候是把老榆树望成了自己的模样。其实，在这个大楼里，我的年龄已经属于遗老一族了，时光的砂轮用不了多久就会把我从这里打磨掉。因而，我与这位女孩儿交往是很温馨而又值得回忆的一段时光。

我和女孩儿的祖父、四叔，都曾经在那个黄摊的百年老厂工作过，与她四叔算得上不错的哥们。因而，自我走进这间办公室那天起，就在心里将她看作晚辈了。至于工作之间的事另当别论。当时女孩正处于受到伤害的无奈中，心情抑郁。我是受到过伤害的人，我知道鞭痕过后，浸在盐水里的心灵是种啥滋味。我不能无视强者凌弱，不是源于正义，而为人性的复苏。过去，我们造成的无谓伤害太多了。人与人之间，人与自然之间，人性的链条为专制强行摘除，使得兽性像瘟疫一样在蔓延，并侵害了我们与人为善、与物为善的心灵。如今这一切荒唐的伤害都该结束了，人性的回归使我们感到生活充满着一种温暖的阳光。女孩儿所受到的伤害，还是在心灵上，所谓的声援也只为朋友间的情感抚慰。我既然在内心里视为长者，当然我的劝慰是必不可少的，是否起到春风解冻的作用就不得而知了。我这个人从来都是这样，终生记取别人送给我的温暖，至于曾向别人送炭的事，过后渐渐都忘却了。我的父母都是这样的人，他们终生带着记忆里的伤害，而去念记着别人曾经给予的帮助，诸如一小篮子的豆角或者茄子，他们都还铭记在心。在这个世上，为人心地善良者往往活得很累，有时也显得很无奈，面对着伤害，很少去针尖对麦芒，而是如同软体动物，在本能里将受到伤害的部位紧缩在壳里，用分泌出的泪水来予以净化痛苦。我和这个女孩儿，都是这样的“软体生物”，在伤害面前，保护自己的有效手段，就是封闭自己更加孤独的心灵，同时思想的珍珠也就是这般孕生而成。而今，这个女孩儿已经走到了伤害的反面：成熟，她再面临新的伤害，完全晓得该拿起那样武器来应对了。

我喜欢心地坦诚而富有个性的女孩儿。坦诚是立身处世的根本，它可以转化成韧性的枝条，充满青春活力的绿叶；而个性则是生命的刺儿，用来维护生存的尊严。B女孩儿拥有她的根和刺，然而她又很率真，在受到伤害的初始还不晓得捕风捉影的厉害，以为关锁上门便将伤害挡在走廊的外面了。其实，这样做很可能招致更多的流言蜚语，而且无力制止这股黑色龙卷风的形成，届时它将损毁可能攫取的一切：名声以及尊严。曾经有过那么两三次，当我们坐在一起办公或午休时，她将门随手关锁了，她认为她的心地坦荡，别人的心地也如此，其实，她这种率真的行为很可能会遭受到更多的无谓伤害和打击，对此我有权利来保护她，于是我默默地站起来将门栓打开，怕伤害她有时就装作出去办事或者上卫生间。当她真正走向成熟，在一次闲聊时，我才向她指出这种幼稚病会带来怎样的结局——脏水泼来，或者风雨满城。这绝非危言耸听，人心的复杂就在于利用你的坦荡和心地单纯，而将你弄得满身臭狗屎，嫉妒心和虚荣心狼狈为奸，是什么事情都可以做得出来的。这样的事例，在我们身边发生得还少吗？

后来，我们的彼此交谈、交流坦诚起来，有的时候像父女，更多的时候则近似于亲兄妹，而所交流的东西关涉人生和现实的生活，就这一点来说，更像师生之间的关系。这使我想起余秋雨先生推荐并作序的那本美国畅销书——《相约星期二》：一个老人，一个年轻人，和一堂人生课。“莫里老人在乐滋滋地体验死亡的时候，更觉得有许多重要的问题需要告诉学生和社会”（余秋雨语）。这本书故事的结局便是人生的终结。我们不妨读读至关重要的几段文字：

无助

“我的老教授一生中的最后一门课每星期上一次，授课的地点在他家里，就在书房的窗前，他在那儿可以看到淡红色树叶从一棵小木槿上掉落下来。课在每个星期二上，吃了早餐后就开始。课的内容是讨论生活的意义，是用他的亲身经历来教授的。

“课堂上不需要书本，但讨论的题目很多，涉及到爱情、工作、社会、年龄、原谅以及死亡。最后一节课很简短，只有几句话。

“毕业典礼由葬礼替代了。”

我想，我们在两年多时间里，大部分是放在午休来做交谈，很近似《相约星期二》的模式，我们断断续续地谈到了伤害、宽容、生命以及死亡，各自发表了不同的看法和见解，彼此没有什么拘束，仿佛在唠着亲切的家常。记得，我们的相约晌午，是从我创作《生死之旅》开始的。文学的话题更能打消心灵之间的阻隔，那个冬雪漫天遍野的季节，我们居于暖室——我斜躺在工作椅上，女孩儿则休息在待客用的长沙发上。这样的午休简陋而不简单，因为我们诸多的话题，都是从闭目休憩而海阔天空谈起的。尽管每次所谈都比较简短，大体在20分钟左右，然后，我便沉沉睡去了，因为我还要积攒足够的精力，去跑下午的“生死”接力。彼此都坦然地休息，办公室的条件就是这样，用不着顾忌这那，门虚掩着，任何人都可以随便走进来，而我们只是在自由地入睡或者做梦。这就是两个小公务员午休的全部真相。

我半躺在工作椅上，有时就和死去的马克思对上了号。中学时，学过一篇课文，是恩格斯在马克思追悼会上的讲话，原文忘了，大意是马克思躺在他发奋写作的圈椅上睡着了，永远地休息去了。冒出这样的想法时，我便会哑然失笑，在巨人的肩膀上，我是什么？一只无足轻重的瓢虫，或者是一枚轻飘的落叶。我对女孩儿可以从她四叔那儿以辈分来论，但要说是师长，可就有点大言不惭了。虽然我受到过伤害，但那只是被蚊子或瞎蠓叮咬过的历史；思考生死，也只为在走向火化场提前做好心理准备罢了。所谓文字上的功夫，仅为生存手段的雕虫小技而已。说得更直白些，我只是生活于社会底层，一个被侮辱、被损害的小人物，说是卡夫卡笔下那只生存重压下的变形甲虫也未尝不可，小人物与甲虫所能用来与这个强大世界抗争的武器，只为缩收进皮壳里的一颗自由的心灵。这也就是我赖以生存的全部秘密。

小人物之间，只能在一起谈谈发生在自己周边的人和事。一只爬行的甲虫，是谈不出大地上的事情。我和女孩儿的最初交谈是从母亲开始的。善良而与世无争的母亲，总是受到过多的伤害。从贫穷的生活到白眼的歧视，所有这样生存着的母亲，几乎饱尝了同一种滋味的苦难。她们酸楚的泪水含在眼里，转过身却给儿女们以宽释的微笑，因为她们不想让儿女们稚嫩的心灵再来承受这生活与生命之重。在母亲们看来，小草能担当几滴露水的重量呢？她们将负重的腰，变成狂风暴雨里树的形状，弓的模样，因而对母亲的伤害，是最不能得到宽宥的。童心的刻痕会可怕地带到中年，携进墓地。我们切莫去做伤害母亲的傻事和蠢事了，否则，你一辈子都不会得到原谅！

她是在家庭生活贫困和母爱深厚的环境里长大的。父亲的过早去世，使母亲的形象更加凸现出来。这也是她很少向我提及父亲，而过多地讲述起她母亲的原因。我没有见过她母亲，从她充满感情的描绘里，我完全可以想象得出来，这位吃苦耐劳、满怀善良和忍让的母亲是一个身材瘦小，内心里却蕴含着强大母爱力量的女人。当丈夫扔下生活的重担走向另一个世界的时候，她以柔弱的肩膀来承负起养育两个女儿的责任。很少有人来关爱这个孤儿寡母的家庭，连亲情也显得硗薄，只有母亲家里家外劳碌的身影，疲惫而坚韧的面容，在引领着一家人走出生存维艰的沼泽地。母亲流下多少车（用板车拉煤）该由男人流下的汗水，又淌下几多备受屈辱而饱尝痛苦的泪水，只有那个逝去的岁月还记得。寒冬里的屋角挂着霜，锅里飘着油星，逢年过节别人家孩子拥有着簇新穿戴以及吃喝，而自己的女儿却布衣粗食，为此，一人担当全家生活的母亲显现出愧疚而痛苦的无助。然而，母爱坚强的承受力也正是于此凸现出来——她不愿接受别人悲悯的眼神儿，拒绝领取那份居高临下的赐予，在别人瞧不起的歧视里活成自己的样子。这或许就是她母亲后来所赐予给她的一份弥足珍贵的精神“嫁妆”。

我于观察中得以发现B女孩儿的性情有着鲜为人知的另一面。在这一点上，我们似乎都毫无例外地变成了生存状态下的纤细触须，在周围怜悯而歧视的微风里，柔弱的心发生不易觉察的战栗。其实，不仅仅是人类，自然界中的弱小生物，诸如林中鹿、草原兔以及松鼠，莫不都是以生性的警敏来生存，风吹草动，都会使它们环目侧耳，惊悚而逃，因为这是它们唯一用来保护善良生命的武器。善良与警敏的人生，往往会受到更多的无谓伤害：一个歧视的眼神儿，一句侮辱的言词儿，一次过火的行为，都会在心灵深处留下烫伤的烙印，尤为对母亲的伤害，再也没有什么力量能够扭转仇视的存在。我到现在也无法原谅那些山地里侮辱我母亲的孩子，一念及那句用于动物身上的污烂话语，我想宽恕他们的蒙昧无知都无力做到。而对于童年其他方面的伤害，我都已浑然忘却。有一次，B女孩也对我谈及了她对伤害母亲的理解。她说她母亲是一个与世无争的老实人，在外面与家族内部都是这样，好像就生活在自己的影子里一样。即便这样，家族里还有人歧视她，挤兑她，事事都想把她的母亲推出这个唯一还残存着血缘亲情的圈子。我到现在还不能从心里上原谅他们。——我能够理解这种伤害的深度，尽管它不是刀子捅出的伤口，其实心灵淤血的存在才是真正的伤痛。有了这样的理解，愚蠢的人你还会再做伤及母爱的愚蠢事吗？真的那样，你就真的罪不容赦了，而且天堂也不会再为你这样的灵魂预留一角宽容的位置了。

记得，那是在夏日里的一个晌午，我们因了我正在写的一篇文章而谈到了宽容。我忘记了具体是哪段文字，也懒得再去翻找旧作，似乎顺口念给她听的是这样的哲理：我从不信奉任何宗教，我的善良就是佛陀，我的宽容就是基督。大概我的记忆是没错的。窗户开着，外面吹刮着绿色的热风。麻雀的“唧喳”与鸽子的“咕咕”像泉水一样滋润在清凉的耳畔。我斜躺在靠椅上，偏转脸儿默视了一下阳光里的老榆树，正在将思索的锚儿下潜生死之海。长沙发上的B女孩儿，双手枕头，望着一片空白的屋顶，向我探询了对宽容的看法。她说：你什么时候学会了宽容？这倒是一个很棘手的问题。因为宽容既有天性的东西存在，比如善良和悲悯，又有后天的因素出现，比如伤害和人性的复苏，我想我学会了宽容，伤害应当是第一位老师。我从别人对我母亲以及对我的无端伤害里，寝肉食皮地感受到了痛苦的滋味，而且在工厂破产后相当长的时间里，我都难以走出受及亲情伤害的无语伤感，真的有如苏曼殊写下的那种酸楚：无端狂笑无端哭，纵有欢乐已似冰。我确曾流过泪，从前我受过外人诸多的伤害都不曾泪弹，在这个艰难而心灵憔悴的时期，我最疼爱的人恰恰是最伤及我情感的人，使我黯然神伤，也由此明晓了“一生一世都不要去伤害疼爱你的人”的人生道理。哪怕是一个细微的眼神儿，一个背后不起眼的动作，它对心灵所造成的杀伤力绝不比一把捅进身体里的刀子更轻缓，因为情感的神经是最丰富而敏感的，被掐断的触须它不会再次拥有曾经美好的夏天了。

我们在这个短暂的晌午，似乎对宽容达成了长久的共同理解：对敌人的伤害，我们必须还以利齿；而面对作用于母亲身上的伤害，我们不能姑息于宽容，但不必再还以“仇雠相怨”的牙齿。这已经是我们小人物的心灵里，所能拥有的最大限度宽容了。倘若我们强暴自己流泪的感情，再去宽容地接纳不作心灵忏悔的伤害者，那真的是如基督所言：“打你的左脸，请伸过右脸来”，我们还没有活到这么个自卑的分儿上。尽管我的宽容就是基督，但对于出卖情感的犹大，以心灵的十字架盟约：忏悔者才会得到应有的宽恕。

我和B女孩儿最后的“午间相约”结束于今年的秋天，这是一年当中北方的自然植物走向成熟，同时也即意味着生命死亡的季节。玉米辉煌地谢幕，高粱将它生命里所有的血都凝结在一颗会思想的头颅上。窗外的老榆树又在身体里刻下一圈时光的齿痕，掉光叶子的树枝如垂暮老人裸露风雨里的粗糙手臂，似乎张扬开还渴望抓取着什么？夏日里的青春回忆，抑或是雷电般的激情。每从窗口凝视着这位兀立的长者，我都心生恻隐，知道自己的生命正在迈进这个孤独的行列里去，因而也就更加珍惜分分秒秒流逝的光阴，希望在走进坟墓之前，能透彻地解析出死神投过来的一个微妙眼神儿。我常常静坐在这个角落的椅子上，默默地思考着大地上的生死情事。B女孩儿在忙着她手头的工作或事情。这时候，我们很少作交流，生与死已经把青春的她和暮气的我，隔开在时间大海的两岸。办公室静寂的空气里，只有钟摆迈着蹑足潜踪的脚步，仿佛还证明着生命在呼吸，在思想。这样的压抑，我不知道女孩儿是否承受得了，是否因了我的生死而变得有些情感沉重。我在家中和这间办公室里，带给妻子和这个女孩儿的，是欢乐之外的东西：忧伤或者痛苦。对此，我是深感负疚的。掉进生死堆里的人，他不可能再远离墓地的诱惑——有时，我就真的渴望，能有幸变作李白墓冢的一茎春草，柳如是坟头的一朵野花，但我从不敢指望成为一棵松柏或者石碑之类的玩艺儿，这样的想象和要求都太奢侈了。我卑微的头颅戴不得如此桂冠，那样真的折煞了我的灵魂。

B女孩儿终于因了我的生死，而愿意向我敞开心扉谈及她亲身经历的生死，是关于她祖父的。她的祖父我认识，一位胖乎乎而慈眉善目的老人，平时见面也打声招呼。他曾在榨糖车间工作过，退休后呆不住便到医院打更兼管太平间。我知道那个太平间，靠着河堤内，是一间临时盖起的简陋砖房，不大，有三四张床的空间，窗口开得很小，嵌着铁栏杆。厂子里死的人——工伤或医院里的病死者，都抬送到这里等待送殡。冬天，可以搁置几天，夏天即使以冰块枕着尸体，也只能将就半天一宿。那几年，我曾经到这个太平间的门前，送过不少死者，有本单位的职工，也有朋友。那间房已经扒掉了，曾经看守它的老者——B女孩的祖父已经谢世周年。今冬，深深积雪所覆盖上的只为墟址的历史和远方山林间的一座坟墓。时间在改变着一切，将熟悉的变成陌生。我今天为我女儿和朋友们熟悉，明天或者未来的某一天，我便会成为回忆，再以后就是一个陌生的存在了。生命就是在这个简单的链条——熟悉、回忆、陌生中周而复始地牵动与延续，我们没有畏惧它的理由。

女孩儿的姑姑得病死了——这件事发生在好多年前，我听到我妻子回来说过，那时工厂里的人死了，大家都知道，好像一阵风传遍角角落落。四五千名员工，很多都是一家子人在不同的岗位上工作。女孩儿的祖父、伯父、叔叔、姑姑都在这个老厂里，因而她的姑姑死后，就抬进她祖父看守的太平间里了。父亲看守着女儿的灵魂，这无疑是一桩人生最大的痛苦事情。我最近读过作家阎纲所写的怀念文章《我吻女儿的前额》，已读过几遍不记得了，但每读一遍，我都产生流泪的感觉，先前是泪淌过脸颊，后来是泪珠坠滴，再后来是眼含着泪花儿，一篇文章能有如此摧肝断肠的力量，我很少经历过这样的情感阅读。在我的记忆里，似乎只有田野的《悲欢离合的三天》，让我每读一次都诱发心灵的汐动。在这个世界上，没有什么比生离死别更令复归的人性而啜泣，而喟叹。

作家阎纲用椎心泣血的文字来写及女儿的身死：

“女儿离去后，有泪皆成血，无声不断肠，但是我如梦如痴，紧紧抓住那只惨白的手，眼睁睁看着她的眸子失去光泽，哭不出声来。我吻着女儿的前额。”

“妈妈的眼睛哭坏了。伴随着哭声，我们将女儿推进太平间，一个带有编号的抽屉打开了，已经来到了另外一个世界。我抚摸着她僵硬疼痛的双腿，再吻她的前额，顶着花白的头发对着黑发人说‘孩子，过不多久，你我在天国相会’。”

B女孩的祖父不是作家，只为太平间的看守人，他亲历看守了那么多的生生死死，而这回他绝没有想到他晚年看守着这座太平间，却成了他和心爱女儿的最后见面之地，命运是多么的残酷而且不近人情。以前，每次打开这把门锁，已经够沉重的了，而如今他要将女儿锁在这间冰冷的屋子里，孤独一人要熬过这既阴湿又冷寂的长夜呵！暮晚的夕光，从窄小的窗口渗漏进来，满头的白发映成积雪，悬垂在女儿盖着床单的遗体前，痛苦而又满怀着生存的无奈。临离开女儿时，他习惯地用手为女儿掖好散落下的床单，就像小时候怕女儿着了风凉而给她掖紧被窝一样——警敏的B女孩儿当时陪着祖父在跟前，她看到了痛苦中的祖父临别前这一充满着爱惜的动作。她说她到死都忘不了这一弥散着忧伤的情景。

我们一时间都陷入不再言说的死寂里，仿佛秋风的裙摆扫过落叶的声息，皆清晰可辨。这个晌午，我与生死梦失交臂，闭上眼睛就浮现出盖上尸体的白床单和那只伸向心爱女儿的颤抖着的右手。我想，如果没有B女孩和别人的存在，她的祖父一定也会俯下身来，去亲吻女儿的前额。

B女孩儿后来还向我讲述了她伯父死时的事情。那时，她的祖父已经躺在病床上了，她的伯父就是看望医院里的祖父而遭遇车祸的，经过抢救又挨过了半年。全家人都瞒着老人，怕他过度悲伤，承受不了这再一次丧子的打击。火化那天回来——B女孩说，她躺在病床上的祖父，其实什么都知道，都明白，只闭着眼睛问了一句：你们都去了呵，就不再言语了，到死她的祖父都没有问及她的伯父。他是带着沉默的痛苦走到另一个世界里去了，那里生活着他的妻子、女儿和两个儿子。

我和B女孩相处的这段时光，还零零散散地交流了杂七杂八的问题，比如对人生的理解，对人性的认识，虽然没有像《相约星期二》那样对人生阐述得宽泛、系统，但多少也都涉及些，"蜻蜓点水"总比"干飞"好得多。无论对她，还是对我，都会是有所裨益的。我从她身上看到了自己青春的影子，她从我身上或许能感知到人过中年，为何却要沧桑了心境。生活是最好的老师，它教给我们生存的本领，并指给我们踏上通往天堂的路径。

上班坐在或午间躺在这个"被爱情遗忘的角落"里，春夏秋冬过了两遍，而我的心路历程似乎经过了漫长的跋涉，从浮躁归至宁静，从欲望强盛而返璞归真，从轻若翎羽而到生死沉重，我像一只钻出雨后湿土的蝉儿，终于缘着树干爬上树叶纷披的"华盖"，在交上了好运后而唱出生命里蕴藏已久的歌声，尽管它还颤抖着痛苦的沙哑嗓音，毕竟是我心灵真实的一个回声。我珍惜着这个"暗角"，珍惜着与窗口外那棵老榆树六七百个风霜雨雪日子的倾心交谈，它成为我的另类师长，我从它的身上学到了兀立的孤傲与坚守忍耐的孤独。这是我身边的人所无从给予我的人生启迪。这都因为他们太过于浮躁了，太想获得生命之外的东西，结果心都成了空巢。我以前也是这样的，欲望太强烈，如同一茎青绿的麦杆，欲念的液体在生长中充盈，当成熟过后，浮躁的东西才变成充实的籽粒——这便是我们所要赞美的思想！

我与B女孩儿"相约晌午"，是我人生在走向墓地之前的一次美丽驻步。也可能是结束，也可能是开始，夕阳的沉落中便是朝阳的出现，生命总是在生死的轮回里感动于自然万物。我们虽然不再"相约晌午"，但我们的结局远远美好于《相约星期二》的那个老人和那个年轻人，他们的人生课程是以死亡来结束的，最后的一课很简短，只有这样两句话：

"爱……你，"他说。

"我也爱你，教授。"

…… ……

而我们都还幸运地活着，这就比什么都好。我来时B女孩儿刚刚结婚，我走时该向她道一句人生的祝福了："生活安定下来，你应当要一个小孩了。"我想，她不会对这样的祝福感到有所难堪，或者想到别的事情上。新的生命诞生后，她就会享受到成熟女人的母爱了，而伟大的母爱是没有人敢轻易再来伤害的。当然，我也会这样来向我女儿的未来祝福的！

第二部

AI WU ZHU

第一章
忏悔的嬉戏

我在后来的写作中，从不把童年写成天真快乐的模样，也不喜欢将年少说成纯洁无邪。我觉得这不够真实，这是被涂了粉、化了妆等待登台表演的孩子。我从前所写的一首诗便留下这些“表演”的痕迹。

我矮墩墩的
像家乡黄土道旁永远
长不高的车前子
我十分单纯
如同家乡清澈的小溪
搭眼就可看见水底石子的花纹……

果真如此吗？事实是我童年的心、少年的心有时候会清澈见底，而在有时候却是浑浊不堪，如同急雨过后的山涧，不止飘浮些草棍、树叶，还有着小动物的尸体残骸。后者很可能就出自我们这些孩子的手里。尽管当时我们并没有意识到这些残忍，但它已经真实地存在着了。很多事情的发生是无从更改的，伤害也是如此。我爬到树上掏过带花斑点儿的鸟蛋，急得鸟妈妈在树梢上盘旋；我用箩筐扣过雪地上的麻雀，把它们摔得嘴角流血，然后放进灶膛里烧着吃；我还和小伙伴们，头抵着头，围成一圈儿，在土道旁气破了青蛙的肚皮……这样诸多欢乐的嬉戏，是以牺牲弱小者的尊严和生存为代价的。而今，我怎么会无视这些“亡者”的痛苦，而违心地言及童年的天真，并以此误导孩子们像我过去一样，将残忍当成游戏。我的少年也并不怎么样，尽管周围的大人们都夸赞我是个喜欢读书、懂事的孩子，但我知道我背地里做了那些不道德的事儿。我偷过瓜，跳进人家园子摘吃李子，与表弟等人趁着雨天溜进山坡上的树莓地，还参与盗伐树木的活动，亲自挥斧抡锯，碗口粗的楸树、橡树、桦树尸体狼藉……如此行径，能一推了之，而且还装扮成纯洁无邪的模样吗？

我的童年、少年也有过恶作剧，向夏夜卧在露天圈里吃草倒嚼中的老牛刺尿，用石块追打正在发情中的“狗夫妻”，捕捉衔尾交配的蜻蜓并令之互咬其尾。还充当过类似“告密”角色，比如我和缺心眼的海子兄妹等小伙伴，玩屁股扎针的游戏，就是我向海子妈做旁证的，使海子有口难辩，被他母亲痛打一顿儿，这是我到今天也不能从心底里原谅自己的事情。九岁或十岁，并不能成为搪塞“原罪”的理由。我记得在山地的乡间，流行着大人们骂做错了事的孩子的一句话。当孩子委屈地申辨道：我不懂得，我还小。家长便粗暴地抢白：你小，你不吃屎。我不记得，父母亲是否在气急中说过类似的话儿，但我觉得，我们很多人在童年的时光，确曾做了不少与善良背道而驰的错事和蠢事，如果我们用树叶或花朵将这些出乖露丑的地方都遮掩起来，美是美了，然而虚假就会伴随一生，演绎成更大危害的虚伪，连童年的原罪都不敢回过头来去正视的人，我们有权利怀疑他所写下文字的全部真实性。看来，给童年和少年戴上一顶精心编织出的美丽花环，很可能是心灵世界里所发生的最愚蠢的做法了。

我想，我的忏悔还是从童年和少年写起。我不想像我年迈的母亲所指示的那样，给自己赤身裸体的一张婴儿照，重新画上红肚兜来翻拍。我当时就是露着小鸡鸡来真实地面对着我眼前的这个真实的世界，害羞的不是单纯的我，而为复杂的成熟异性。这个生命裸露的胚胎，也启示着我，心灵的真实裸露——原罪的忏悔也当如此。

我曾经是一个内向型多少显得害羞的男孩子，这样的男孩子大多有着早熟的心理。我生活的年代，男孩子的性心理卫生是大人们忽视的一个死角。没有人来给他们做必要的精神清扫，在于父亲是尊严，在于母亲是缺乏这方面的应有经验，因而我们这些男孩子，都在梦遗的袭临面前张皇失措，梦中的短暂快感消失，便会陷入黑夜清醒后的羞耻和困惑，根本就不晓得这是男孩子性成熟的一个标志，像女孩子的初潮一样，都是正常的生理发育过程。我不晓得该怎样处理这件脏污的裤头，为此很是苦恼。记得，是15岁那年的夏天，母亲在洗衣物时发现我裤头上的点点痕迹，很是认真地询问了我，这是怎么回事？我当时羞臊中都恨不得挖个洞，像老鼠一样钻进别人看不见的黑暗里去。学校不上生理课，我也找不到这方面的书看。我真的不明白，我怎么会犯这样的"梦淫"罪，仿佛美女蛇在我睡着的时候，与我梦中幽会，使我一次又一次坠落于她所诱惑的深渊。我那时确实感到像犯了罪似的。有一次，我上好朋友家里去，他家人多炕窄，便在厨房半空搭了个吊铺，他就睡在那上边，白床单一直铺着。我无意间发现了白床单上遗留下的秘密，朋友迅即地用枕巾遮住那个"梦遗"的地方，脸红成鸡冠子状。我当时感到心理压力减轻不少，这说明在夜晚的梦里被美女蛇勾肩搭背的不止我一个男孩，起码我的朋友就是近在眼前的参与者。其实，哪个男孩子都大多有着不尽相同或相似的经历：梦遗以及不良习惯的手淫。只是，我们的生活中没有老师，也没有帮助恢复心理卫生健康的指导医生。我们只好于混沌初开中，一边在犯罪似的快感漩涡里挣扎着，一边在努力地摸索着泅向理性的彼岸。要说，我们这些男孩子在生活的海洋里学会了游泳，那要感谢上帝，他没有让我们沉沦为年少的性罪犯。在我们那个山区小镇，当时最小的性罪犯就是一个13岁的男孩，他的好奇心使得他的母亲为此羞耻得上了吊。代价太大了，也因此清晰记得。

我的童年、少年，是在山地乡村和封闭的小镇度过的，封建意识和遗风还是很浓重的。男女孩儿即便是左邻右舍家的也极少在一起游戏，同学间都很少说话，若是被发现，男孩子们就要起哄，搞得女同学沁着头，甚至委屈得擦眼抹泪。一次，班上的一个“刺儿头”，课间将我和女同桌拴上对子来羞辱，他哪里知晓温情的鹿被逼急了会变成狮子，我勃然动怒，把他冷不丁掀翻在第一排课桌上，后面的桌子都像多米诺骨牌倾倒。还有一次，也是因了埋汰我和邻居女同学的事儿，我跳起脚来将一个高出我大半头的男同学，挥拳打了个满脸花，鼻血流了一地。后来，这两位同学都打成“朋友”，“刺儿头”前两年病故。现在回想起来，都是很可笑的事情。若是放在今天，很多男孩子巴不得当上这护花的骑士呢。

我所接触的女孩子不多，母亲的眼睛尖着呢，邻居的大妈、大婶也都是好心办错事的“间谍”。有一年寒假里寂寞无聊，去邻居女同学家聊一次天，不出几日就被反馈到母亲的耳朵里，少不了又是一番闪烁其词的“敲打”。后来，弄得灰心丧气，索性就猫在家里看书、涂鸦。我至今唯一保留的少年作《老翁》就写于1973年的寒冬：路见一老翁，长髯飘春风，弯腰拾落豆，心痛怨连声。那年15岁，是渴望与女孩子交往的年龄，然而被好心的母亲和好心的邻居们封杀了。我感到冬天特别漫长，仿佛有下不完的雪，刮不尽的白毛风，而那盼望中的春天迟迟不肯露头，翻过南山的垭口到这闭塞的小镇上来。也似乎就是这一年的春天，我在表妹童年的心头留下了回忆的伤痛，更确切地说，是在我少年的心中飘成了一块挥之不去的阴影。多年以后，我在回想起它时，还觉得心头有些愧疚和沉重。我是行不得一点儿恶的人，母亲怀着善良生下我，胎胞里就是小鹿一样的“食草动物”了。因而，即便是无心和无意间的伤害别人或其他更弱小的“另类”，都会成为今日“反刍”的苦涩回忆。

记得，鲁迅在他的《风筝》里，写下了对他童年弟弟的一次“施暴”。弟弟躲藏在堆积杂物的小屋，偷偷糊着风筝，渴望到春天的郊野去放飞。身为兄长的鲁迅，毁坏了这渴望着乘风而起的欢笑。中年以后，他忆及起这次“精神的虐杀”，还是满怀着悔愧。当他去向长了胡子的弟弟请求宽恕时，弟弟已然忘却了此事。鲁迅为此说出这样一句近似宽释的话儿：

“全然忘却，毫无怨恨，又有什么宽恕之可言呢？无怨的恕，说谎罢了。”

我对表妹的那次欺凌，大抵也是如此罢。我想，她的孩子已经长成当年的她了，或许她已然忘掉了那次委屈的泪水，而我还记得。我曾经生存过，但现已扒掉的老屋，记忆里还鲜明着那个春天午后多少显得暗淡下去的光泽。表妹就是伏身在窗口下的炕沿，而抽搭着柔弱的肩膀，淡黄色的头发像山坡上的秋草——那个时候，哥哥、姐姐们都喜欢背地里叫她“黄毛丫头”。不像今天已经成为女孩子头发的流行色，在当时是以黑发而为美的，我就拥有着这份骄矜，而且自然的波纹儿还不用烫，这一点儿随我母亲。姨家住在铁道南，是大山坡根底下的一座“苏联房”。表妹上学要跨越铁道线或过街天桥，经常路经我家门口，有时就顺道捎来姨新摘下的豆角或茄子，早春则为韭菜，小小的人儿挎着小筐儿，很是辛苦，而且也深得我父母的喜欢。

记得那年春天，我已经上了初中，而表妹则为二年级（或三年级）的小学生。一天午后，家中只我一人，很是枯寂。院门一响，我临窗一看是放学的表妹跑来了，而且小脸红扑扑的，兴奋得像一只春天里飞回来的燕子。与表姐表妹们呆在一起，唠嗑或玩耍，母亲从来是不加干涉的，而且也不予以监察。姨更是宽宏，表弟与邻居女孩子结伴上山割羊草、采猪食菜，她从不反对，这多少让我羡慕。少年时，我喜欢跑到姨家去睡，像个“贴树皮”（一种毛毛虫）似的，就是冲着开明的姨去的。她可不像我母亲，把我看得死死的，怕我“早恋”。这反倒使我将探知异性的触须更加敏感地反卷起来，在心里抱紧一个神秘的团儿。我不得不说，母亲的好心将我推向了内心封闭的世界，使我对异性充满了暗恋的幻象，而且时常生发莫名其妙的自卑情绪，总觉得女孩子是不大喜欢我这个“小白脸”的病弱孩子。而在与表姐、表妹们的相处生活中，我就多少恢复了这种信心，大表姐、二表姐关爱着我——在下章里，我将专门写及她们所赐予我的温情以及我对她们心生的恋结，而表妹则像我逝去的堂妹一样，一口一个二哥地叫着，很是让我生发出一种从外国小说里看到的骑士胸怀。而我这个“骑士”非但没有一次去保护表妹，反而却使她受到委屈而流泪，这是我至今耿耿于怀、不能宽释自己的缘故吧。

其实，这次“伤害”算不得伤害，如果没有父亲偶然归家的介入，两个孩子间的嬉戏，自然以孩子之间的游戏法则来摆平。我出手过重，或者说恃强凌弱，使表妹背翦双手失去了反抗能力，终致感到二哥的“冷酷”，而流下了伤心的泪水——那时我渴望表姐们来关爱我，而我却没有想到来关爱表妹，在游戏中应当让着她。我意识到这个问题时，就像鲁迅先生追悔中所痛言：我们已经长出了胡子。

父亲每日工作是很少回家的。那天下午，他却偏偏赶在我拙嘴笨腮哄劝表妹不好的时候，走进屋来。表妹伏身在炕沿上，小声抽泣，我张惶地站在地当间，像一个犯了错误的学生，等待训诫。这是在我有记忆以来（包括以后），父亲对我最严厉的一次批评。我从来没有看见父亲这般黑着脸，连我的无力申辩都不许，倘若那天，我要是再顶嘴，怕是吃耳光了，我可从来都没有挨过父亲的巴掌。他一直都认为我是个懂事的孩子，懂事的孩子当然也会犯这样那样的错误。在表妹面前，我感到很丢骑士的面子，也怨责父亲的介入，否则，我会按照孩子间的游戏规则，向表妹讨饶、作揖，使她破涕为笑，那样我就不会在表妹的心中，丧失掉我唯一值得骄傲的骑士风度了。我不知道表妹是怎样止住委屈的泪水，是否洗过脸上的泪痕走回家的？那天晚上，我懊丧到极点。从那以后，我也就长了记性，不再去欺凌任何比我小的孩子，同时也朦胧意识到弱小者不仅仅无助，而且还需要一种充满人性的关爱。

慢慢长大了，每每与表妹见面，当她亲切地喊我二哥的时候，我都在心里觉得不配。在表妹看来，或许会觉得我有些面冷，不够热情，可其实她哪里知晓我的心病，那个春天的下午，我再也找不回来丢失的自信，而且因为大人的参与，孩子气的游戏在我身上彻底地终止了，留存记忆中的只为这最后的追悔与无言的歉疚。

1979年我参加工作后，表妹渐渐淡出我的生活圈子。或许，我们都已到了“男大当婚，女大当嫁”的年龄，彼此间就无形地划出一道情感的鸿沟，个别见面时象征性地打声招呼，所交流的话语淡滋少味的，好像同事间的闲聊。表妹或许已经淡忘了那个春天的下午，小黄毛丫头变成了我姨家的大能人，哥哥姐姐的事都少不了靠她来帮忙运作，这是大家所没有想到的未来结局。那个委屈流泪的女孩子，出脱成办事干练的角色，这完全继承了她的母亲——我姨的持家风格。

从另一个角度说，我对表妹的生存状态还是给予了足够的关注。虽然是远距离式的，而且捕捉的消息多源于父母的转述，零零乱乱，也能拼凑出一个大体完整的形象，尤其是在她婚后的相当长一段时间里，她迫切想要个孩子而不孕的苦恼，也时时缠在我的心里。这完全是因为我们儿时一同玩耍长大的缘故。我对其他生活在外地的表妹，就没有这种情结，仿佛只有并不牢固的血缘意识罢了。而对我这位表妹和已逝去的堂妹，就不止如此，好像她们成了我生命进程中挥之不去的女性形象。我把她们用文字表达出来，是对我少年生活过的那个小镇，以及我所热爱的人，所呈送出的久远怀念。

表妹已经拥有了自己的幸福家庭和健康活泼的孩子，我在心底为她默默祝福。关于三十年前孩子气的游戏，不管忘记还是记起，都是兄妹间两小无猜的一段情感往事。它的忏悔式的复活，使我想起我寂寞中的少年时代。我姨一家人所赐予我的温暖，还有那只白山羊，我没少喝过它的奶，它那充满着母性的眼神儿，我至今还能复现出来。这也就是为什么，我深深的爱嵌印在这些文字里，而我美丽的忧伤也渗透其中。

第二章

伤逝的依恋

我的童年和少年，在寂寞的生活背后，对环绕在我周围不多的异性有所依恋。或许有很多的男孩子，都像我一样，在沉默的心里走过冬日暖泉一般的情感历程，透澈晶莹但并不复杂，亮冰上叠流着静无声息的回忆。童年，我有着很深的恋母情结。男孩子都是如此，尽管已经丧失了婴儿期的吃奶记忆——我就这样，恋母情结在懂事之后便开始悄然萌动。我的恋母，是将母亲当作我生命中的美人，到现在我还没有完全消失这种童年留下的印痕。似乎我的恋母情结，在搬到姨家居住的小镇才渐渐消失，因我又在心底里找到了新的依恋——长我五岁的二表姐。那时，我萌动的性意识里，就有了一个参照的标准，长成男子汉后，我应当和这样的女人在一起生活。这样小孩子的想法，尽管可笑，但却像新移栽下的沙果树，尚未抽叶，就已经幻想它开花结果一样的真实。你可以不拿小孩子的想法当真，但沙果树却最终实现了它的最初梦想。无论童年的恋母情结，还是少年对二表姐的依恋情怀，我到现在还在生命里珍惜着，当我从心怀里捧献出它们时，并不为此感到害羞和难以启齿。我想说，我还在深深地爱着：童年的母亲，少年的二表姐。这是岁月之蚌孕生并遗留给我的美丽珍珠。我没有权利，因了自己刻意装扮成的伪崇高、伪道德，而将它毁灭在生命的灰烬里。

好多年前，我就处心积虑地想写写二表姐，写写少年的美好印象是怎样被无奈而痛苦的生活拖向被磨损、被锈蚀的边缘，而且面目全非。然而，我只在一个苦夜春深的日子里，写下了这样一段回忆文字：

> 我最怕看二表姐的眼睛，好像那睫毛的密草里藏着忧郁的深湖，我怕一望，便掉进深不可测的痛苦里。
>
> 二表姐以前，可不是这样。
>
> 那时，在有些寒伧的小镇里，二表姐是个美人胚子，高挑个儿，春柳儿的腰身，一双清潭般的秀眼。那阵子，还不兴使用“回头率极高”的用语，有的话儿，肯定会派上用场……

只写到这儿，我就为往事的忧伤卡了壳，痛楚的碎屑陡然地被清扫到心灵角落里，为时间的风吹刮向了天边。二表姐的美丽人生，毁灭在她少女的一颗心对文明大都市的向往里。

我家搬来小镇那年，我13岁。那时，姨家的“苏联房”轩敞明亮，是我向往的天堂。黑油毡纸盖，白粉墙。南侧的园子是果林，春风里杏花粉，李花白，杂以沙果、樱桃争芳斗艳。坐在南屋的炕沿上，从花枝闪烁的地方，悠然而见绿草漫流下来的山坡。那山坡间分距开的两个馒头状的土丘，浑似女人的酥胸。北边是一片菜畦，春韭秋菠，夏日里则为北方的大路菜蔬：茄子、豆角、青椒、黄瓜、柿子。从北窗可以看到这些农家风光。“苏联房”就像创造它的欧罗巴人种一样，高门、大窗，极尽采光的本能，人住在里面心胸敞亮，不像我家租赁的临街房，窗口窄小不说，下半截还镶嵌着乌玻璃，要看街景得从炕上站起身，而且只能看到陌生的行人和对街的房子。我曾私下里偷听到父母的对话，说是这家的女人就死在这屋里，母亲说不怕，哪家炕上不死人呢——总之，我感到这间房有点像“地狱”，可想而知，我是多么想住进姨家的天堂了。记得，周五放下书包，就和弟弟往姨家跑，那时还是孩子，不懂得招人烦。姨总是宽容地接纳我们，从没见她掉过脸子，也没有说过含沙射影的嗑儿。姨一直是这样的雍容大度，满怀着女人家少有的贵族气质——我是个十分敏感的孩子，连大人们的一个眼神儿都能读出来。在姨的宽容下，我俨然被娇宠坏了，任性而为，呆在果林里如猴子一般爬树或者摇动树枝，多咱饱了口福才算消停；然后，躲进堆杂物的棚厦，将姑姑（姨的小姑子）从前上学的书箱拖出来，灰土暴尘地折腾一番，怀抱着一摞儿旧书鬼画脸地钻进南屋，就着明亮的光线读起来。我的文学梦，有一部分就是在姑姑的旧语文课本上萌发的，像康濯的《我的两家房东》、刘绍堂的《青枝绿叶》，这般瞎闹腾都是姨宽容或者说怂恿的结果。这些书，我保存到文学解冻后，才被作为废品卖掉。

姨的更大宽容还在于允许我睡在清静的南屋，而且睡在两个表姐中间，让她们晚间照顾我。喝完了那天使般白山羊产下的奶，与表兄弟、表妹说笑打闹到星光灿烂，姨便像圣母玛丽亚一样，满脸闪动着母性的光辉，笑眯眯地对我说：去吧，到你喜欢清静的南屋里睡。南屋一盘干净的顺山炕上，睡着奶奶（姨的婆母）和两个表姐，大致在两年间我只要居住姨家，就成了南屋女儿国里的“小男子汉”。那时，为两个表姐呵护着，我简直就成了梦中的天使。有月亮的夜晚，不挂窗帘的南窗，树影婆娑，连延展到木质地板上的银光都如梦如幻。我很适应这种依恋的环境，在两位姐姐的环护下，躺在被窝里十分惬意地睡着了。

我对两位姐姐，尤其是性格绵软的二表姐的依恋，充满着一种血缘的亲情，不像与其他异性的接触，产生复杂的欲念。我在内心里喜欢二表姐，是因了她外在的美丽与内心的善良。我总在私下里，将她想成两种动物：鹤与鹿。二表姐的腿修长，走在小镇的黄色沙土路或者冬日积雪道上，活脱脱是仙鹤的模样。路上的行者引颈观赏，于是二表姐走出她鹤立鸡群的骄矜。二表姐温情，那两只美目也活脱脱是母鹿的眼神儿，闪现着柔和而恬静的光泽。这样的眼神，是不懂得什么是伤害与被伤害的，因而，在姨家的五个孩子中，她是被伤害最深也是最重的一个人。富有人生经验和阅历的姨，最担心二表姐吃亏，知晓她的温情和善良容易受到伤害，她不像我的大表姐为人厉害，心像豆腐，嘴如刀子，讲理而宽容，这一点像姨。二表姐则像我姨夫的脾气秉性。“鹤与鹿”相结合的生命，对自然来说是够完美的，但在复杂的人世间生存，就未必那么完美了。二表姐后来的命运作了这个结论的一个注脚。

姨和她的妹妹——我妈，在背地里都持这样的陈腐观点：长腿人没福相。她们形容这是螳螂腿。我暗笑她们封建脑瓜，二表姐明明是鹤腿嘛！鹤长着翅膀，想自由飞到哪儿就飞到哪儿。而且鹤象征着吉祥，也会给自身带来好运。事情初始是这样的：二表姐高中毕业那年，幸运地赶上了国家分配。这在上山下乡的年代，可是从天上掉下来的馅饼。她分在小镇上的一家副食商店，连白糖、肉都需要凭票供应的年代，这是令人羡慕的肥缺。我真替二表姐感到高兴和骄傲。有时逛街，就领着同学到二表姐站柜台的商店“显摆”一番，与柜台里的二表姐搭上几句话，什么也不买就走人。兜里那几角毛票，是买书用的。不久——大概在两年之后，二表姐就自由对上了象，男方是省城里的人。据说，是陪他父亲来小镇治癌期间认识的。记得，小镇医院是有那么一个人被外界传称是治癌专家，后来还参加了全国科技大会，风传之下不少病人都跑到小镇来求治，只是活下来的凤毛麟角。男方——我后来的二表姐夫，在小镇上失去了父亲，却收获了二表姐的芳心。当年的二表姐夫是个帅小伙，外貌无可挑剔，然而，姨的眼睛很“毒”，仿佛预感到女儿走进他的大城市家中会受气，而且对这家人不知根知底，怕把二表姐给坑了，对这门婚事不点头。但二表姐夫也很有一套磨人的功夫，终于从小镇上挖走了二表姐。

我现在已经很难说得清，我对二表姐依恋的情感弱化于何时？大体是在15岁的秋天，因为那年秋雨中我得了一场重病，休学数月，此后便不再去姨家住了。或许，那时我已经感到了害羞，或者意识到对二表姐的依恋是一个美丽的错误。我不记得二表姐是在哪年结的婚，1973年还是1974年，好像是个夏天，我跟随着表兄等人作为娘家人的代表，去省城参加婚礼。我记得那个场面，她婆家将平房接出的棚厦做了洞房，空间不甚宽敞，摆张二人床和几样家具，颜色是当时流行的紫檀色，室内光线有些暗淡。婚礼十分简单，而且席间还发生了矛盾，不晓得因了何故，在最喜庆的日子里做新娘的二表姐却神情沮丧得哭了。这看起来，像是一个不好的兆头。我和表兄等人都很气愤，宴席不欢而散。因此，我不记得那是一家什么样的酒店，具体都吃了哪样的饭菜，坐火车回来的路上风景都没有心思看。这是我参加所有婚宴中感觉最糟糕的一次。不单单是因为我失去了所依恋的二表姐，更为重要的是，二表姐在披上婚纱的日子不开心。这使我感到无奈、无助，而且有些痛苦。有表哥他们在，我一个毛头孩子的安慰自然无足轻重。或许，我连插嘴的机会都没有。众人都嚷嚷着什么以及我是否说出一句半句的安慰话，一概没有了印象，只觉得二表姐脸上的泪滴在我的心里，凉凉的，咸咸的。三十多年过去，表兄、表弟他们或许已然忘记，然而，我却不能淡逝那些残存在脂粉上的泪痕。我喜欢二表姐，但我憎恨这喜欢背后所产生的一切痛苦，也包括后来的婆家人对二表姐的歧视和伤害。

无助

二表姐终于结束了她少女般美丽的梦。小镇上的仙鹤别离她自然生长的环境而陷窘境，婆婆古怪，小姑子刁钻，她们生活在省城里，虽然是大路货的平民，却俨然以贵族的面孔来颐指气使，为难二表姐。婆婆认为，是二表姐诱惑了她唯一的儿子，毁了她在这座城市里找一家有权有势的儿媳妇，那样她的儿子会坐享其成，幸福一生。二表姐的鹿性子决定了她的生存方式：含泪的委屈和逃离。在这个儿子保持中立的家庭里，她怎么能斗过婆姑的"统一战线"呢？而且，小女儿也渐渐懂事了，如此糟糕的家庭环境是不利于她健康生长的。她与姐夫将城内的工作移办到城郊，家也在市区的边缘安顿下来，一室一厅。原以为生活会从此变得平静，谁知却挣扎在更加困苦的漩涡之中。先是姐夫喝酒喝出了脑血栓，总算治得差不多了，又在工作单位与几个酒友偷出几桶豆油换酒喝，事不大，罚点款也就了事。工厂破大家，这样偷摸行为经常发生。"大官大耗子，员工小老鼠"，私下里流传的嗑儿大体道出了国有制的弊端。我在糖厂，职工往家拿糖已是普遍现象，因为管理上的黑洞导致它的破产也就不足为怪了。姐夫听到信后慌张地跑回家，胆小的二表姐当时也没了主意，错中错就永远丢失了这个爱喝点小酒，而且娇宠女儿的丈夫。她到现在还记得好几年前的情景：姐夫要到外面躲躲风声，临离开家门时，她还心疼得给他扯了扯发皱的棉衣襟。风雪中消失了背影之后，这个人就再也没有回过家门。六七个春天过去了，苦苦地等待中毫无生命的迹象。长大了的女儿，在想念着她的爸爸，有时在大街上走着，看见前面的一个背影很像她爸爸，急步赶到跟前才发现这是陌生的面孔。爸爸，你在哪里？风雨中没有人能够回答这个女孩儿的流泪寻找。二表姐悔青了肠子，她的鹿性子既造成了别人对她的伤害，也构成了对自身幸福的毁坏——每当看望父母，从他们那里捕捉到二表姐的生存命运，我都感到心头泛苦，眼前都难禁闪现出小镇的往事：天堂般的苏联房，仙鹤似的少女身影，鹿一样的温情眼神儿，还有我少年的依恋，都为这时光的风吹到不可知的远方。

其实，我的心里一直都怀着矛盾，我想看到二表姐，又怕近距离地看见她，我想保持着对“鹤与鹿”的自然依恋，那是我的少年情怀的心灵存档，拉开生命的抽屉，我便能从时光里抽取一份美的怀念。然而，我又必须为现实来承付美的破碎。近些年来，生活中同样不如意的我两次见到二表姐。一次是在亲属家的婚宴。另一次，是我女儿上大学。二表姐从市里赶来小城，送别时，站在八月明朗的阳光里，时光残忍的痕迹在她的眼角和脸庞暴露无遗，尽管她巧施粉黛，强颜欢笑，心头的苦楚还是难以掩饰，鹿的眼神儿蕴含着外人不易觉察的忧伤。一时间，我神思恍然，仿佛一个粗手笨脚的少年，在心慌意乱中失手打碎了他怀抱中美丽的陶罐，阳光的水珠儿四溅。红颜薄命倒也罢了，红颜苦命却真真是令爱者心怀着痛楚。我对我命运不济的姐姐、大表姐、二表姐都有着如此的切肤之伤。她们都是我所熟悉并热爱着的善良女人，命运却使她们都成了独身女人，爱情离她们过早而去，原本柔弱的双肩成为家庭挑担的苦力。这是鹤们、鹿们的生存命运吗？我怀疑上苍在创造她们时，打了瞌睡，忘记赐予她们善良之外的惠顾。

回忆终有结束的时候，正如我少年的依恋，我对姨家天堂般老房子的怀想，那不过都是一段伤逝的旧梦，如陶罐上描绘的精美花纹，在反复的使用中磨损得暗淡了色彩，唯有记忆能修复它往昔的艳丽容貌。我这样说，是因为有两件蝼蚁之事还镌记在心扉，三十年不曾磨损。一件是大表姐的抚慰。一次，我受到了老师的误解和挨尅，委屈得上姨家去。正走上铁路天桥，碰见大表姐午后上班。她的工作在河岸傍，是炼铝工。看见大表姐，我的泪流得更多了。她问明情况，就掏出手绢为我擦抹眼泪，然后说，批评我的老师是她的同学，她就去找他算账。我即刻得到了安慰，其实这是大表姐善解人意的抚慰罢了，尽管是骗小孩子的手段，但我深怀感激，没齿难忘。一颗敏感的心灵，往往所需要的很可能就是一个关爱的眼神儿。

还有一次，记得是在冬天。二表姐带我乘货车的守车（现在守车已经取消了，成为记忆里的遗物）去省城。那时，她与表姐夫正在热恋中，顺道带着我检查下眼底（好像是这么回事）。她让姨夫联系好守车，我们坐上去。冬天的守车要靠烧铁炉来取暖，用不了多长时间就得用铁钩子从篦子底下除灰，弄得浑身都落满了白色的粉沫儿。二表姐嫌脏，直皱眉头。除灰时，她就赶快系上红围脖，青春的脸庞更显鲜艳。我挨着二表姐坐着，戴着她用毛线编织的手套，从窄小的窗口望着飞速闪过的雪野、山树，冒着白烟的茅草房……火车轰隆隆地向远方开着，仿佛一梦醒来，就到了今天。我想起了爱因斯坦对相对论的通俗解释：你一个人坐在火炉边，五分钟好像漫长的一年；而与你相爱的人坐在火炉边，一年就像五分钟一样短暂。这次坐在守车里，是我与二表姐呆在一起最漫长也最短暂的时光，火车轰隆着远去，相依恋的少年岁月幻变成枕木间的两条铁轨，闪动着寒光，遗留在雪天的尽头。那里是我心中美好的鹤之故乡，鹿之故乡，以及梦的天堂。

第三章

孤寂的雪野

没有看见雪的人，一旦置身在空阔无际的雪地里，会变得鹤发童颜起来，像个忘情的孩子，在没及腿胫的积雪里扑腾打滚，或者互扬着雪团儿，笑声不断。倘若就在这雪地戳盖一间房，地当间盘上个火炉子，整天燃烧木柈儿，让你一个人在这里熬上一个冬天，我想你会孤独寂寞得要死，除了短暂快乐的梦遗、手淫以及对异性的幻想，你还能想出别的法子来打破这冬雪所笼罩下的漫长时光吗？白色，在我们拥有着生存的希望时，可以将它视为生命的底色，而当我们陷入深深的寂寞或忧郁时，白色如这空旷的雪野，只会将我们推向愁生白发、孤苦难挨的境地。我读及一篇散文，一位驻守在终年积雪的高山哨所的战士说："白色实在是最闷人的颜色。黑还有深黑浅黑，白就没有深白或浅白。"他快三年没见一棵草了，下山走近的第一棵树，在他眼里是"活人似的立着，喘着气"，"在等着他，那么亲"，"看也没看周围有没有人，一下子就抱住了它"——这种感情我信。在蓝色海面上长久远航的人，双脚登上陆地的时刻，他最想看的是街头上行走的女人。没有荷尔蒙的世界，是很难想象的，或许连沙漠、连雪野都不如。三十年前，我插队下乡时，有过这样一段类似的情感经历。我饱尝过雪野中一个人呆在空房子里的滋味，恐惧倒可以克服和战胜，但寂寞和孤独却无从摆脱，好像一张透明的塑料布在窒息着呼吸的精神。

我们青年点的房子盖在村外的旷野里，紧挨着南北川道的路边。这条大道到十七里地外的一个村落就“死头”了，当初修它是用于冬天间伐时往山外拉木材。它的繁忙只在春节前的两三个月时间里，道一翻浆就跑不了重车。往东边百余米有条小溪，岸畔生长些稀疏的柳毛子。岸那边一箭之地便是蛇伏似的小山脉。屯子坐落在西边的岗坡上，襟连着大波小浪般叠涌而来的群山。岗坡下的旷野里，在青年点未建房之前，已经袅起了开拓者的一缕细弱炊烟。在茅草苫顶的土坯房里，生活着小俩口——男的在城里上班，冬天多半时光都“猫”在厂里有土暖气的宿舍；在家看门的是他的媳妇，二十四五岁的光景，人生得秀气，说话关里家的口音，是河北或辽南一带的人。很难想象，当初在这荒野里批给他们的地号，怎么就能接受呢？孤零零的一间房，夏天是绿色庄稼地里的“沉锚”，冬季是雪海中的“孤岛”，与他们相伴的只有月光里池塘的蛙鸣，青纱帐中的夏虫；落雪的日子，唯存扑打窗户的风霜，间或从村里刮过来零落的狗叫声，此外，大地一片沉静。这就是他们一年四季周而复始的生活。我们搬进来后，十好几口人，在这大荒野地里也显得落寞而苍白，真不晓得这对年轻夫妇是如何捱过了三四年的漫长时光，或许是靠着爱情或者对爱情的耐心等待。我猜想是吧，因为没有比这更好的解释了。

我们由“与马为邻”的饲养室和铡草间，搬进墙露白茬的青年点，是在秋天。房前屋后，都是一片丰收的景象。躺在我们的寝室里，就可以欣赏到金灿灿的玉米，红通通的高粱了。在房山襟连的小溪沿岸，水稻田已经挥镰开割。这一年，苦难的事情——伟人辞世、唐山大地震以及我们住“马号”的日子都结束了。阴霾的天空，沉郁的心情，都为自然与政治上的浩荡长风所清扫。我感到这个秋天，美得无与伦比，在前往小溪对岸割稻子时，我看到弯曲的流水欢快清澈，小鱼儿在唼喋着柳毛子的倒影儿。跳步石飞溅着细碎的水花，从上面走过去，就到了金色的稻田。男男女女说笑着弯下腰来，一手拢着沉甸甸的稻棵，一手打着激情的闪电，那个秋天呵。

我们搬来之后，小嫂子终于有了新邻居。她有时在晌午或晚间便走过来，与女知青唠几句嗑，或者顺手借大盆用用。我一直都没有解开这个谜，她隔三差五地跑来借大铝盆，洗被褥用还是发黄米面子？记得，她喜欢穿艳丽色彩的衣服，紫红居多，很可能是结婚时的嫁妆，一直未下身，因而她的穿着打扮，还是散发着新娘子的浪漫气息。尽管旷野里的生活，未免有些单调和冷寂，但看见她却总是笑吟吟的，这或许就是村里人传闻的有些不正经。我还背地里听到有个人骂她“骚娘们”。这在农村是骂女人相当狠的下流嗑了。我不晓得这个人有何根据这样骂她。我同样从背地里听到有人议论这个骂她的人，在一个冬夜里从相好的家里赤身裸体地逃到朋友家求救，差点被冻掉家巴什——真伪难辨，我觉得还是与小嫂子拉开一定距离为好，这样就不会被人说三道四了。碰上她，我只打声礼节性的招呼，并不像我们点里有的小青年，油腔滑调的，口里叫着嫂子，那眼光就有点不大对劲儿，好像要从她的胸前和背影里抠挖出想要的东西。这时，小嫂子被纠缠不过，便会红着脸儿应对几下，往往吃亏时居多，但她从来都不急不恼。生活太寂寞了，远离村子，更远离娘家人，她整天只和院子里饲养的鸡鸭相处，这样死气沉沉的日子真的很难打发。我们的到来，毕竟使得她的生活有了些许的调剂和快乐。因而，她并不在乎这些小兄弟们的顽皮，也不计较稍微过头的玩笑。她照样从她冷清的小院里走过来，穿着新嫁娘的旧装，青春的脸庞洋溢着丰盈的微笑，在温暖秋光里，行走成一个天使的模样——我在门口洗脸时，在眼睫闪现着的霓虹里，就会把她的到来看成天使在飞翔。

其实，我们的生活完全糟透了，像我趴在土炕或垫在膝头上写下的口号，干巴巴的，没有一点诗的味道。似乎我们只靠着虚无的理想来坚守着远在天边的希望。整天吃着窝窝头，就着咸菜条和烧锅水，在熬着返城的解禁日子。到了秋天，小小的镰刀将大地刈割成一片空旷，从居室的窗户已经透穿苞米杆子眺望到小南山的落叶林了。黄土道也清晰地闪现出来，远处载着谷物的大车摇摇晃晃地蠕动着。场院像临产的孕妇臃肿起来，激情都转移到这五谷分娩的时刻。然后，初雪降落下来，稻谷垛、豆垛降低着高度，渐渐落潮了，铺天盖地的大雪片子遮严了旷野，低矮的茅草房也只露出窗户的眼睛。人们钻进屋里开始猫冬，火炕成了欢乐打闹和激情创造的洞天福地。

这一年秋后，天气顺遂，场地干净，在腊月一露头儿，青年点里的人就全都撤回家去“冬闲”，空荡荡的大房子里只剩下我一人。当时，我已调至大队做出纳，年底事情多，脱不开身。初始，村里的一位老李头陪我住了几夜。他觉轻，深更半夜便被大道旁行驶的运材车惊醒。踏踏的马蹄声和车轮碾压冰雪的响动，从大老远的地方便传送过来。当经过房山头时，轰隆隆地好像发生了地震，睡在火炕上的人都要被震得弹跳起来。老李头不来了，这大空房的夜里又只剩下我一人，孤单单地和墙上的影子做伴。暮晚，从大队部冒着风雪寂寞地走出村外，旷野里只有小嫂子家的窗口还亮着寂寥的灯光，从障子向里望去，大部分时间都看不到她的身影，想必此时正忙碌在灶间，准备晚饭。兀立山墙边的一截黑烟筒，正袅吐出细弱的白烟儿，刚一冒头儿，便被寒风吹得消失了踪影儿。我踩踏着积雪的小径，从她柴门外走过。无边寂静里，她会听到这脚步声的，因为在这个时刻只会有两个男人的脚步声——她丈夫和我的，会在她的窗外响起。当然，她警敏的耳朵能辨识出哪个脚步声需要打开门来迎接，哪个脚步声只在她门前略显迟疑地走了过去。而我的略显迟疑，是因了这夜色里温暖灯光吸引的缘故。寂寞者与寂寞者，都心怀着一颗敏感的心灵，而敏感与敏感，最终都会像生性机敏的鹿一样，在危险到来之前，选择逃离。这是我以后才意识到的问题。在当时的情境下，我本能地做到了，却没有意识到，因为我还是一只欠缺生活经验的“鹿仔”，正处于薄弱的性朦胧期，有那么一点生理机能的青春躁动，19岁的男孩子有了对女人的正常渴望，因而，这个时候是很容易成为诱惑的猎物。外国小说《女钢琴师》就从这一女性视角写出了这样一个故事——女教师迷惑并勾引了涉世未深的男孩子的故事。

我走回冷冰冰的空房子，返身将走廊的风门缚牢绳子，然后点燃房间的灶膛，用电炉子煮玉米面或者挂面，就着咸菜和“光头饼”对付完晚餐，简单洗毕便早早地钻进被窝读书。那时，没有几本像样的书可看，浩然的《春歌集》我几乎翻个溜臭够，从《喜鹊登枝》到《一匹枣红马》，差不多都背下来了。那个利索能干的新媳妇，还是引发了我枯寂中的一些青春幻想，只因浩然的文字写得太干净了，不像今天很多作品写出赤裸裸的性，否则，我可真的管不住勃起的生命躁动，免不了要像老鬼在《血色黄昏》中所描写的手淫场面：一个人在空旷的山上，战胜挤压进身体里的孤独，似乎只有虐待自己的身体或者用幻想来损毁女人的身体，以获取瞬间即逝的抚慰，之后便会跌入深深的空虚以及心灵犯罪的负疚。罪与罚，是灵魂的产物，是道德觉醒者通向善的精神路径。在寂寞的漫长冬夜，我除了与书对话，还能想些什么呢？有时会想象小嫂子的可爱模样，此刻是一个人守在灯下做针线活呢，还是早早熄了灯睡下？漫漫长夜里，她似乎只有一个寂寞等待：丈夫冒着风雪从城里归来，打开门后袭裹进来一身风寒。这很可能就是她整个冬季里对春天的渴望了。在长夜里，她是否也想到了我这个人的孤独存在？我想，她会的，在旷野里生存中的两个人不可能无视对方的存在。虽然，各自守望着自己的屋顶，但心绪是难免在某一瞬间风云际会，就像两片云彩触发情感的雷电。这没有什么值得大惊小怪的，倘若我要“伪崇高”地糊弄读者，信誓旦旦地说在风雪弥漫着的旷野上，一个有着性生活经历的女人和一个已经有性意识的男孩儿，他们彼此近邻而熟悉，却什么都不想，恐怕这只有停尸房里的两具尸体能做到。我承认，我在某个夜晚，我难以排遣内心的寂寞和孤独时，确曾想过小嫂子和其他女人。因为我不是死尸或供人观赏的木乃伊，我有血有肉有七情六欲有非分之想，就像冬天的冰河，潜意识里有生命的欲望在慢慢流动。而一些冻干瓤的河床，如同没有情爱和爱情一样，是生命的坟墓。没有人会喜欢生活在绝望的坟墓里。

旷野的夜晚真的是太宁静了，风雪行走大地的脚步声，以及用手指触划玻璃的轻抚，都可以分辨得出。很多的时候，仿佛窗外站着一只迷人的雪狐狸，用诱人的爪子挠着透明的月光。夜半时分，重车的行雷从雪野的深处滚动而来，似乎马喷着霜雾的粗重喘息，都从寒气浓重的走廊传颤过来，渐渐地消失在通往小镇的路上。在大月亮地的夜晚，我会爬起身来，从尚未结成霜花的缝隙，观赏亮如白昼的雪野，一挂大车的影儿剪贴在暗蓝的夜空上，远方的山峦一抹黑线儿，仿佛墨笔画过的痕迹——没有什么再可打发苦夜的了，于是我抱着梦和屋顶上闪耀着的星光睡去了。

一天早上，我正在熬粥，听到拍门声，走出去发现是小嫂子。这是青年点里的人撤回去后，她的首次造访。昨夜的风雪填平了路径，从她家门口铺过来一串深浅不一且有些歪斜的脚印。她还是穿着那件新嫁娘的紫红棉袄，没戴围巾，脸蛋冻得发红，好像两片升起的朝霞。她的大眼睛——最美丽的所在，如同两眼不冻泉，我怕掉进清澈里去，为此躲闪开目光问她：“嫂子，有事吗？”她微笑着说：“借大盆用用。”又是大盆。我很失望，什么时间她能说出另一个不同的词呢？比如水桶、锅盖，看来，她所需要、所喜爱的就是方便泡洗衣物的大盆了，她的丈夫也真够粗心的，一个大盆的愿望都不能满足她。她尾随着我走进走廊的尽头，厨房在里面。我指给她一个已经落灰的大铝盆，她拿起来转身便走。我跟随她的后面，在清冽的冷空气里，似乎闻到了她秀发上飘散出的清香，仿佛春天野地里的花草气息。我产生一种青春的渴望，但很快就抑制住了它上升的势头。如果这时她回眸而望，就像那个鹿回头的传说一样，我很可能就会失去对雪冬里的春天所独特的生命感受——清新而美好。世间有很多美的感受从心灵里流失，就在于强烈的占有欲毁灭了它的存在。这是我人生成熟以后所懂得的道理。

在旷野的大空房里，我坚持到了年底，内心深处的孤独在加深，室内更感冷彻，仿佛针砭肌骨，每天早上朝向西面的风门都有推搡不开的浮雪，而且通向村里的小路早为积雪所覆盖，出来进去只有我一个人趟出的脚窝。很少能发现另一双女人的脚印，证明这个茅草房里还有着生命迹象的，一是散淡无力的细柔炊烟，一是暮晚时分浮现出来的灯光。小嫂子充满韧性地守着这座爱情的孤岛，在等待着春天的到来。

在一个星期天的下午，我洗过头后，未等完全晾干，便裹着母亲做的破大衣，跑到西邻的草房里去。我决定收回被小嫂子十天前借走的大盆，然后搬到村里去住，我已经跟原来的老房东打过招呼了，这样寂寞而孤独的日子，我一天也不想再忍受了。

我敲过木门后，未听到应声便走了进去。这是我第一次到小嫂子家里，因而还是有些心里不踏实和稍许激动。屋里静悄悄地没有响动，从灶间转入居室，我看见小嫂子背靠在南窗台上，脸冲着我走进的门口，一动不动，像尊冷冰冰的雕像。或许，她早就敏感地捕捉到了我走向这里的脚步声，或许，她从窗口发现了我的到来。从她所保持的姿式以及冷静的面孔，她对我的到来显然已作了心理准备。她家的炕是南北向盘垒的，窗户挨靠着南炕沿，她就斜倚在那里，身影遮了小半拉窗。她白皙的脸庞一半着光，一半暗淡。我在门口的炕沿上斜身坐下，两个人面面相对，空气仿佛一时间凝固。我嗫嚅着说：“嫂子，我来取大盆。明天我将搬进村里去住，这里太寂寞了。”小嫂子并没有动身，只淡淡地说：“在外屋地，拿走吧。”我站起身，说“那我走了”，就到外屋间拿起地上的大盆一个人走进寒风里。到了院门，我回头看了一眼窗口，那件紫红的“嫁衣”还一动不动地嵌在玻璃上。当我结婚以后，我方明白小嫂子的善意苦心，她不想毁了我的青春和命运，她以冰冷的理性撕毁了悬浮在两个孤独者之间的情感欲网。如果她将这网不负责任地撒过来，我很可能就像误撞上网的小虫子，只有枉然挣扎的份了。我在心里一直感念着她这最后的冰冷，也从此对她多了几分兄弟般的敬重。我也由此明白了，村里那些男人们的捕风捉影是多么的丑陋和可鄙。换过他们来这旷野守着这份寂寞和孤独，怕是早就跑进村里偷鸡摸狗了。对于爱情的漫长守望，唯有残忍地对待自身成长中的情爱，而战胜寂寞和孤独就需要更大的忍耐力，在长夜里将灵魂抓挠出道道看不见的血瘰子。

第二天早上，我冒着风雪，扛着行李卷，大衣角兜着寒风，沿着积雪的小径向村里走去。经过茅草屋外的窗口，我瞥见一张白皙的面庞闪了一下，就消失了。我的身后只留下一缕细弱的炊烟，在旷野的上空淡淡地飘着。

第四章
折茎的触须

人的一生真正的初恋只一次，我将这生命里多汁的感情呈送给了妻子。呈送给她的，还有我的童贞。我这样写，不是表白，因为深陷痛苦中的爱已使语言丧失了这种功能。我曾写有一首诗，叫《爱从来不发一言》，就是缘于此。

肉体的树干迎风怒放目光的花朵，
因责任因古老的情歌一再传唱，
流血的生命有了沉重的负力感，
头颅低悬爱者的胸前有如悲壮的夕阳。
——爱，从来就不发一言。

那烛照千秋的一个永恒命题，
使所有的日月星辰都失去了光彩；
无声的吻里岩浆涌流，
使冰冷的石头固守着一个滚烫的希望。

无助

——爱，从来就不发一言……

我看着相爱中的痛苦妻子，心灵里满盈着泪水。二十年，我们风雨里走过来，还将走进风雨里去。尽管我俩历经沧桑，但为痛苦所切割的爱情钻石，折射出多棱体的光芒，有理解，有宽宥，更有绵延不绝的爱意。我于回忆里，常走回初恋，走回共浴爱河的日子，虽然那是一段短暂的时光，拥有它已足够用生命来反刍的了。这并非“无可奈何花落去”的慰词，对我来说，选择痛苦和分担痛苦，使我由此成为精神的贵族。与拥有财富和优裕生活的贵族相比，我想，我会比他们活得更为长久。当我漫步在心灵的月光大道，与另一颗心灵飞升相爱的唯美境界，我感到一生因了这种痛苦，而成为上帝造化的宠儿——长出了善良与大美的翅膀！这也使我不用潜藏在卑琐的灵魂里，以虚伪的面目爬行，而是向世人真实地披露旧我，让灵与肉得以净化和分离。我不愿再活在外观唯美的金字塔里，或是成为被人观赏的木乃伊，那样的生存还不如吊在流血的十字架上，殉道于真实的文字，届时总会有人从中记取这生命之星空流光一闪的瞬间。

在稍纵即逝的生活中，有很多瞬间的流光为我们所忽略，所遗忘。我们已经不再记忆起睡卧在冰冷大地里的伙伴儿，不再回想曾经进入你的生命而又祝福你的离人。我们可以原谅过去所犯的一切过错，但我们不能原谅遗忘。我们记不得婴儿期吃奶的情景，但我们不会忘记母亲干瘪的乳房。还有，某人曾经进入你生命的情感区，尽管流星一般地倏然消失，也应当珍惜并记取。所有的果实，都来自于花朵的凋谢，看得见与看不见，它都是一个真实的存在。我珍惜我的初恋，但不会割断初恋前我与两位初、高中女同学的一段情感藤蔓。她们不再缠绕在我的生活之树，是因为一位早殇，而另一位走向她自己的爱情领地。

关于早殇的初中女同学，我曾为她写过一点怀念的文字，转录在下面：

> 你走的那年才十八岁，夏天山野间野百合的年龄。埋进青年点旁林子间的那个上午，大肚子蝈蝈藏身在漫草里弹拉着两片古老的羽琴，山脚的小溪横吹一管银笛。你的生命是如此寂寞地美丽。
>
> 我们俩曾经坐在一张书桌，桌面留着“三八线”的刻痕，心里却暗中将它拆除，羞赧的目光对视或微笑，彼此过早地学会使用语言的简洁，只因闭塞小镇的同学间恶作剧太多，审慎是最好的“伪装”。有一次打篮球，不小心碰破了手，上课时还在往外渗血，你偷偷地将花手帕递过来，用眼神暗示我快包上。在我的眼里，你是班上最朴实敦厚的女孩子，很少能听到你的声音：无论言谈还是笑语，你仿佛只在用一双大眼睛与女同学们交流。当时，我在心底正依恋着二表姐，你与她都归属温情的鹿之一族。这就是我喜欢你的地方……

我在心里喜欢的女同学，下乡时隔着几架大山，谁想到还不出一年时间就死于鼠疫，死前她对守候在身边的母亲说：“还是把我埋在下乡的地方吧。”次年雪冬，我与大队的村支书到老街基办事，“顺道”去看她的墓地。厚厚的积雪只露着一个小小的坟头，这就是生命遗留在世间的全部内容。我的女同学，看似毁灭在一只小小的跳蚤身上，实则更大的人生悲剧是伟大号召的背后，她作为女性，却没有演绎出恋人和母亲的角色。这就是我想对她说的话，三十年只此一句。另外，我还想在这个落雪的季节里，将一位外国女诗人写下的数行诗句呈献给她的灵魂，以作伤感的怀念：

没关系，如果我们不能迎接曙光，
如果月亮不能漫游在我们上空，
世界上从未有过的礼品，
我今天就要向你馈赠：
在黄昏小溪潺潺低鸣的时光
我的倒映在水面上的身影，
我的无能为力的眼神——
无法使流星重返星空……

与逝往的前者相比，我与D同学交往的情感历程要复杂些。我们同是小镇上一位老师的弟子，他因文化大革命而搁浅的文学梦，想通过我和D同学来实现。那时，每星期在老师家的后屋，有一次特殊的“吃小灶”。一个老师，两位学生，在当时的小镇绝无仅有的“文学沙龙”。后来，我从一位好朋友那得知，老师是想将我们二人培养成“文学伉俪”。他的苦心算是付诸东流了。在我结婚前，我与D同学有过十年的交往，小镇上的一些朋友，也包括我的双亲和她的母亲，都在心里认为我们会结为秦晋之好。然而，事情的走向恰恰与他们的愿望相反，问题不在D同学，而在我一直都没有找到初恋的感觉。这个悲剧的责任应当由我的情感来承担。很长时间以来，我也总想解开彼此情感产生距离的谜团，仿佛连我自身也拂不开飘浮在眼前的雾云，或许，上帝安排下的命运就当如此：我成为另一个女人的丈夫，而她成为另一个男人的妻子。好像冥冥之中有一只手在设计出人生的好运：我找到了幸福中的痛苦，而她找到了痛苦里的幸福，这就是完美的结局。

往事已经长成了我们分手的年龄，在这里所需要追述的是男女孩儿之间的交往，并非都是像大人们所想象的早恋那样可怕。事情并不完全是这样的，情感触须有时会在生长中改变方向以及折断。很多人在婚前是情感大于初恋，而在婚后是责任大于爱情，这样的理解是我从深刻的痛苦里分泌出来的。在通往善美的大道上爬行，我这个小人物所能拥有的唯只这点生命里的东西：忠实于现存的爱情。在并非尽善尽美的生活中，不要轻易打碎亲手绘制出的精美陶器，它不止盛载过初恋的清泉，还曾有着无数个欢欣和忧伤的日子。

我与D同学的相爱，在我身上似乎只折射在文学上。当我俩身居老师家中的小屋，等待老师来上课时，面面相对中所谈并不多，而且只限读书、写作，好像文学使我们变得远离人间烟火。即便以后相隔很长一段时间的重新接触——她转学到舅舅家的林海雪原后，我们再次相见依然如故。这与我跟其他女孩儿的交往，在心态上有着截然的区别，似乎多了矜持的高雅，少了世俗的内心欢愉。更贴近点说，是彼此间弱化了青春的固有冲动与渴盼，或许就是这种情感使我们始终游离于初恋之外，仿佛雨后只望见天边的虹霓在闪耀，而两颗若即若离的心永远也走不到那里。

那时，我的心中还揣着一份不为外人所知的秘密：对二表姐的依恋，她的鹤影，尤为鹿一样的温情，成为我选择女性的一个标本。而D同学展现给我的性情是另一面：执著的“牛脾气”，简直是文学的狂热之徒，几天一个短篇，厚厚的写作稿令我敬而生畏。诸如她大胆的使用词：鹄立，是近些年才流行于文本。或许，这份外在的牛劲儿，掩饰了她天然的鹿性，使我在情感的森林里选择了敏感地逃离，而且这种逃离一直持续到我初恋之后。

实际上，我们有着更多的初恋机遇，然而却恰恰走向它的相反方面，成为一条山谷里流入平原的两条溪流，各自奔向自己的爱情之湖。

无助

记得，我们第一次通信始于1978年初夏，那时我已考上县城的中师，她自青年点归来准备应考中专。她来信求助于我帮她复习。放假的星期天，我去了她家。从前，只有一次看电影时，我将自行车存放在她家的院子里，没进屋。她住在平房的套间，父母和两个弟弟睡在外屋。窗外临近街道，窗户半挂着白色的钩花帘。我俨然从昔日的文友装扮成老师，午间还被她母亲招待了一顿饭。这样的复习大约有四五次，后来收到她的一封信，告知已不考中专，而去了一家三线厂的技工校，校址在另一座小镇的山沟里，于是彼此开始了书来信往，春节时匆匆见上一面。

1979年的暮夏时节，我中师毕业，分配到了现在生活着的小城，彼此间的通信还在持续。1980年，我的父亲移家省城，哥哥、姐姐还住在小镇。1981年的春节，我还回到小镇帮姐姐看家。期间，我与现在的妻子同在一个单位教学，我喜欢她的鹿性，便托同事牵线，回复说已处朋友。我多少有些失望。在怅然回到从前小镇的某一天，去看望了放寒假的D同学。我们坐在外间屋，她靠窗背光坐着，我双腿耷拉在炕沿下。交谈十分平静，毫无情感张力，好像没入深水中的两块石头，长满了时光的苔藓。我拿了朋友为我的古诗书写的小册子，或许朋友的草书她不喜欢，我也心灰意懒地提不起兴致，甚至连我平时孤芳自赏的那首爱情诗都疏懒地向她提及。

东墙西壁两开花，
暮送朝逢各笑煞，
倘有春风搭鹊桥，
不消片时结一家。

是念中师时，寓居在我二舅家，写给邻居女孩子的。我很奇怪，我们相处这么多年，竟无一首写给她的诗。一个男孩儿和一位女孩儿相处，在很长一段时光，竟然心无初恋，这怕说到死也不会让别人相信。事实确为如此，在我一方，没有进入初恋的角色。看来悲剧是因了我没有找到演绎爱情的感觉，而终致成为了虚幻的场景。

我来时并没有终结相处的意味，因为我还没有找到人生的初恋，然而，在离开时，我却鬼使神差般地说出这般“绝情”的话儿：“这很可能是我们最后一次见面了。”之后，黯然神伤地走出她的家门。她或许也没有这方面的心理准备，也没有预料事情怎么会是这样一个结局，只是默默地送我到门口，看着我在寒风里走远的背影。我曾经回过头来，看见她似乎用手背擦眼泪。她没有说出“我爱”，如果她说出来，或许会成为另一个结局。文学与女孩的矜持，文学与男孩的梦幻，使我们在初恋的年龄，与它失之交臂，没有找到开启这扇大门的钥匙。

或许，是我心灵过早地关闭，使她矜持的触须在追求成长的路上更显得迟疑，因而，在转年的暮夏，她因在省城没有亲属打证明而分配不进去，苦恼中她找到了我工作的单位，徘徊在大门口之后，没有勇气走进来找我。数日后，我与失恋的妻子开始初恋，与此同时，接到了她的来信。然而，命运已无从更改，缪斯女神背过她的脸去，将爱情的光芒投射到我与妻子的身上。

结婚不久，我的处女作刊发于《哈尔滨文艺》，其中一首情诗，是描写一位女孩子对爱情的追求——

河水在轻轻地唱，轻轻地唱，
小船荡开双桨，
摇落了一轮太阳。

我多愿对岸的闸房里，
早一点拧亮
那盏橘黄色的灯光。

一弯新月终于咬上了钓钩，
轻轻一拎，提到天上——
呵，对岸那闪亮的眼睛亮了！

于是，我提着饭盒，
大胆地跑过小桥，
走进他的闸房……

不知那时我是咋想的，在省城用这笔稿费买了五本刊物，其中的一本就寄给了D同学，想以此表达文友之间的一种情谊吧。另附一封短信，使用着一句当时流行但达意并不准确的名言：让别人去说吧，我们走自己的路！数日后，她回复的信也十分简短：没有用情感浇灌出的花朵，是结不出爱情的甜蜜果实。在两颗心灵之间，生长了八年之久的纤细触须就这样折断了，我们再也没有见面。从前是因矜持失之初恋，当两个人都找到自己的爱之伴侣时，已是责任大于爱情了。后来读到作家郭风写的一篇散文《年轻时候》，当女儿央求年老的父亲讲一点年轻时候难忘的人或事情时，父亲恍惚地感到，女儿所问的、所欲了解的，可能是有关他的爱情的事情？那么，这怎么说好呢？

“他想，他一生爱过两位女子——结发的妻子已辞世六年”，“在爱自己妻子的同时，的确曾经暗自倾慕另一位女子”。但他只用写给自己看的书简

（后作为小品文，用化名在若干期刊发表），“表达这种倾慕之情”，“始终未曾向这位女子表达自己的心事；但情况又的确如此：他至今有时还会暗自念及曾经和她一起散步过的山间小径，念及那座小山村、杉木林、小溪和溪上的浮桥以及散步尽处出现的一座小土地庙……看来，确有一粒爱情的种子，仿佛被封起来，埋在他的心中……”

只要生命走过的路程，总是会留下或深或浅的印痕，完全从记忆里删除，说出来也是骗人的鬼话。我想，还是坦诚地将这段情感经历讲述出来，像老作家郭风一样没有什么难堪的地方。我与D同学相处八年没有初恋，这是我们之间的爱情悲剧，更大的可能性是爱情的喜剧，很难设想没有初恋的爱情，会走到一个怎样的结局，也许是劳燕分飞的真正悲剧。尽管我们再不曾相见，但彼此应当在心里互为默默祝福。

第五章 遗存的孤本

E女士已经逝去十年之久了，再加上一个十年，就是我们最初相识时我的年龄。生命走向死亡用的是减法，而怀念却使用着加法。我一边在生命里做着减法，一边在心灵中演算着加法的功能。我怀念所有爱过我的人们，哪怕是一个温暖的眼神，我都会铭记在心，并以加法的形式存储起来。为了纪念这位忘年交的逝者，在她周年的日子里，我曾为之祭献一首她读不到、也听不到的诗歌：

有一种怀念
镂进灵魂里去
如同夏日阳光
植根雨后的土壤

有一种怀念
日夜拨动心弦
让你啼听

流泪的歌唱

有一种怀念
是冰河里的无言流动
凿开透明的心窗
清澈在漫淌

以诗的形式来怀念E女士，在我的心灵殿堂是最隆重的祭奠了。选择这种方式，是用来回报她往昔为我誊抄的第一本诗集。这是遗存的一个孤本，用16开纸折叠而成的小册子，红广告色书写的字体娟秀，封皮设计简洁，《处女集》三个字用黄色圈以红边，右侧刷出一条橘红，上面用白广告色精心地绘画出了一支野百合，花朵似在含蕾欲放，洋溢着春天的馥郁气息。这册自制的诗集，誊抄于1980年的春天里，装订处已经锈蚀斑驳，而且出现断痕。

二十四年间，我时常翻阅这些写于青春期的小诗，以从中捕捉生命流逝的痕迹。诗里有着对自然的叹美，也有着对时世的伤怀和感喟。那时的我正热心于教育工作，故写有两首园丁颂：

残剩寸身心，
犹添丝热温。
流尽一滴泪，
照给光明人。

——蜡烛，1979年

丝丝鬓发染秋霜，

无助

换得人间岁岁香。

试问园公植多久？

普天未满愿未偿。

——园公，1980年

我是在1979年的暮夏时节，由中师毕业分配到这家工厂的子弟学校。E女士和我妻子当时在小学部，我在中学部。所工作着的校园里，四周生长着美丽的白杨树。我来的那年22岁，E女士在四十三四岁上，人长得年轻，而且穿着打扮利落，腰板挺直，就像白杨树。她的鼻梁突兀，显得眼窝沉陷，这么说吧，像中亚血统的女子，美丽而不失高雅的气质，那温和的目光以及安稳的微笑，总是给人以心无设防的信任感。不像有些女人，嫉妒成性，爱插尖买快，那眼光让人看着就有点不对劲儿，发散出的不是柔情似水的波光——这样的女人，需提防着点，指不定什么时候就要喷溅些妒嫉的汁液，令善良者深受其害。我的生活中留存过这样女人的齿痕。E女士在我的印象中，一直到她安详地闭上眼睛，脸上都充满着母性的光辉。正因如此，在她猝然离去后，我对她的默默怀念便成为一道用心灵演算的加法。

相识E女士时，她已经是四个儿子的母亲了。她的年岁与我母亲相仿。与她的交往，好像我童年的恋母情结在冬眠中苏醒。第一次在校园里与她的目光交流，我的直觉就在潜意识里告知我，这是像我母亲一样的人，都类如自然界里的食草动物，她们不会也不懂得去伤害别人。像我前面所写及的那样，她们面对着伤害采取着两种生存方式：忍受或逃离。我母亲多采取后种，不消停地将家搬来搬去，然而伤害还是像影子一样地出现在她的生活里。E女士则具有着强韧的耐力，好似沙漠里的骆驼，或者耐旱植物，以内在涵养的情感、外在平静的微笑，来冲淡生活的苦恼，缓释生存的伤害。似乎她的情感世界，也出现过波诡云谲的幻象——我私下里听说，她现在躺卧病床的爱人，曾背着她做过不忠于爱情的错事，她背着孩子和同事淌过伤心的泪，然而转过脸来，阳光照亮的仍然是温文尔雅的微笑，这是许多女人都难以做到的事情。

记得，我刚来工作不久，在一个星期天到她家转告学校里的一件事。当时，她住在火车站附近的一座日式的旧楼里，楼的东侧便是日本人的神社遗址，至今那里尚遗存表皮龟裂的水泥门柱。我沿着发出呻吟声的木楼梯上了二楼。她家住在阴面，房间逼仄，光线暗淡。E女士正在护理着重病的丈夫，充满着耐心的温情。她将我介绍给病床上的人，我没有走上前去握那双瘦骨嶙峋的手，只是点点头作了冷淡的问候。我的敏感神经对伤害者总是很难做到宽容，像E女士这般雍容典雅，说真心话，我从心里往外做不到位。E女士一直微笑着，像侍候孩子一样将丈夫护理到平静地闭上眼睛。丈夫走的那天，她哭得坐在地上，女同事们搀扶着她，心中不平地劝慰E女士不值得为这样的人哭坏了身子，而E女士内心却充满宽容地说：他到底是走了，你们就让我哭一会儿吧！——我的妻子为我讲述这段往事时，还充满着伤感的语调。

至今，我的妻子还记得E女士给我们刚降生不久的小女儿织的一双毛袜儿。那时，E女士的丈夫病故还不到一年，就为我女儿这个新的生命送上了一件亲手钩织的礼物。所幸妻子提及，否则我的记忆对这件事已经构成了遗忘的死角。那副婴儿的毛袜，藕荷色穿插着白线条，有如她为我诗集封皮所描绘出的野百合一样简洁而美丽。后来，女儿的脚长大了，这只毛袜又穿在亲戚家的另一个婴儿的小脚上——在E女士走后的一段时日里，我和妻子夜间散步时，还时不常一边走在冰雪的路面上，一边温暖地回忆起逝者的好处。善良的人即便走到另一个世界里去，美丽的人间也还会有跳动的心在默默地怀想着她的，因为情与爱的赐予，不会令人遗忘。

无助

不曾遗忘掉的还有一件往事。记得最初与E女士真诚交往时，正逢工厂组织会演，学校抽调十名青年教师来朗诵《小草在歌唱》，准备让我和另位女教师领诵（妻子后来回忆说女领诵选了她）。当时，我觉得这个节目过于冗长，而且吃力不讨好，索性就犯把“虎”，应承去唱首歌，众人如释重负。E女士主抓此事，便带着我去厂里找手风琴配乐。记得，上台演唱的是《在那遥远的地方》。在那个思想刚解放的时期，这也算是“初生牛犊不畏虎”了，每与妻子回忆起来，聊作一笑。有了这次接触，我便求助E女士能否为我誊抄所写的短诗，我喜欢她的毛笔字。她爽快地答应了我，于是在教美术课之余便认真誊写，大概二十天左右，即成此孤本。最后的一首诗誊写于1980年4月12日，是我前一天喜聆中央文件，传达为刘少奇同志平反之事所作，诗如下：

清明过后雪飞降，
疑是天下凝泪伤。
可晓世间泪更多，
浪潮悲喜漫堤墙。

E女士猝然病故于上世纪九十年代初， 我参加了她的葬礼。那日早晨从阿什河东岸升起的阳光，照耀在她失血过多的惨白面庞（腰部血管瘤破裂），依然平静而安详，像从前我所认识的那样，充满着母性的光辉。妻子在家照看着孩子，让我带来了她痛苦的泪水。在祭奠现场，我还看到了她的已离婚的大儿媳送来的一对花圈儿，于晨风里飘动着雪白的挽带，善良的媳妇哭成个泪人。爱者不会再醒转来，我在心里吟诵着上面她誊写下的最后一首诗，将曾经献给伟人的诗篇，转呈给E女士的灵魂，我想，这应当是我有生以来对所有生活在自己身边的逝者最高的献辞了。

第六章 现代男科医院

我患前列腺炎已经有五六个年头了，拖拖拉拉地一直没有去医治。妻子为此没少抱怨，自打病灶显现以后，我喜欢穿肥大的裤子，裤头也要穿那种直筒的。三角裤对于我简直是一种刑罚，兜裆、兜臀部。初始，以为发胖发福，怨责现代流行的裤型，已不适合于中老年人来使用。显然，这种缺乏应有的保健意识，已走向了与男性病背离的误区，这让我最终付出了双重——金钱与精神上的代价。

我之所以拖延去看医生，一是这种病时隐时现，既不影响正常的饮食睡眠，也不太妨碍夫妻间的生活。二是就像一本医学保健手册所写：讳疾忌医，误认为前列腺炎“熬”得过去。其实，藏在这里面的另一个心理因素是，我羞于见医生，特别是怕碰上女医生，检查时来个阴私大曝光，这着实让人难堪。

以前我听过这样一个故事：一位疝气患者在术前接受阴囊除毛时，不时宜的生理勃起，遭到了女护士的“维权”反击，结果阳萎了。——讲述者言之凿凿，这是一个真事，就发生在他工作的医院，我怀疑这是被移花接木过的黄段子。不过，它所残留于我记忆中的印象，是生理上的想象刺激和亲历者的尴尬。听闻后我还暗自庆幸自己的生理健康，没有见不得人的病儿。

无助

我讳疾忌医的另一重心理压力，是我三年前亲历了父亲治疗泌尿系统的痛苦，亲见了他尿道插管时的面部抽搐，以及在重症监护室两臂同时吊瓶，犹如“耶稣”受难般的刑罚，漫漫长夜熬得人心力交瘁，我真盼天快些发亮吧，这样老父亲所受的罪也就结束了。

也就是在陪护父亲的同时，我看到了“泌尿科”的真实内幕。清晨，阳光洒进了病房，患者都醒来，这时，身着白帽、白衣的女护士推着消毒车走进来。有的女孩子戴口罩，露出来一双美丽的大眼睛，楚楚动人；有的露出光洁鲜艳的面庞。她们一脸的端庄，对患者进行换药、换尿袋、撤管、消毒以及检查，工作态度极其认真而无羞赧或目光躲闪，一切都司空见惯，而患者无论老少，也都极其自然地接受她们的治疗，回复她们的询查，诸如尿道是否灼痛，排尿是否有血丝，以及我们平常难以启齿的诸如勃起的次数，等等。尽管我为陪护（亦有女陪护），初始还觉得不自然，有点难堪的感觉，似乎体内有热燥的气流，或许是自然的生理反应吧，谁知道呢。这就像一些国人出国，充满好奇心地跑到大自然角参观一样，沙滩上的裸男裸女在或躺或卧地享受着海风的吹拂、阳光的照射，一派天然，而睃巡岸边的穿衣者，反倒有些显得不自然了，目光躲躲闪闪，仿佛心怀鬼胎一般。还传说有人裤裆间因生理的反射，支上了“炮架”——自然，这又是现代流行的黄段子了，不足信。我想，某些国人的丑陋不至于如此丢人现眼吧。要说私心里的情欲蠢动，丹田血热，或许还有那么一点感官的刺激，这样来作描述我还是有些相信的。说真心话儿，倘若我一旦身在这种情境下，我不敢保证心理上所产生的“肮脏意识流”，瞬间的电闪会划过情欲的神经。虽然明晓这是一种不可示人的阴暗意识，但事实上它却丑陋地存在着，坦露或伪装都没有意义。在我看来，证明一个人的高尚与圣洁，不在他瞬息的“阴暗”意识，而在于他持之以恒的“明白”行为。西方人的临终忏悔得以宽容，是因为死者，而非活人，要死得让“牧师”或亲朋明白，如是洗罪后圣洁而美丽的天堂，就会接纳一颗逝往的灵魂了。而东方人，大多在死前的意识里要遮丑，他们想体面地死去，让活者为之悲哀，开追悼会，给予评功摆好，似乎这样他们一颗曾经“丑陋”过的灵魂就不会进道德与精神审判的地狱了。我常常为后者的虚伪以及死不忏悔而悲哀，而无声地愤怒。然而，我又必须直面：这就是大多数东方人的精神传统，从古至今，靠着一张伪君子的画皮而活着。而我自己又何曾敢斗言，我不是其中的因袭者之一呢？揭掉灵魂的画皮同样会出乖露丑。

还是回到我陪护父亲治病的话题上来。只因了这一次的耳濡目染，使我的心理有了预演的准备，也为此有了下面“重蹈覆辙”的人生故事——我与一个女孩儿的情感交流和心灵对话。我真实地把它讲述出来，绝不走样，而且不煽情、不虚饰。虽然是短暂数天的邂逅与接触，但却穿越了我前半生的“灵魂隧道”。这是一次飞升情感星空的失重感觉，在没有污染的人生宇宙的大气层里，我为之完成了太空舱外的一次精神行走。我只能这样来宣称：我征服了从前自己的卑琐与庸俗，至于伟大的崇高我既不敢奢望，也不敢戏言。

其实，一个人很难做到从行为到心理的完美崇高，尤其是意识流的电闪而逝，没有任何的火眼金睛能够识破。瞬间的阴暗念头每个人都存在，何时露头，何种场合发电，只有“带着正负情欲”的电荷者自己知晓，他不忏悔出来，就将以伪崇高的完美带进另一个只有神灵或许破译的世界。

我这样讲，是用来说明我暗藏着一些伪崇高的意识，我无法保证不被“美食美色”所诱惑，我拒之的盾牌——道德底线与理智防线——或许会在某一瞬间被击穿，我披着铠甲的灵魂将会成为欲相的俘虏。那样的话儿，我曾经百倍努力所塑造的人生坍塌了，成了一堆为时间遗弃的粪土。我不想活到这样的结局。虽然我最终看不到我营筑的完美，但我却慰之于对境界完美的追求与塑造。

亲爱的读者，在这里我恳求你们能耐心地读完这些枯燥的文字，否则你们就会很难理解后面的一些对话——我与这位女孩儿的坦诚交流与交往。

我选择现代男科医院来诊治，是很有些想法的。在省城，名牌医院诸多，哈医大、省医院都是老牌子，而且拥有先进高超的医术和先进的治疗设备，在这两所医院我都找得到熟人，诊治费用也无需担心虚高或被“吃回扣”的高价所宰。我避开那里，是因为那里没有“家”的感觉。现代男科医院——就这名字便让我感到一种温馨的感觉。在古老文明的中国，在已知的古典医籍里，大概（恕我寡闻）只有妇科，而无男科的名目出现。或许，历朝历代男人们的野心与私欲太多了，都想争当国王，争做王侯，争之拥有“三宫六院”、“三房四妾”的权力，因而坚挺的私欲使他们忘乎所以，既无视占有之外的生命存在，同时也漠视着发泄情欲之后的人生与人性的毁灭。也似乎两性之间，唯有在上帝的眼里寻找着一种平衡，男人们享受到了权力的刺激而失去了男性的健康保健，而女人反之，她们因了传宗接代、繁衍人类的生产，因了被充作性工具及性压抑的苦难，而受到了神灵的佑护，赐之以“妇科”的医学关注——当然，这只是我的理论与谬说而已。

在北方夏天的一个晴朗日子，我走进了男科医院。门诊员——同样是一位女孩儿，十分自然地拿出一张自检卡，让我根据自我感觉来选择挂号科。我指了指“睾丸隐痛”一项，她微笑着说：前列腺科，就这样我成了“前列腺科”的患者。主治医生与医助皆为男性，诉诊与检查自然而愉快，尽管查前列腺液让人痛苦十分，但还能挺得住。彩B主检者是位中年女性，加之房间光线稍暗，虽阴私暴露，而无难堪之感。我曾经在俄罗斯工作两年，那里的浴堂习俗我已经习惯，自更衣始，直至沐浴间，皆为中年女性来提供服务、清理卫生。俄罗斯的男性洗者自然，而走进走出的女工作人员亦无拘无束，习惯成自然。记得一次我和四五位同事，大体洗浴完毕时，不巧赶上停电，更衣间一片漆黑，无奈之下抱着衣物，赤身裸体地跑到有窗户的大厅里来穿衣服。看到这景象，女工作员及女售票员都乐了，她们目光自然，没有躲闪回避，而我们也一边自然地说笑着，一边不紧不慢地穿着，仿佛在家中的妻子面前一样。

有了这样的阅历，我之彩B检查以及在普通间的“直维、直灌”都很正常与自然。在此需交代两笔：

这里的普通病室，床与床之间拉隔半透光的幔帐，可以看见走动的人影，但瞅不着“私处”；而且不许陪护人员进入“特区”，这样利于保护男性的阴私。二是这里的病室（包括洗手间），都挂些穿三点式的女体画。我第一天诊治的病床墙上，就挂一张两手撑床、臀部高翘的外国女人画，还是比基尼装，瞅你的眼光有些大胆而泼辣。初始治疗，我准备不充分，没有带书来，寂寞中只好一边听着医护人员播放的音乐，一边闭目养神，有时一睁眼，便看到墙上那个“野性”的外国女人。我想，这样的装饰应当是有些讲究的，恐怕是向外国人学的，尤其对来这里疗治性功能障碍者，会有一个温馨的视觉，产生心理暗示。

第一天，还有两个小插曲，也值得述之一乐。但我讲的不是黄段子，而是亲历。主治医生开出测量尿流与勃起的单子，在导示下，我进了一间屋，还好检测者是位男孩儿，心里便自然了些。然而，不自然的事还是发生了，测过尿量后，男孩儿让我躺在床上，半裸下体，随之给我避孕套和视听耳机。我摘下高度眼镜，两目茫然地盯着画面，听着音乐。三维画面模糊着赤裸的身体。我恍然明白这是在刺激和测试我做为男人的功能，对此感到一种好笑和沮丧。这样的环境，这样的年龄，还怎么能像年轻人一样诱于刺激性和充满躁动的渴欲？我与男孩儿商量，放弃了这项测试，我说你就随便写吧，反正我的性功能还属正常，不是阳痿者。男孩儿笑了一笑说，自然你只是前列腺有病。我有些宽慰，因为我们男人最忌讳有人说雄风不再。我也有这种心理，谁让我生下来就是男人呢。

另个插曲，是在“直维”时，我一手吊着滴瓶，另只手习惯地往上扯扯敞开的裤角，这样被暴露的环境，我一时还不习惯。说句笑话，我还是“前列腺病”的雏儿，还没有完全做好心理上的应对准备，因而，我的举措有些笨拙和慌乱。为我诊治的女护士，一位戴着眼镜的清秀女孩儿走过来，制止我之行为，她目光自然地瞅着我说：要照的就是那个部位，再往下扯扯裤子。我照做了，同时也暗笑自己的虚假和“装样”。在最后的一天治疗中，我半裸着进行“干扰损伤”（我称之下体过电），恰巧这位女孩儿进来找另位护士谈事。我与之目光相对，与她很自然地打了声招呼，她还以恬静的微笑。天天与同样的病人打交道，她们已经习惯了这种现象的存在，只是她不会想到“三天前”的这个还是有些害羞的中年男人，何以会在短暂的治疗中有了境界上的翻天变化？我与她未曾交流过，而她又何曾料想到是另一个女孩儿让我的精神脱胎换骨，成为走出这所“男科医院”的新人！

翌日——7月13日，我的治疗被主治大夫转换到了二楼的“特区”。后来，我暗自把它譬喻成炼狱。然而，在当时我还是茫然，只想到快些且少花钱地治好病，整日泡在这里既令人难堪，又叫人心躁。上帝真是不偏不移，在造出两性之间，让他们在享受快乐的同时，还共同承担着痛苦的折磨。从前，我只经历了妻子的难产分娩以及做人流，在诞生女儿的产床旁，我守护在长夜的煎熬里，当凌晨的第一声啼哭降临，我之心有了敬重母性的战栗。至于，男性病是从来也不曾想到过的事情，只享受着快乐的创造与自私的刺激，说得冠冕堂皇一点，是促进两性爱的和谐。当我走进“超导”病室，躺在两极电流之间，我在想这是上帝的“亚当”偷吃掉另一半苹果的惩罚。

“超导”操作者N女孩儿，青春靓丽，神态端庄，俨然是位久经沙场的将军，指挥严肃，操作娴熟。我在她的眼里如同一位士兵，均按程序来进行。昨天，我吃了未作心理准备的亏，今天带了一本《赛金花本事》。这些天，我正在动手写《千古红颜》，赛金花是其中的一篇。而做“超导”是不允许身带任何金属物的，于是，我的裤子被挂上衣架，手机被责令关掉，眼镜也要摘下。我就此成了睁眼瞎，只能茫然瞪视着横亘在我肚子上——准确地说是“小腹”上的“压榨机”。我私下里喜欢这样叫它，它有点像工厂机加车间里的“压床”，把放进下面的铁物压扁。我面前的这个铁家伙，把带电的圆盘悬在我的“小腹”上——N女孩儿已为我盖了块消过毒的遮羞布——放射出热乎乎的电流，臀部下也有热气流通，后来，我才弄明白这是“两极”放电，让滴液在血液迅速循环中进入“前列腺”。

前列腺在人的器官中属“袖珍”类，只有20克，形似栗子。它“决定男性性功能，是男人的生命腺”。前列腺体由脂质包膜包裹，阻碍药物进入腺体，其难治也就在这里——主治医生和N女孩儿都向我做了这方面的介绍，因为病人有知情权，这也是“男科医院”人性化服务的项目之一。

我与N女孩儿的交谈与沟通始于她对前列腺 及“超导”功能的介绍。当时，我已摘掉了眼镜，看不清她的面孔和眼神儿，她婷立在我的面前，就像一朵雪云，声音像溪泉，叮叮咚咚。我有插话的毛病，当N女孩儿正熟练地介绍超导时，我想起昨日在三楼做的“半导”——肛门插管，小腹烤电，便问她与现在做的超导有何不同？N女孩对我的打断，马上予以“还击”——先生，请听我介绍“超导”，语气略含着不容侵犯的一丝威严。我暗自想，这个小女孩儿还蛮有个性的呢！我女儿就很有个性，我一直鼓励她在研究科学，追求事业以及文学创作上保持它（而在生活中弱化它）。消弥个性，最大的悲剧便是文学艺术的克隆，科学事业的满足和停顿。我不想看到女儿成为人生“半成品”的庸者。正是由于这个小女孩儿的突出个性，使我有些喜欢上了她。

做完1小时的超导和输液，除去遮羞布，我获得了暂时的解放，打开手机，戴上眼镜，这时，我才认真观察N女孩儿，身材长得小巧，五官舒展，眼神蕴含着一股清纯。我历来与人交往，尤其是同异性交往，最忌讳那种火辣辣且带有挑逗性的眼神儿，同时也厌倦粘滞的眼光，好像带着一种挣不脱的色相。眼光是心灵的泉眼儿，唯有天然才通透着一派清澈与洁净。N女孩的心泉如是，我老道于观察的眼光没有看错，与她可以交流。

N女孩儿高举着吊瓶陪我“下台”、穿裤子，我看她清纯的样子不过二十二三岁，便说：“你没有我女儿大！”“是吗？不见得吧。”“我女儿二十六岁”，“属狗的，与我同属”，“你的父亲多大了？”“五十，也是属狗的，跟我同属。”——这般亲情式的谈话，使我们之间消除了距离。对我而言，作用于心理的父爱之感由始潜滋慢生。或许，我与N女孩儿以后两天的交往，心如止水，都框限于这种伦理的架构。

这一天的上午，我渐渐适应了这里单间所处的环境，面对其他护士——大多是未婚或已婚的女孩儿——的进入（与N女孩办事或求助帮忙照看一下），已不再感到被暴露的难堪与“心障”。我沉下心来，在播放的音乐声中，一边接受N女孩的治疗——半导及干扰损伤，一边阅读着当晚准备动手写的赛金花的“本事”及“外传”，间或应答N女孩儿的治疗咨询，以及与她进行一些零碎的交谈，没有明确的谈话主题，也没有涉及更多的人生范畴，片言只语中，我对她的了解还只是个轮廓：医大护士班毕业，父母是工人，她现在正读内科和检验，已有了男朋友，是一个班的同学，正在脱产读“公共医学”。业余爱好游泳，泳姿两样：蛙泳和仰泳。我说我会游点，是小时候学的，比她目前多会两项：侧泳和“搂狗泡”，小时候没人教，不标准。她笑了，露出孩子顽皮的一面，我看出她还没有完全长大，起码在心理上还要经历一番风雨的吹打。

归家的当晚，我写下《孽海情事》的三分之一部分，子夜入睡前，回想这一天，感到有些荒涎和可笑，在名妓赛金花与这位清纯可爱的女孩儿之间，插进来个迂腐气十足的“老夫子”，看来命运真会戏弄人。

第三天——7月14日，我在二楼特区继续着术前的治疗。太阳升起一如既往，从病室间的南窗望出去，蓝天白云呈现着北方夏日里特有的晴朗。窗帘被N女孩儿拉至八分之一处，余下的部分有明亮的阳光射入。我平躺在床上，接受着例行的“半导”与点滴。有了昨天的熟悉配合和“亲情”式的交流，一切都显得自然与和谐。我带来《绝代佳人与绝妙好诗》来读，继续着“千古红颜”的前期准备。时间对我而言，总是显得匆匆忙忙，除了正常的工作与休息，我已摒弃了奢侈的欢乐，只想把“文债”——已构想的六七本书早日写完，然而，这几天来，时光又被无奈的治疗给蚕食掉了。好在，我已培养了“顺变”的心理，因而静下心来与“绝代佳人”眉目传情。

N女孩不再像昨天那样忙乱，仿佛今日只有我一个患者，她处理完手头上的业务，便从隔帘的外侧移过来一张茶几，然后静静地坐下来，伏案读一册大开本的书，看样子是教材。我的猜测后来得到了印证，是内科学。每隔十分钟，半导报警，她便站起来操作启动，之后继续读书。

约在个把小时后，我们似乎都读累了，尤其我一只胳膊挂着吊瓶，翻动页码与持举唯靠另只手来承担，十分不便，仰看的眼睛也有些酸胀，于是，我不得不停止阅读。N女孩儿大概也累了，烦了，或者过长时间的寂静，使她感到有些沉闷，总之，我们彼此都有了交谈的渴望。美好的开头孕生了这个上午的美丽时光，也使我萌生了写作此文的初念——我应当了解一些这里所发生的独特故事，是关于一些成熟的男性因了疾病或性功能障碍，而来这里寻求温馨救助的心路历程。他们是否会像我一样，由初始的不安、慌乱、有点难堪，以及意识流的电闪，而渐入适应的自然。似乎我还没有看见这类文字的出现，为此，我很想真实地状述我之经历与感受。值得庆幸的是，这个女孩儿怀着无邪的坦诚帮助了我，而且也救赎了我一直在追求真善美的一颗灵魂。

我们的交谈这样开始："你为什么选择这样的职业？"——这是我想了解女孩儿心理所关心的问题。

"我从小在爷爷家长大，奶奶常有病，很是痛苦。高考落榜，父母主张我复读一年，而爷爷却同意我上护士班。"

"或许，你的父母想法是对的。我与你的经历有些相似。我下乡后在恢复高考的那一年，考上了一所中师，我不想去，想再复读一年，可父母不同意，便去上学了。"

这是两代人的不同命运！

我想起昨天她的严厉，便问道：我以为你是位很有个性的女孩儿，就像我的女儿一样。她的个性很强，我喜欢她。

女孩笑了，"哪里，我最没有主意了。很多事都听别人的，大家一炝烫我就发蒙了。比如，我现在学内科，是我并不喜欢的，我想学美容、学心理学。朋友说内科好，我就学了，我的男朋友说我什么都想学，什么都学不成。谁知道呢？"

看她那有些苦恼的样子，我帮她出主意：学医学心理学，以后做个医学心理健康医生。她也说这是个吃香的职业，只是感到自己的知识面太窄了，难以解决病人的心理疾患。我鼓励她："你坚持十年，就会成功的。我在写作上就有这个方面的成功经验。"——我有些倚老卖老起来。

N女孩儿恍然言及：你看这些女人的书是为了写作？

我说："是的，我正在计划写一本《千古红颜》，都是死去的女人们的故事"——这些天来，我已被这些死去的女人缠得好苦，半夜三更都睡不好觉，脑海里过着往事的影像：秋瑾的玉颈被砍了数刀，暴死三日；王朝云死前口诵《金刚经》："如露如梦，如电如幻，亦作如是想"。每思之这些都会令我心怀悲伤，难以消苦。中国女人千年以来流淌了多少的血：诞生新生命的血，为爱情献身的血，为国难喷溅的血。我不想和女孩儿交谈这些，古代女人们有她们人生的苦难，而现代女孩儿则拥有着青春的欢乐，她们所崇拜的偶像已不再是项羽与虞姬式的人物，而为奶油小生的歌星与穿着轻薄的超女。

听说我写书，N女孩儿好奇地问：你写了些什么？是魔幻与传奇吗？

"不，是关于历史上的男人女人的生生死死，如果你感兴趣或不介意的话，明天我送你几本。"

"是吗？我男朋友喜欢看这类的书。"

"但是，你还是不要说明我是你所医治的患者。"

"为什么？"

"我怕给你造成不必要的伤害。"

这些年来，我亲历了多少不应当受到的情感伤害。有真朋友，也有假朋友的；其中，更令人难受的是我最疼爱的人的伤害，在人生歧路去意彷徨之间受此一击，心脏在流血，心灵在饮泣。每当夜半醒来，茫然于黑暗的寂静，无言而伤痛。这是我一生中所受到的最深刻的伤害，至今阴影尚未消除。我怕我送给女孩儿的书，会引起她男朋友的误解，将医患之间的忘年情感交流当作"男女情事"。似乎这样的伤害悲剧在我们的身边经常上演。这是因为

无助

浮躁的情欲在像蓝藻一样爆发，传统的道德底线正面临着瓦解和虚拟，爱情——人间维持和谐家庭的生态链在金钱、权力与享乐至上的意识观念冲击下，而被阻断。因而，我妻子对我的某些忧虑也似乎情有可原。她曾经的道德偶像一个个坍掉了，她为之流过伤心而绝望的泪水。至于，我的真诚守望还能在红尘滚滚的俗世里坚持多久，她还是有些猜忌，怕受到像身边司空见惯的"爱情"伤害。对此，我无言以对，任何承诺与山盟海誓都在"情欲泛滥"中而沦丧，今日所见还在大街上连理比翼，明天却已是劳燕分飞，成为"他人的新娘"。这是眼见的事实与现实，承认与否它都存在。

这些年来，我自己也常常陷入人生思考与人性反思的困苦中，心灵时而弥漫于无奈的孤独里，除了妻子之外，我找不到倾诉的对象。与女领导倾诉，怕遭人瞧不起，视作无阳刚之气的萎靡男人；与女下属倾诉，怕流言蜚语，被当作暗示或骚扰；与女同事倾诉，怕看作有不轨之图；与行旅中相逢的女子倾诉，怕还以冷眼或被对方算计和勾引，乃至误入情感的歧途。这个世界怎么了？还是我怎么了？没有人能给我一个消除困惑的解答！

这天，我还和N女孩儿探讨了我对"男科医院"的理解。我说："这是我们男人的'家'，就像你们女士们自然地走进妇科的'家'一样！"

她盯着我的眼睛，好像观察我是不是在"糊弄"她："你真的是在这样理解吗？"

"当然，我的父亲在省医院，姐姐在哈医大，都有熟人。我来这里治疗，就是冲'家'来的。"

女孩儿说："一些男人来这里看病，还躲躲闪闪的，我以为你也不好意思呢。"

"有什么不好意思呢，男人也要得男人的病嘛！"

说到这儿，我俩眼光一对，都理解地笑了。

其实，我对“男科”医护的理解还不止如此。我作为一个曾经的男孩儿，在成长过程中经历过许多的生理与心理上的困惑，也走进一些男孩儿所陷进的误区，遗精的短暂快慰与犯罪般的惶惑，难禁诱惑的手淫以及对异性的想入非非，那时没有人来救助我们脱离“性苦闷”的危险期。威严的父亲保持着他们高大正直的形象，母亲只对女孩子予以初潮及心理上的关爱和指导。而我们男孩子只有以牺牲“性健康”——有多少因手淫而导致后来的性功能障碍——的代价，最后走向性心理的成熟和健康。想到我的童年、少年，我的心有些苦涩。我生活过的小镇上的孩子们，有多少像我一样成了那个时代“性无知”（学校禁开生理卫生课）的戕害者。或许，我今日的前列腺就是与少年的不良习惯以及长期的尿路感染、写作的伏案久坐，而导致躺在这里来接受痛苦的治疗。

女孩儿看我默语地闭上眼睛，以为我困乏了，便合上书蹑手蹑脚地走了出去。

这一天里，在转至北侧病室的“干扰损伤”——双腿固定四个电极点——治疗中，我还同女孩儿做了诸如更加人性化的护理，以减轻患者的痛苦与心理压力的交流，我建议她抽空读读周国平的《妞妞——一个父亲的札记》这本书。“在美国，有两所著名的医学院——得克萨斯大学医学院和明尼苏达大学医学院”已将它作为案例编进讲义，讲义科目为医学伦理学。此书在美国被称为“中国医学人文的重要作品”。我读“妞妞”曾经淌了不少的泪水。妞妞只活到一岁半，她还没有产生什么思想便患了癌症而痛苦地死去了。爱者无助，医学无救，妞妞的死“给中国公众提供了一个反省现代医学观念与制度的生动案例”，故此我向女孩儿推荐此书。

其实，我还想给她推荐另一本书——《生命的肖像》，是外国人给临终者所拍摄的生命影像，内里有文字的记录。因了人性化的临终关怀，这些死者大多平静而逝。后来，我取消了这个念头，尽管这对女孩儿的成长有益，然而她们都是青春的快乐一族，何必以我苍老的心境苛求80后的一代呢？

N女孩儿在这半日里——治疗四个小时，最令我感动的地方是她所说的一句话：从我这里出去的病人，有不少都成为了我的朋友！我正转头看着她的脸儿，没有虚伪的自然，没有矫情的纯真。她坐在红色的工作凳上，戴着折角的白帽，穿着合体的白大褂（仿佛瘦一点，在一次为我哈腰治疗时，崩掉了两颗扣子），就好像《圣经》里的天使一般。天使是不容情感来亵渎的。在与之交流中，我几近与自己女儿相对而谈的情境，没有欲念的分泌，心静如水。这在我所经历的一生事情中显然是个心灵的奇迹！

在这天治疗结束前，女孩儿为我撤除"干扰损伤"的电极，我凝视着她专注的眼神儿，满含感激的心情说：

"你净化了我的心灵，使我敢赤身裸体地走入大自然角！"而在以前，我是绝不敢这般肆言吹牛的。我怕在阳光的照耀下露怯，更怕心理的蠢欲与生理的反射而颜面扫尽，令黄皮肤即便埋藏沙堆里也无地自容。

我的受难日——7月15日到了。三年前，我亲眼目睹了父亲的受难，刻骨铭心，因而在心理上做好了皮肉受苦、精神受折磨的准备。然而，复演父亲的一幕，我多少还是低估了煎熬的程度。

早晨的天空一片晴朗，太阳已经散射出盛夏里强烈的光芒。中山路宽阔的街道两旁绿树婆娑，花木飘香。现代男科医院与往日没有什么不同，而对于就诊的我心情有些异样，我视之男人的家将给予我解脱难言痛苦的新生活。为此，我将其视作是与女人头胎进产房等量齐观的一天，起码对于我是有着这样的感受。

昨天傍晚，在同妻子例行散步时，看着西天行将消散的晚霞，我还自信地说：明日主治大夫将为我做“手术”。显然，我对前列腺的医治还一知半解。所谓的手术，其实术语叫“腔道介入”，说白了就是往尿道里插管、输液，并借助仪器促其进入“腔内”，直接作用于前列腺的治疗。我谐其音称作“强盗介入”，N女孩听后为之开心而笑。她是位开朗、喜欢笑的女孩子，她的男朋友常戏言她“一天到晚傻呵呵的”。或许，正是她的这种性格，这般银铃样的笑声，使我从心里喜欢上了她。我走进医院，最怕见到职业病的冷漠，白墙、白衣、白帽、白口罩，给人以冬雪之寒冷。女孩儿还未沾染这类的传染病，青春热情一直洋溢在她的脸上。自我“受治”于她，尚未见到她之冷脸与白眼。只是对我插话“半导”之事，稍记前嫌，说我那时有些“捣蛋”。

“腔道介入”交由N女孩儿亲自来作，是我始料未及的。事已至此，顺变以观吧。N女孩戴上口罩与胶皮手套，为我小腹作消毒。这天，我带来《风尘列传》一书，里面记载有秦淮八艳的柳如是、陈圆圆以及民国名妓小凤仙等。我用打开的书遮挡小腹区域，不想看到令我痛楚的“手术”过程，只是从书的上部观察口罩上的那双凝神而专注的眼睛。另位女孩儿在旁边见习，打着下手。时光在充满温情的提示里进行：注入麻醉药，注入润滑剂，插管介入，再注入药液，然后吊液管对接，仪器的电流进入……我一会儿作深呼吸，一会儿感觉尿道产生针刺状灼痛，男人们创造生命与行云布雨的欢乐之后的苦难，在此备尝。此间躺在床上的我，俨然孩童一般地受着无助的煎熬，而女孩儿极尽人情味的呵护，令我深慰着一道母性的光辉。明年，她就要在夏日里走上人生的红地毯，之后便要做伟大的母亲了！在我的记忆中，童年时母亲用洋铁皮的洗衣盆给我洗澡，少年生病卧床时母亲用罐头瓶子为我接过尿，青年婚后妻子赐予我以爱的抚慰……再之后，便是N女孩儿的“腔道介入”，极尽娴熟的技术与人性的关爱。我记住了这三位女性，并从她们的身上享受到了终生难忘的母爱、情爱与关爱！

五天以后，我又接受了第二次“腔道介入”，同样由N女孩儿来作。我请求她让我看看那支让我受难，并让我今后得以康复的插管，它呈现着透明的锥形状，有如捉取菌虫的角质喙。

这最后一次的手术，我几乎像父亲一样坚持不下去，精神差不多垮掉了，有一种沮丧的绝望在蔓延。N女孩在处理完手头上的事情后，拖一把工作椅坐在我的床头，说：“先生，我知道你很痛苦，但治疗必须坚持到底。这样吧，我陪你唠唠嗑，以转移你的痛苦感受。”为此我感到了一股人生的温暖。当病人精神最困苦、最寂寞，坚守处于放弃的边缘时刻，最需要的就是这样充满人性的关怀。N女孩儿在我最需要坚守动力的时候，她适时地做到了。这是我从心底里深深感谢她的地方。

这一次“手术”结束后，我终于确信我的“受难”暂告休止，肉体的十字架卸下了我被一场男性病所净化的灵魂。六天，我完成了人生环球的精神旅行，而操舵手的不是我，是那位与我女儿同龄的N女孩儿。

在告别前，我敬重地伸出手来，与她相握，然后以诙谐的语言来祝福她：明年夏天，要做你自己的新娘！近些年来，我被生死拖累的苍老心境已经很久没有像这样充满着快乐了。

第七章

雪后的冷寂

我们相识在2003年的夏天，“非典”刚刚过去，死亡的阴影还笼罩在人们的心头。京城的“桑拿天”使人有些烦躁，只有到了夜晚才凉爽下来，于是饭后我们坐下来开始谈天。她是一家报纸的女记者，而我则是金代故都参与“纪念北京建都850周年”的策划者之一。为了此次活动的宣传与推介，我们就这样认识了。

其实，彼此先前已见过一面，酒宴上礼节性地寒暄几句，之后便被应酬的酒嗑、套话所取代，因而并无太深印象。她写的文化类文章时或看过一些，心中有些羡慕，想象中应为幸福可爱之女子。我邀其前来北京做活动专访，她于电话中很是犹豫，告之爱人因目前犯病频繁，她需要不离左右地照顾。我说如果不妨碍走动，那就一同来京吧。可能是因了我的诚意，或者她想借此机会陪同爱人到京城大医院做次诊断，于是答应了。这些年来，我对爱人所经受的伤病与心灵痛苦，在感同身受中，就像一株风吹雨打的老树，情感的外表粗糙而沧桑，内心里却是柔软似水，极易伤感和同病相怜。这也是我和Z记者很快成为交往的朋友之一。

在此夜深入交谈之前，我跟她一同来京的爱人在住所的走廊里相识，彼此握手、寒暄。初看她的爱人相貌周正，眼光有神，瞧不出有病的样子。交谈方知，他得的是神经免疫系统疾病，与癫痫类似，说抽人就躺在地上神志不清，经过一番的掐捏救治，再经数日调养，又复好如初，过着正常人的生活。此病反复看了西医、中医，省城和首都的著名医院都跑过，就是查不出病根，也难以对症下药。数年来，她们一直就生活在被疾病困扰和精神折磨的痛苦中。

彼此坐在对面的床上谈话，有穿堂风吹过，使人的心情凉爽宁静了许多。我们各自谈到了爱人的疾病与痛苦，在我已经是饱经沧桑，而对于她则是刚刚遭受，突如其来的生活变故令她措手不及，一时间还难以招架。我之心路历程告诉我，对于她，这是一段艰难而痛苦跋涉的人生沼泽，一些人的爱情就在这深不可测的“大酱缸”里沉没了。私欲者逃避开了本应两人共同承受的痛苦，而去另觅新欢，就像曾经流行一阵子的歌词所唱：只有听到新人笑，哪儿管她旧人哭。我们都不想去做遭受良心谴责的逃脱者，因而我们就必须直面生活所赐予的不公命运。

这一晚间个把小时的交谈，相坐的距离没有变化，而彼此的心灵却因了爱者的痛苦而渐渐靠近了。自然，在这万家灯火的皇城根下，没有人会关注、会想到，这一扇明亮的窗口里，有着两个异乡的小人物，在倾心谈及人类崇高的爱情，以及所经历或者将要经历的“灵与肉”的抉择！

次日，我们忙于各类纪念活动，匆匆见面，又匆匆而别。

在这以后的两年间，我们的交往开始多起来，一年中有两三次的见面，大部分相邀与举办文化活动相关，忙忙叨叨地见面、握手、寒暄，又忙忙乱乱地安排车辆相送、告别以及说些感激之类的客套话，没有深谈的时间与空间，仿佛天际中的两朵云，因了各自的生存天地而在自由飘荡。倒是电话的问询时或发生，好像成了外国电影镜头中的固定对话模式：

“你爱人的病怎么样了?”

“还好!”或者另一种方式的应答:在见好转。

彼此间看不见,真诚的关怀与心怀的感激只能通过语气来感受了。这样问询的次数多了,我渐渐意识到所犯的错误,是否已令Z记者难以忍受,或者让她病中烦躁的爱人猜忌生疑,产生同类相窥伺、相侵犯的厌恶感。因为我的爱人就有这样的想法。女下属或女同事对我关心和关爱的信息发多了,她就会有怨词。初始我并不介意,总觉得心地坦诚、坦荡,爱情根深蒂固,无须顾及起于青萍之末的微风。后来,有一位性格开朗的女上司在谈到异性之间互发的短信时,说了这样一句“言者无心,听者有意”的话儿,“男女之间不要发问寒问暖的信息,那样很容易产生一些误解和伤害”。看来,她在这方面是很有些女性敏感和实际想法的。我从前对Z记者的问询,在我个人以为是真诚的关心,而对于她作何感想不得而知,她之爱人是否与我爱人一样也心生怨言呢?我想大体类同吧,患病的一方在这方面无异是敏感的,他们生怕爱情领地因了自己美的毁坏以及健康的损伤而遭受“外来植物”的入侵。在这以前,我未曾做过换位的思考,是蠢牛一头。现在我明白了,其代价是我与Z记者从曾经的真诚而走向它的反面——表层的虚饰。这是我始料不及的,也由是而自省:同病相怜一旦怜之无当,便为怜者自“病”了。

我与Z记者最后一次深谈是在我的老宅。这座旧楼建于上世纪八十年代的后期,我在此居住了十五年之久。女儿考上大学后,两居室的南向房间改成了我的书房,我的生死三部曲——(《生死之旅》、《泪浮地平线》、《逝去的诔歌》)——皆创作于此。我搬进这所老宅时,工厂的大烟囱在榨糖期便冒出浓烟,飘散的雾气里还带有一股淡淡的甜菜汁儿味。如此生活,历经了近十载,工厂便黄摊了,我与妻子成了涸辙之鱼,一切苦难由此开始。在去意彷徨、心灵憔悴之际，初尝亲情浇薄的体验，我谓之不可恢复的情感伤害。这种夜半骤醒，无语伤感的日子纠缠了我五年之久。渐渐平息后，又惨历楼上邻居之死，我这位开出租车的老弟被歹徒捅刺五十余刀，浑身成了血葫芦，尸体还被浇上汽油焚烧。很长一段时间，大概有两年之久，他的妻子时或悲苦难抑，嚎啕大哭，有如旷野之狼的望月恸嗥，其声穿透楼板，而戳戗我悲悯的心灵。际逢此时，我恨不得逃离房屋，到楼外喘口气，让胸膛积滞的郁伤舒散开去。然而，我无从脱身，也无从去劝慰，只能呆若木鸡般地受着煎熬，直到宣泄的哀伤渐渐细弱下去。

Z记者来我家专访时，这些苦难都已过去多年了。时光是抚平心灵创伤的“熨斗”，其情感揉搓的皱纹已渐趋消了。邻居的孩子长成了大姑娘，母亲也有了说话时的笑脸，我的心也不再为往事感伤。这一天的冬日，十分明亮，太阳照耀在对面楼顶的积雪，其上是一片蓝天。我和Z记者相对茶几而坐。妻子准备好茶水及水果，便关上门到北屋间忙她自己的事情去了。寂静中时钟在滴滴答答地走着，与窗外的阳光赛跑。

Z记者是我邀请来的，想法是推出一篇我创作生死三部曲的文化专访，以期如实地反映我创作的窘迫环境及勤奋努力。我的“老宅”也确实是历劫惨象，不堪目睹。墙皮龟裂，楼板裂隙，十五年前所粉刷的涂料色彩花哨。曾经的温馨积以灰尘，尤为空间狭窄，书刊杂志堆摞无章，给人以沉重的压迫之感。

我们之间交谈，涉及生活、爱情与对人生的理解，同时也涵及对爱者痛苦的独特感受。我与Z记者虽然生长的环境——城市与小镇——不同，但在爱者所经受的痛苦上有着大致相同的人生体验和心路历程。因而，这一充满灿烂阳光的冬日上午，我们时或沉没在无语的伤感中，为对方，也为自己；时或又相互理解“爱者自苦”、相濡以沫的人生境界。

Z记者端坐在沙发上，因了职业的习惯，一边问询我的创作情况与感受，一边随手做着速记，时而低眉，时而与我的眼光交流。在浑然不觉间，已是中午时分，我和妻子便陪着她去了饭店。席间的交谈多为家常嗑，已无印象。

转年春天，在一次活动中，我又邀来Z记者做些专访。午宴时，进行了短暂的交谈。她对采访我的文章未予发表表示歉意。文章早就写好了，送交领导，迟迟不见回复，询问方知是我的名气太小，而且这位女主编从未读过我的一本书，也不晓得还有这样一位专门探访名人墓地、专写生死文章的“无名作者”，稿子自然是被枪毙了。这件事对Z记者有些打击，在心灵上似乎产生愧疚于我之感，其实，我对此无所谓，并没有多少想法。倘若不是为了解决“书房”的困境，我是不会出此策的，而且假借Z记者之手造势，过后想来反倒显得我有些卑琐，有些急功近利。这些年来，我在创作上一直低调，努力沉下心来做我的“生死工程”，很少关注文章的发表，如此也就少了浮躁的“求名逐利”。这是我唯一一次的借名谋私，时至今日还感到有些汗颜。或许，就是此次的失败，使得Z记者心灵产生了“负债”的阴影，进而损伤了我们之间的坦诚交往。抑或其他因素，诸如彼此的工作繁忙，以及沦陷于爱者的痛苦折磨。总之，情感是淡了下来，问询是少而又少的了。

前年春节前，我去省城看望朋友，顺道给她捎去两小箱粘豆包，至报社门前等她下来取。Z记者还是穿着那件紫貂的短大衣，面庞还是平静和白皙，似乎眼神里平添了一丝不易觉察的忧郁。彼此笑笑，握握手，寒风中寥寥数语不关温暖。别前，她问我还在写什么，我告诉她是一本旅游书。她又问这本之后的打算呢？我说：一本关于我生命中女人的书，我打算把你也写进去。她听后显得有些慌张，不晓得是谦语，还是怕别人闲言，十分认真地说：可千万别写我！在道旁积雪与阳光的映射下，我观察她的眼神儿，确乎有一束躲闪的光芒儿，尽管是瞬间即逝，但还是让我捕捉到了。我的心一凉，明晓彼此间的坦诚尚缺乏牢固理解的基础，爱者的痛苦使我们有了共同理解的倾诉，但阅历与心境终究有别，我之沧桑与她的悲伤初涉，尤为对爱者的呵护及羽毛的看重，使我心知肚明彼此间只能成为昙花一现的朋友了。因为，心灵的躲闪已经很难再与坦诚来邂逅相融了。我挥挥手，与之告别。冷风中的她在等待着出租车，归家的急切愿望写在青春的脸上。

夕光暗淡，我在赶往家里的行车中，但见枯木下的残雪已经颜色发黑，常识告诉我们：冷风正在午间转暖，阳光的热力将渐渐增强，春天快要到了。

第八章

日出日落之间

这篇文章并没有列入本书构想的框架之内，只为一个意外的“偏得”，也似乎它久已存在了，像火山封闭的岩浆，只等待喷发的那一刻。更恰如其分的比喻，犹若深蕴于地心的水线，打探的钻头方始令其激情涌流，润泽饥渴的心灵……我这样来讲述我与一个女人的故事，并非卖“关子”，而是一次我所际遇的“生活实录”。

我与E女士一直都生活在这座“金代故都”的小城里，因了文学上的爱好，彼此有着二十余年“闻知其名”而不识其人的经历。这在我是情感的“久痼”，我与女人打交道，有着一份心理障碍，生怕沾染上“绯闻”的名声。或许我太爱惜自身外在形象的“羽毛”，尤为眼见“文学”，特别是“文艺圈子”里的朋友，因了“两性之事”而弄得狼狈不堪，更令我心里打怵，唯恐避之而不及。在小城的文学圈子里，我无一红颜知己，亦无“异性”相谈之人，大概与此“谬见”有关吧！

二十年前的小城，尽管已是开放的春风迎面吹来，但闭塞的气息还是有些郁滞，涉及男女交往，一旦过从紧密，就被人们私下里猜度，咬着耳根。很多当事人，还一直被蒙在鼓里，成为了“流言蜚语”的牺牲品。E女士就为其中之一。少女时代的E女士，应当是青春靓丽的，而且有着男孩儿的一些性情，迥别于“笑不露齿”的传统女孩儿——当然，这是我在真正相识后“补知”的。

我这个人生性善良与敏感，从不愿去窥伺别人的“生活隐私”，自身倒是一直被他人“监控”着，到了现在，我还是无从摆脱这样蹑足潜踪的暗影与噩梦。我总觉得，在我的背后隐形着“狐狸的眼神儿，狼的凶光”。我不知道，什么时候方能“身心自由”？我虽不屑窥伺，但却无从拒绝“受听”，有些是朋友之间倾心相谈中耳闻，有些是庸俗之人的酒后谈资，听了不少，也淡忘了不少，有的就在记忆里“把根留住”，生成可怕的“痼念”。我对E女士的印象，就于无形中根深蒂固。回忆起来，是源自二十年前的一次深山笔会。

那时E女士在小城报社当记者，小有名气。我在报上看见她写的文章，人是对不上号的，也疏懒得去对。这也是“圈里”人腹议我的“面冷罪状”之一。记得笔会是在七月里（E女士后来回忆说是八月），总之，季节夏天，满山满岭一片绿意葱茏，生机盎然。参加的作者二十人左右，某一日（我忘了具体日期），又来了七八个人，这其中就有E女士。在我记忆中，有此事而无此人的印象。只是后来，我耳闻有数人“脱离”笔会，相邀着去山林游玩——自然，也闻之E女士的“蛛丝”小道消息。当时未加分辨，记忆中也就有了难说好也难说坏的印象。另有一点“黑色幽默”的印象是，自此以后，我一直都认为E女士“单身”，即便近年与她的“女友”坐对桌，我也没有改变这种习惯的印象，仿佛E女士就是个“星外来人”，不曾走进我这个“地球人”的生活。时间就这样过去了，各有各的轨迹，在一座小城里，在一个办公的大院里，彼此不曾谋面，也不曾作过哪怕是一分钟的交流。这并没有什么可奇怪的，每个人都有着自己的生存定势，一旦适应了就“乐在其中”，也不想去做改变。我的“找死”（考察与著写历史名人的故居和墓地），自两千年伊始，就完全改变了我的生存心理，我不想花费更多的时间泡在“繁文冗务”里，浪费更多的情感去与官场中人、世俗之人作“外交周旋”和“钩心斗角”，我也不想“追逐新潮”：摆阔，显名，结交情人，包养二奶，做一个“伟哥”式的现代男人。我不操之鼠标，不触之方向盘，除了思想意识超前，行为上完全是“古董”。这都是“死人墓地”惹的祸根，它彻底地改变了我的生活，离之身体的欢愉愈来愈远，而于心灵的血管壁挂满了忧郁的碎屑！在一个晚会上，有位女孩子曾两次邀我跳舞，我婉言谢之，并告诉她我不会跳舞，她用美丽的杏眼儿逼视着我说：你在“装”。我再告之：我真的不是装。她诈我说：你就是在“装”，我已经从你的眼神儿里看出来了。其实，她的现代生活理念，是无从读懂我厚重镜片背后所蕴藏的孤独、寂寞与忧郁。我在18年以前，就已经完全摒弃了任何的跳舞行为，不是假正经，而是真伤痛，为我一生中所爱的人的痛苦与流泪，我不会再踏入舞池，去握着另一个女人的手，去搂着她的柔软腰肢，来重温和寻找我永远失去的青春浪漫。同是在这个晚会上，E女士也曾邀我舞之一曲，我同样答复她，“我真的不会！”她很善解人意的不再言之。这么多年来，我极少涉入歌厅、舞厅、夜总会，如同“外星人”一般，与这个“歌舞升平”、花天酒地的场合，在情感上格格不入。我怎么了？我自己都找不到一个满意的答案。或许，是“找死”，是伤害，是伤痛，“毁”掉了我残生的“欢乐”，也使我在灵与肉的取舍上，而抉择了“生死大事”的求索境界。

如果没有这次“办节”（金源文化节）的际遇，那么，我同E女士的情感经历，就如一首港台流行歌所唱（歌词大意）：你真的不必去想，也不必去苦苦地追问！其实，许多年以来，我对闯入我生活中的女人——除了这本书所讲述的——一概视作“过眼烟云”，很少敞开心扉，去做有关人生与爱情方面的对话和交流。不想去做交流，一是我个人已经习惯了“孤独的心理生存”，像一只荒原上穴居的野狼，以觅食古今大师的精神食粮而作余残生命的自在行；二是彼此间交流大多缺乏坦诚的情感基础。商人带着功利色彩，官场中人油腔滑调，上司居高临下，下级怀有敬畏心理，尤其面对着异性，我更是在心理上做着“布防”，深恐那温柔一笑的背后设置下情感的陷阱，让你跌落进去“毁声损名”，追悔莫及。我不想去做交流，还有更深层次的原因，诸多异性对人生与爱情没有或很少去做这方面的反省和思考，在一些人的固有理念里“异性相吸”颠扑不破，用她们的俗话讲：哪有猫儿不吃腥的？——这样来说，不是我的人生境界高了，而是她们的层次低了，沦为真实生活的“主妇”。当然，这是芸芸众生无可指责的实际写照。我的母亲、我的姨们、姑姑们，都是这样生活的，而且她们感到很幸福。我同一些讲究实际生活的女人们，只作礼节性的交谈，然后平静地告别，自然没有留下过多的深刻印象。我大多的岁月，在与人们交往里，都是这样平淡度过的，生命之树很少留下记忆犹新的刻痕。我们普通人的情感生活，就是这个样子：整天吃着粗茶淡饭，有时拌着口角，有时创造快乐，不像荧屏上“编排”的那样，每部爱情戏都大掀情感波澜，爱得死去活来，插足者大多振振有词，而每个角色都活脱脱是个哲思的诗人，满口吐着秀词，道貌岸然的样子，这完全美化了我们的现实生活，在我看来，“编造”得有些离谱。自然，我是拒看这样的“片子”。

与E女士初次交谈，是关于她抗联姥爷的沉重话题。在这座小城里，有一条以她姥爷名字命名的大街。生活在这里近三十年，我知悉这位为民族解放“鞠躬尽瘁，死而后已”的家乡英烈，并曾写有一篇纪念性的文章《走进麦子的故乡》。其中有这样的抒情文字：

“回顾英年早逝的他，用35岁的生命所唱给土地的，不会是我们诗人所歌咏的那一片‘荡在豆花的紫香里’去‘谈情说爱’的幸福麦子。面对残暴伸向土地母亲的淫荡之手，他曾还以抗争的生死麦芒儿。”

“若以一棵麦子象征英雄的一生，我想那根应是他生的故乡，那穗头是他灵魂的凝聚，中间的茎杆是他生死之间精神与风骨的挺立。而他童年的故居与中年的陵园，都不过是从故乡麦地里所走出的一片金色的怀念。”

在小城的郊边，还有一座葬埋E女士姥爷的烈士陵园。而我将这位我所景仰的抗日民族英雄，与E女士连以血缘关系，也不过三四年之久，是某一日闻之她的“女友”——我曾坐过对桌的那位女孩儿之口。她的伯父生前曾写过一部传记，因囿于传统笔法的英烈色彩，我只是随手翻翻，并未做深入的通读。当我与E女士相向而坐，重新面对再塑“英魂”的话题时，我感到心灵的一时悲哀，思想起我多年前曾为这位故乡英烈所写下的几句愤语：

我明知道写这样老调重弹的文章，在物欲横流的时下，是吃力难讨好的。

只是这样的“老调”，因了情感上的负债与心灵的煎熬，在E女士的身上“重弹”，她想尽绵薄之力，来拍摄一部反映姥爷“艰难生命历程及献身民族解放事业”的电视剧，并以“时空错乱”的艺术手法，展现英烈的儿女们对往事的回忆及现实生活的人生理想。我大致翻看了这部剧的提纲，觉得无甚新意，也难以筹集到所拍摄的巨额资金。显然，因了E女士迟来的“觉醒”，而偿付了前期的投入代价，所换回的是“情债”的一个稍许慰藉。

这次相谈之后，我对E女士的先前看法有了不小的转变，觉得这是一个“看重人生情感”的女子，尽管此事做得有些毛糙，但却透视出内心世界的一份缱绻——对死去的亲人的一份情操——对英烈渐被遗忘的痛心与疾呼。或许，她的“觉醒”有些迟疑，已经错失了抢搭“纪念反法西斯战争60

周年”的末班车，总之，E女士想极力来保护与“姥爷”有着生命关联的一些“建筑”，都渐被巨大的商业利益所“鲸吞”了。有一次，我们乘车路经那里，她指给我看即将消失的那最后一幢小黄楼，我不敢掉转头去看她透过车窗巴望外面的眼神儿，我知道那里面肯定蕴含着无奈的感伤，而我这样的小人物，毋庸置疑，是爱莫能助的。如此之事，在我们这块被强大利益风暴席卷的浮躁土地上，已经屡见不鲜了，诸多躲过战乱、劫后余生的“建筑”或“遗址”，都于这个“和平年代”里被人们的急功近利所破坏，而永远地消失了踪影。

事情到此结束了，若不再发展与继续，那样的话儿这段情感故事就会夭折，像秋晚的绿色触须枯死于冷厉的霜冻。“办节”结束后，我原拟对E女士及另位女孩儿，进行工作劳苦的“补偿”，于是借到牡丹江演出单位回访之际，去考察一下兴凯湖（金代北琴海）、雁窝岛。就是在这两地，E女士陪同我拍摄日出与日落时，在漫长的行返与等待中，有了倾心的交谈，而且是关涉“人生与爱情”的严肃主题。这样的交流，与壮丽的日出、辉煌的日落交融在一起，令我（或许也令她）得以升华人生的感悟与情操，熔铸着对爱情的理解和坚守，乃至终生铭记——我这样写，决非虚饰和拔高我的“君子”之风，E女士的“淑女”之姿，而是事实如此，心态如此。在美丽的大自然里，两个蝼蚁般的小人物，于日出和日落之间，确乎产生了一种比肩或超越“伟人”的崇高情操，也尽管在时间的长河里仅为昙花一现，但就个体生命而言，这一“瞬间”就为此有了人生之绚烂的永恒！

此行考察，前后五日。头两天，行访了东宁要塞、鸡西滴道万人坑，大家接受着“爱国主义教育”，在和平的美丽阳光下，“勿忘战争，勿忘国耻”。尤为我之经历，需要在此补叙一下——在暮晚探访日本遗存下的“炼人炉”址，因为没有供电，陪伴的友人去找人联系，将我一人“丢”在空旷、暗寂的“炼人炉”旁。黑夜吞噬着我，恐惧挤压着我的心灵，那些被日本侵略者“焚烧”的中国矿工（四千余人），其冤魂自历史的深处浮现，在这个“和平”的夜晚，向“倭人”索还被戕害的生命，声讨他们的侵略罪行……我木呆在似乎还散发着人体焦臭味的炉旁，直至电灯倏然亮起，还以眼前的现实。因了“万人坑”、“炼人炉”的艰难考察，我们四人赶往兴凯湖畔已是夜半时分，草草躺下后，枕畔还在激响着拍岸的浪声。我和E女士的性格里似乎都有着共同的“弱点”——人性，在我是考虑司机的休息与长途行车的安全；在她是心疼陪伴她的那个女孩儿（与她女儿年龄相仿）。总之，在凌晨三时半，只有我们二人爬起来，去拍摄日出。

八月下旬的东方，天际早早地就放亮了。我们走出宾馆，转至湖边，南望一片灰色的水面，茫无涯际，宛然大海一般，波浪叠涌，层层推向我们脚边的湖岸，然后缓缓退去，留下湿重的泥沙。沿着曲折的沙岸，向东眺看，天空堆浮着灰黑见白的云层，云下与岸山之间，已经开始泛红，道道霞光润染着云块的边缘，扩展开绚丽多彩的领域。E女士帮我拎着三脚架，迎着湖风走在前面。她健美的背影嵌镶在日出之前的画面里，与湖畔半空飞来的一只鸥鸟相衬：白运动衫，白羽毛，远远望去，宛然“人鸟”相谐，只不过一只飞在湖上，一个行于沙岸。

我们要完整地看到日出景象，就必须加快脚步转过横置眼前的一列小山。沙岸夹在宽广的湖水与岸山之间，曲折而荒凉，丛丛草蒿在凉风里摇曳，复现着千古岁月的曾经沧桑——E女士因了她的青春（小我9岁），她的健康，而远远地走在前面，如同一只敏捷的鹿。相形之下，我的行走因了脚伤和心脏犹如“笨熊”。这些年来，繁重的工作之余，我赶着“生死”的历史行程，几乎耗空了心力与体能，似乎渐次在消失掉那股“夸父追日”般的生命激情。心境沧桑，热血沉淀，灵魂忧郁，这是我之走向余生的自画像。我不再拥有曾经的青春时代，但我不妒嫉像E女士一样拥有着美丽青春的人们。

在急匆匆地行走间，我一边观察着日出之前的云霞变幻，一边感受着风浪充满着大自然的激情，在相拥着奔至湖岸，奔向东方。刚才出现的那只海鸥，又呼唤来两三只伙伴儿，它们一同欢叫着，为这美丽的霞光而陶醉。我们接近岸边的山岬时，湖水里一棵伞状的树，犹如强大的漩涡吸引了我的目光。多么富有顽强生命力的一棵树，在湖水的浸泡里，在湖风的撕扯下，宛然少女披拂着繁茂的秀发，于大自然的壮丽舞台展示她的青春光彩！我呼唤住E女士前行的脚步，快捷地支上架子，透过视窗，而心怀着莫大的激动情感，拍下了这棵湖天之间充满着孤独情感的树。后来，我们才辨识出这是一棵柳树，一株象征人类母性的树木！

我们终于看到了兴凯湖的日出，在云层的罅隙之间，仿佛伟大母亲的一次浴血临盆，无比美丽而庄严。我们身旁浸在波浪间的那棵柳树，风中碧绿的“丝绦”，也闪烁着一片喜悦的光芒儿。E女士一时伫立无言，沐浴在湖光霞辉之中。

激情过后，我们经过浴场，顺着湖岸的平坦公路（公路夹在大湖与小湖之间，原为湖岗）往回走，E女士照旧帮我拿着三脚架。太阳已经钻进云层里了。大湖被岸山浓密的林荫遮挡着，水面上的风吹过来，带着若隐若现的腥味儿。小湖开始显现出来，飘散着淡淡的雾气。我们并肩一边轻松地走着，一边交谈着并不显得有所轻松的话题：关于E女士的女朋友与我之“哥们”的爱情往事。我们因何谈起，已不甚明晰了，好像是心照不宣地就交流上了，很有可能这件往事，因了我俩看法及观点的相同，一触及便形成共识——女孩子往往因了对心目中偶像的崇拜，而像飞蛾扑向火光一样，自残了少女浪漫飞翔的羽翼，毁掉了美丽人生的青春。其实，这样的悲剧在“大师”与“崇拜的少女”之间，已经不止无数遍的上演，古今中外，莫不如一。对此“艳事”，人们的看法、评判不尽相同，有持道德谴责，有持“护短”倾向，亦有津津乐道者，如同过了“口淫”之瘾……我与E女士，历来都不是“小道新闻”的播弄者，也耻于在背后讲别人的闲话儿，但对于彼此朋友间的情感之事，还是予以关注的。世上男女之间因了一时的迷惘陷入爱情的沼泽，而酿下人生的苦果，激情过后是彼此间结下情怨，或许到死那天都难以释怀。当然，这样的“爱情”悲剧，绝非仅仅发生在我与E女士的朋友们身上，只不过他们是我们所熟悉的朋友而已。我们在痛惜之余，很难做出道德上的评判与谴责，深恐言之不慎而伤害了朋友之间的感情。于是，在彼此评判达成共识之后，我们转入更广阔与更深层面的人生思考：一些“大师”利用个人的精神偶像，而来达到个人私欲的满足。他们的私欲在得到了满足的同时，注定也毁灭了崇拜者的青春理想。她们心灵中所曾拥有的精神灯塔为之熄灭了，面前眩目的光环暗然退去色彩。那些文学与艺术大师们，在这些女性所亲身经历并透视过的眼里，演绎成了道德的侏儒，于是，她们衔着无以言说的怨恨，变傻、变疯，或者变得破罐子破摔，以报复“大师”曾经对她们肉体的占有——这是一幕幕多么可悲与可怕的“爱情”悲剧呵！

我曾经读过不少的“大师”传记，萨特的、毕加索的、海明威的、高更的……他们都和身边的“女人”搞得热火朝天，而且“自言”和“他言”都说得“冠冕堂皇”，大有一俊遮百丑之嫌。有时读此，我被弄得人生转向，不明晓这些大师所带给我们的启迪，是精神食粮的营养，还是肉欲的误导及心灵的损害？

我所崇拜的文学大师萨特就堂而皇之地说过这样的话儿：

回顾自己的一生，对我来说，女人给了我许多东西。没有女人我就不会达到现在已经达到的高度……我喜欢那些漂亮女士。现在女人的感受性比男人有趣得多。男性全部是滑稽可笑的，而女性不是。

萨特终生未婚，但他身边的女性恍然走马灯一般，有着令人眼花缭乱之感：西蒙娜·若利韦（初恋情人）、西蒙娜·德·波伏瓦（终生情人），昙花一现者尚有奥尔加（萨特学生）、万达（奥尔加的妹妹）、玛利亚·波登、比安卡·朗布兰以及多洛丽丝·瓦内蒂。自然，这只能是萨特的独特人生与爱情，故有人论之：萨特不是神，不是鬼，而是人，这就是真实的大师。

同样真实的，还有毕加索——他热爱女性，他的艺术和生活都离不开女性。他大胆追求自己爱恋的女性，对她们有着海一样的真挚和火一样的热情。但他又是一个性追猎者、性变态者、性虐待狂。他对异性有着神奇的魅力，使她们聚拢在他的身边。他则在生活中和艺术中蹂躏她们，毁灭她们。他把对性的探索看作是一件正经的事，并把这种探索表现在他的艺术当中，也表现在他的生活当中（海音著《毕加索画传》）。

看来，我与E女士对"哥们"及"女友"爱情往事的评判，是有着一个道德良知的标准，而绝非去抵毁他们的声名。与人结怨，或者伤害别人，我们既无意去做，也不屑去做。我的那个"哥们"，不可能成为"萨特"、"毕加索"（这样的大师级人物，因而他的所作所为，是殊可谅解的）。常人之情，常人之事，在中国广袤、人口众多的土地上，在一些不为个体生命所尽知的时空里，每天或者每一刻，都会有这样"毁灭爱情"的故事在发生着。不同的是，有的是世人瞩目的"大师级"人物或名人，而更多的是像我"哥们"或E女士女友一样的蝼蚁众生。在"一夜情"普遍存在的今天，一些脱离"爱情与责任"的男欢女爱，人们闻之似乎已不值得大惊小怪了。大家都在忙着自己的生活，过着自己的日子，守护着自己的"爱巢"，也疏懒得去操自家门外的那份闲心。至于，偶而为之的心灵评判，还会像广阔草原上的野生植物一样，在“美与丑、善与恶”的土壤上自由自在地生长，没有任何力量——也包括自然的伟力，来毁灭它们，除非热爱生活的人类不复存在！

兴凯湖、雁窝岛归来后，我静下心来考虑写写“我与E女士同行”的一些感受，于是翻找出几篇（本）与“日出”相关的文章。有刘白羽的美文《日出》，有苏联米·左琴科的名作《日出之前》，后者还多少与“人生的爱情”牵连——“作者左琴科青年时代长期患有严重的精神忧郁症，几近崩溃，后在巴甫洛夫神经反射学说的启发下，对自己30岁前的生活经历逐段进行精神分析，迭经失败，终于找出了隐藏在潜意识中的恐惧载体（吃奶时的一个焦雷，烧着了牛棚，使母亲吓晕过去，他跌落床上，扭转了腿），痼疾随之霍然而愈。”也因了这一女性（母亲乳房）的恐惧载体，他“既拒绝又渴求，既怕又爱，既想逃跑又想抵御。他一生中多次恋爱和艳遇之所以有始无终，半途而废，正是这种矛盾的自卫条件反射”。他“在青年时代，曾同一个令人诧异的女子有过交往”。“其中好几个（男人——编者注）由于爱她而断送了自己”，吊死一人，用枪打伤她一人，差点儿掐死她一人，因为挥霍公款被判处流放一人。十一年后，（左琴科）“在街上遇到了她”。“她仍像过去那么美丽。她的狂放的生活并未在她外表上留下痕迹”。只是“她的眼睛失去了光泽。可她才三十岁。怎么会这样的呢？”

作者与她之间有着一段发人深思的对话：

“对一切都厌倦了？”我问她。“谁也不爱？”

她耸了耸肩，回答说：

“谁也不爱了。我对一切都厌倦了。除了憎恶以外，我没有其他任何感情。”

"这是物极必反吗？"

"想必是的，"她说，一种非比寻常的忧伤蒙住了她的双眸。

"这些年来出了什么事吗？"

"没有，"她说。"什么事也没有出。一切同过去一样……"

"是呀"，我说，"可是过去出的事不少啊，有悲剧、丑闻、枪击、一年三次堕胎……"

她冷笑了一下，说：

"那还消说，既然这一切只能使我伤心，我何苦去自讨苦吃呢。"

左琴科所讲述的这个故事，多么肖似我"哥们"与E女士女友的一个"情景再现"呵，我读至此很有些"目瞪口呆"。其实，这样的"爱情"日日都有着大同小异的复制，而毁灭心灵是故事的最后结局。

在这里，我不得不向未读过《日出之前》的人们，来张扬这部奇书的"奥秘"：它不仅仅讲述了上面那个女人爱情自毁的悲剧故事，而且还在告知我们，生活是有着出路的，就像日出之前那样即将展现出光明的前景；关键的问题是，我们每个人要学会掌握理性的金钥匙，用它来"战胜死亡，痛苦、衰老"，打开通向心灵的幸福之门——我也在此冀盼着我的"哥们"、E女士的"女友"，能使用上这把"幸福的钥匙"，重新打开生活之门，去迎接"每天都是常新"的美丽日出！

关于"爱情与毁灭"的命题，尤为因了崇敬偶像而毁之才华的女性，她们的命运就更为引起人们的关注与评判。女作家王英琦写有《大师的弱点》一文，揭示了雕塑大师罗丹与天才女雕塑家卡米尔的爱情悲剧。其中的数段文字值得"玩味"：

"是的，她已经和她的罗丹先生分手了。生活在审美直观王国里的女雕塑家啊，太善于将情人的人间面目也当成美的表征。为了她的'罗丹先生'，她曾不惜被人称作母狗、女妖精、狐媚子，不惜充当‘未婚母亲’的可卑角色。然而，她终于明白了，她的‘罗丹先生’将永远不会和她结婚，她将永远没有丈夫、家庭和孩子，永远只能在他的卵翼下、荫庇下，做他学生、情妇和‘灵感的启示者’。

“她死时（死于疯人院），没有任何遗产，没有一个亲人，只有一个蹩脚铁床和带豁口的便壶。

“人们早已忘却了她的名字曾被记载在法国第一流雕塑家的第一行上；忘却了她就是那些史诗般的雕塑作品《成熟》、《窃窃私语》、《沙蒙达罗》、《珀耳修斯》的作者。”

王英琦最后悲怨——应为悲愤——地说：

女雕塑家用其毕生的热忱来爱着大师，大师回报她的只是一个用情不专的情人和无法（确切地说不愿）解除的婚姻。

我无法不爱大师那些具有历史跨度的作品，却难以敬重他的人品。在艺术领域中，大师无愧是绝世奇才，但在人格走向上，他只是个有着明显人性弱点的世俗男子。

——每每读至此，我都“惊出一身冷汗”，像古时的那位则天女皇读骆宾王的“檄文”一样，震悚不已。《大师的弱点》出于女性之手，不啻为投向“现代男人”的一篇爱情檄文，遗憾的是“国人大师”捧读者寥寥，有的人还尚沉醉在他们对情欲的攫取，对偶像崇拜者的佳丽施以青春的毁灭！我不禁为之而悲哀，为大师及名人者原始野性的扩张，更为红颜们的盲目崇拜追求荣华的趋之若鹜。

在兴凯湖日出的这天暮晚时分，我们一行又乘坐着汽艇，沿着两侧生长密集芦苇的水道，而深入至挠力河的宽广水面上。西边的天空彤云堆积，只

无助

在云层与水线之间，浮露着一层灰白的薄云，看来，幸运又将会如期地降临在我们的身边。果然不久，那云隙间就洒落下道道耀眼金光，万顷水面上一时间波光粼粼，辉煌呈现。片片浮莲，也宛然镀上金属的光泽。这时，一条打鱼的小船，正荡桨在夕阳下落的残照里。如此美轮美奂的景色，令汽艇上的观赏者（我们四人），陶醉其中，激动不已。我已经很久没有看到这样壮美的落日了。E女士大概也同样如此，她为之叹赞，为之沉迷。驾艇的业主——一个精明的年轻人，这时放上了音乐，增加了观赏落日的情感氛围。先是唱着流行的“奥林匹克风”——我们沉醉中的身心之外，正吹拂着河面上的阵阵凉风，好像在发散着周身涌流的热血；后来，就唱起了另一首正在流行的爱情歌曲：做你的爱人。一听及这首熟悉的曲调，我就为之生发了落日下的伤感情绪，在这个月里，我暮晚下班回来，曾数回听及妻子在播放这首歌。此时我静静地听着，渐渐品味出这支歌里所蕴含的伤感，也渐渐感动于那几句刻骨铭心的歌词：

我一生中最爱的人啊
我醒来梦中还是你的样子
可不可以再爱我一次
让我学会做你的爱人

看着渐渐下沉的落日，听着我陌生的“哥们”在另一个遥远的城市里这样充满着伤感而执著情绪地唱着，我有些盈泪之感——我不会再像青春烂漫的年轻人一样了。我已由曾经的浮躁而趋归心灵的宁静，我不会也不可能再犯这样“追悔莫及”的情感错误，对我而言，不是“学会做你的爱人”，而是相濡以沫，终其一生不渝的守望！

挠力河上的落日，雁窝岛上的火烧云，以其辉煌，以其绚美，赋予了我对“人生与爱情”的一次美好的理解和思考——桑榆晚境中的牵手，有如夕阳，沉落更呈其美！

行程即将结束了。落日的翌晨，我与E女士又起了个大早，乘着那艘快艇，迎着吹面的冷风，再次赶到昨晚的水域。东方的天空已为云帐所遮挡，日出不再光顾曾经幸运的我们，大自然同样有着它们不为“地球人”所洞晓的喜怒哀乐。我们并不为此感到遗憾，因为此行我们已被“幸运之星”两度照临过，触目到了“阿波罗”的完美生命轨迹——激情喷薄而出，辉煌壮丽而落！更为重要的是，我和E女士在这日出日落之间，有了更多的“人生与爱情”的思考和收获，“毁灭”永不会降临我们已经拥有了崇高日出的心灵！

至于，在这个没有等来日出的雁窝岛之晨，我们相伴着的返归途中，又有了另一次谈话。不过，那已是下篇文章的事情了，或许，它还会诞生。

第九章 师生之间

我中师毕业后，分配到一家工厂的职工子弟学校当了老师，教中国历史，上下五千年一讲，人活得就有些开阔。后来，因为编纂厂史，就把我调进了机关，又逾数年，看清了机关里的争争斗斗，有心逃避政治，便托人走关系，调至对口的职教培训中心。我和本篇要写的人物H女士，就是在这一期间认识的。H女士一直称我为老师，实际说来还算不得，她小我两三岁，属于同代人，当面一口一个老师地叫着，还真让人有时觉得不好意思。

这件事儿回忆起来还是在二十年前，那时的糖业处于计划经济，一派火火红红的景象。人们吃糖要凭票供应，因而产品是“皇帝的女儿不愁嫁”，生产者——那会儿自吹“甜蜜事业的创造者”——很有着一份优越感。更为优越的事儿，譬如有着全省对口的“糖专”，糖业战线的员工，经过我所在的职教中心速成培训，八九不离十便会考中，然后带薪进修，两年后就稳拿一张中专文凭，从此改成干部身份。我这样来介绍我的“老师”身份，大家自然也就明白：所谓师生之间的缘分轮回一个四季，也就结束了。

我们相识第一期培训班。初次见面的细节无从忆起，仿佛是在全体学员的见面会上，大家推选班干，H女士做了生活委员，我身为班主任自然也就注意到她了。事情如此简单，没有任何曲折或奇遇的色彩。其实，在我们的平凡生活中，大多由鸡毛蒜皮的琐事串联起生命中的每一个日子。

二十年后，我还能在电话中，立马说出H女士的名字，这就足以说明，她确曾在某些方面吸引过我，或者说在某件事上感动过我。搜索记忆，只浮现两桩小事儿：一是她曾伙同几位同学，送给我女儿一份玩具熊或玩具车之类的礼物，记得是在一天晚上，她们到我的“鸽子窝”小坐片刻儿；二是我的微型诗集《绿色触须》出版，定价0.80元，她买了一本，当时的八角钱，可是一日的伙食费。

我之所以还鲜明着H女士的影像，是因了我天性里的感恩之心，一些曾经帮助过我的人儿，哪怕是一些芝麻粒大的事儿，也会镌之心田，终生难忘。那时，我的生存状态实在不怎么样，些许温暖都会当作春天的阳光。

在记忆中，还有一些旧事补叙于此：一期班结束，又办了二期，之后，职工培训中心就解体了，于是，我重回工厂，并选择下到基层。而此时，H女士在“糖专”也毕了业，回到原单位上班。那年夏天里的某一日，H女士同一期班的几位学员，捎话邀我到玉泉狩猎场郊游，她们由成高子乘车，我与另位男学员在阿城上车，结果双方产生了错觉，她们在阿城站下到月台，未发现已上车的我们，因而此行未曾相聚。这以后，直至糖业效益滑坡，负债累累，各自赖以生存的工厂都破了产，大家忙着谋求生路，从此断了音讯。

时光过得好快，转眼间到了2007年的夏天，说来也巧，就在我治疗前列腺的当日，身边的手机响了，当我道出她的名字后，H女士语速急促地说出她的感觉：“老师，我已经找你十多年了。这回总算托朋友帮忙找来你的手机号。”病中的我一时意外和有些感动，尚未应答谢谢，对方又快言快语地说：“老师，你在哪里？我抽空好去看望你。”在这男科医院，当然是不方便的，我于是约她明天午间见面。结束通话后，我的耳畔还回响着刚才的话音儿，同时也回想起来交往中的玩具礼物和那本微型诗集。二十余年的不曾相见，不通音讯，彼此都改变了些什么呢？青春的容貌，生活的心灵。自然是想象不出的。

转天午前，在治疗结束后，我们作了沟通，于是我坐车到了她家门前的街道上，她正等在一棵树荫下，还是当年的模样，只是娇小的身材略显胖点，眼角的皱纹添了许多，工厂黄摊后的生活苦辛和挣扎，在彼此的身上、心灵间都或多或少地留下了痕迹。我们握握手，礼节地问候一声，便去看望她的新家。厂子破产之后，她离开小镇，将家迁往这里的街区——这是我们在上楼途中，她大荒儿叙说的。

H女士家在楼区的五层，三口之家的住房还算宽敞，室内收拾得整洁，一看就是正儿八经过日子的人家。因为天热，我手上出汗儿，她一边进入卫生间洗手巾，一边老师长老师短地搭着话儿。我嘴上漫应着，信步走到靠墙的书架前，书不是很多，种类凌乱，好像一家人的读物都摆放其中。这时拧好手巾把的H女士走过来，见我看书就顺手将一本小册子抽出来，不用我饶舌了，正是那本《绿色触须》。这么多年，她还保存着，这使得我又多了一些感动。

在H女士家的附近，我们三人找了个店面，一边吃着饭，一边叙唠着各自的生活。走过漫长的时光，彼此的心灵都历经了磨难，纯朴而充满快乐的情感，已被岁月的砂石打磨得粗糙，而且尽逞无从状述的沧桑与悲凉。从她的简洁叙说里，我大致了解了别后的一些生活：毕业回到工厂后，她改变了工人的身份，日子过得还算舒心，丈夫在学校工作，女儿念书。可谁曾想到，几年之后，平静的生活竟然发生了重大变化：先是丈夫在领导位置上，遭到“朋友”的暗算，以致患了忧郁症，想不开时就要跳楼。那些个日子，她天天跟随着，陪伴着，开导着，弄得心惊胆战，夜夜恶梦，生怕有个三长两短。好不容易度过了危机，工厂又破了产。那份凄惶劲，没法形容……

H女士是个乐观的人，这或许是她给我印象深刻的地方。她就是靠着乐观，帮扶着丈夫度过了那段受伤害的历程。关于我的困境，我只是说了个轮廓，悲苦与磨难多已逝往，心境也弄得有些沧桑，终致懒得去向别人陈说了。何况，在名义上我还顶着老师的光环呢，向曾经的学生来作倾诉，终归有损“尊者”形象。简单吃过饭后，彼此就道别了。

或许是我的司机透露了消息，或许是我无意中说出的，总之，H女士知道了我所医治的前列腺病，便打电话告知我一些注意事项，诸如要尽量穿宽松的衣裤，要避免久坐多活动等等，其实，这些医嘱我的主治大夫都一一说过了。看来，她是浏览过网页了。H女士所说的，虽是一些前列腺病的保健常识，但与我还是有着些微感激。除了回声谢谢，自然也是没有更多的话儿可说了。

当年中秋，我接到H女士发来的一条短信，看后觉得有些似曾相识，但一时又想不起它的出处，于是随手抄录在《召政——大地印象》笔记的后面，以备查阅。短信如下：

有一把伞撑了很久，
雨停了也不肯收；
有一束花闻了许久，
枯萎了也不肯丢；
有一种朋友希望能做到永久，
即使青丝变白发也能在心底深深保留。
祝中秋快乐　你的学生

无助

我不会发短信，连鼠标都不摸，写作还是靠着笔头子，在行为上被朋友们戏称为“老夫子”，对此我亦笑纳之。看过H女士的中秋短信，虽然有些感慨，但我既不便托妻子回发，也不准备打电话问候。在这一点上，我是接受了我的“女上司”的宝贵建议：男女之间发信息容易造成家庭误解，同时也汲取了《雪后的冷寂》中所写的教训：男女彼此的过频问候，同样容易产生家庭矛盾和纠葛。处理这种事情的最佳办法，在我看来，既要保持曾经建立的纯朴友谊，也要坚守现实理性的距离。或许，正是我的不曾回复短信，以至问候，使之一些女性或朋友，谓之我的面冷，其实他们又何曾读懂我的一颗善良而敏感的心呢？当我孤独地回忆往事的时候，我的血液又何曾不在燃烧着岁月的激情。我的一无红颜，是因了我的理性；我的没有情人，是因了我的责任。当我每次读《角落》一文时，我都会驻目并欣赏作者的委婉回答：“我好比一条河流，向前流淌会有新的际遇，穿越峡谷或者拐弯时不可避免地激溅起这样那样的浪花，但因有河岸约束，从未泛滥。”其实，这段文字我已经在《往事的角落》里引用过，因之激赏作者人生情爱与爱情的诗意哲理，故再录兹。

说真心话儿，我在近年所读中还较欣赏捷克著名诗人赛弗尔特的一些文字，像这样的话我们何敢吐言：“每当见到美丽的姑娘或者美丽的妇人，我的心便开始颤栗，双膝乏力。而且会突然感到一阵悲哀！因为有那样多的美在我眼前溜走了，一去不复返。且不说得到它了。”这是一位“夕阳”老人的人生眷恋，我们没有理由去嘲讽他——“您在注视小姐们”。我在这里引用“老诗人”的话儿，不是引为同调，而是同样激赏他的“生命裸情”。

还是回到我与H女士的交往上，她用了漫长时光的真诚寻找，却因了我的“师道”矜持，或者说“有河岸约束”的理性，而终致结束了短暂的重逢。当我打算写此篇以作第二部的压卷时，心情矛盾，几经搁笔。其实，这是一个十分单纯而又充满真诚的故事，要说复杂，也只为社会的斑驳现象弄乱了异性间交往的淳厚之情。而一些家庭的雪崩，又难免引发“长相知，莫相疑”的猜忌。我理性地来规避与一些异性的过多交往，是唯恐言行不当扰乱了人家的平静生活，而于我则是为了保持淡定的心境。

既然决定了这个故事的面世，我便想起那本二十年前的微型诗集，翻找出来重读，终于发现了似曾相识的那道旧日彩虹——我的《雨中情》。

一柄伞撑开满天风雨
不会淋湿
你绒衣上盛开的红月季
可你的眼睛下雨了
我再也没有可以撑举的伞儿
任它一点点
把心儿滴湿

雨停了
伞花枯萎在我们的手里
你指着天边美丽的彩虹
给我看
殊不知，我爱看
你眼睫下挂着的彩虹
它比天上的更美丽，更真实

在这本诗集的后记，我还写下一段文字：“自然的美和美的自然仍将成为我今后创作的主旋律，而我更愿让我的诗——这绿色的触须探进人们心灵的窗口，但愿别把它掐断？！”那么，我与H女士二十年后缘之一面的重逢，又因何而被“掐”断，是缺乏共同的志趣，还是因了彼此的交往不深，或者我的矜持与理性，恐怕连我自己也回答不出个中因由，或许于中秋短信同页而记下的“灵感”诗句，仿佛在暗合着一个迷蒙的解读：

从来至爱尚嫌短，
最是殇情被梦欺。

既然禅心入，
牵挂化绝尘。

第三部

AI WU ZHU

大觉寺的白玉兰

这些年来，我四次住在阳台山下的大觉寺里，而且每次都是匆忙中小居一夜。进入寺门往往日暮时分，翌日太阳高照后下山离去。也仿佛这样的清净之地，对于红尘中六根未除的我，只赐予人生短暂的宿缘。

每次扑奔大觉寺，我都怀着同一个愿望：看看盛开的白玉兰花。它每年绽放于清明前后，花期长达半月之久，“满树晶莹，如冰似雪，远远望去，犹如雪山琼岛，美不胜收”。四宜堂院内的古玉兰，树龄有300年，据说是在清代由寺内住持迦陵和尚手植。然而，我每回坐在四宜堂的明慧茶院，都是望树兴叹，不是未花，便是凋谢。这怪不得应时物候的玉兰，只因了我的俗事缠身，诚心不足。

我数临大觉寺，应当说还潜藏着一段不为外人所知的内心隐秘，自然是与我的爱无助有着藕断丝连的情感故事。我把它兜底地讲述出来，一颗心也就清净了。或许，这是大觉寺作用于我慧根的禅悟。不过，我在这座庭院里的禅悟，是悖行于佛家“色空”的戒律，因为故事的本身是叙说我与几位红颜朋友、“红粉”爱妻的交往、交流，所涉及的命题是关乎两性的爱情。倘若佛祖有灵，定当双手合胸，口赐一语：无量善哉，罪过也！

初次走进大觉寺，是在2006年的初夏。京城内的暑热一到这里，便转化成了阵阵清风、潺潺水韵。我们置身庙里时，天光落黑了，鸦鹊藏身在古木间，偶尔啼叫数声，更显此地的幽静。吃过“斋饭”（素菜），“寺主”（大觉寺管理处主任）邀我们一行去喝茶。于是，大家就坐在了“明慧茶院”的那株古玉兰旁。所说的大家，其实就我们四人，其中的两位女士，一位是我的顶头上司，另位是上司与我的朋友。大家数年间交往，彼此都很熟悉了，无拘无束地散坐在桌旁，一边纳凉喝着香茗，聆听着古琴，一边作着漫无边际的闲聊，工作、生活、朋友、家庭，就好像在云上散步一般，轻松而随意。人在江湖，往往是身不由己的。每天都忙忙碌碌，神经兮兮，现代生活如同苛刻的鞭子，把人们生存的俗念之心抽打成了“急功近利”的陀螺，而我们也实在无力去改变什么。

我的“上司”小我几岁，是从基层工作中摔打出来的人，经过风雨，见过世面，政治上远远成熟于我，在与之不长的工作接触和交往中，她让我敬重的地方并非“政治”，而是她丰富的内心情感——关注社会，富有良知，看重友谊，同情弱势群体，对于家庭充满热爱之心……尤其难得的是，她身处官场的沙漠还能守望着一块属于自己的精神“绿洲”：坚持读高雅艺术的文学作品，以期修养一种高贵的气质。在今天，我们的很多官员，已经遗弃了中国古代官员“琴、棋、书、画”的传统，将修身、养性、陶冶情操“放逐江湖”，满口言辞充斥着烟酒气、市侩气，毫无唐风宋韵、儒雅之态，甚至连魏晋的清谈都凤毛麟角了。相形之下，彰显我的“上司”有些拔乎其萃。

我们之间的交往与交流，始于2003年的草原之行，我的长篇散文《泪浮地平线》对此有记：

车行宽广无边的草原，为了填满这些空旷的寂寞，我们谈起了文学与艺术的久违话题。这些年来，人们浮躁的心灵已经淡远了这座精神殿堂的存在，拼命手蹬脚刨地想够上并握住充满欲望魔力的权杖，如我一样多少得到了（芝麻绿豆大的官职或蝇头微利），过后又跌入深深的空虚。我们不约而同地谈及了《简爱》《勃朗宁夫人十四行爱情诗》，也谈到了《红与黑》《包法利夫人》《马丁·伊登》《老人与海》，它们分别代表着这样的文学主题：爱情——毁灭——追求。

也就是在这次的草原行旅中，她无意中唱了让我默默盈泪的《杠凝眉》，同时也让我在她病中的夜半守护里，真正感受到了一种少有的精神升华：

这一夜，我的经历极其特殊而复杂，我无意识里成为了一个透明时光中的宁静守望者。坦诚地说，我的一颗浸染尘世的心，一颗充满世俗欲念的灵魂，从来没有像今夜这般了无纤尘，这般平静与安宁，如暴风雨过后波平浪静的大海一般充满着深邃的平和。

四年后，我们坐在大觉寺的夏夜里，沐浴着星光与灯光，彼此的心境更加澄澈，宛然阳台山流溢出来的泉水一般，散发着爽神的沁凉。也许，是因了这古寺的清幽氛围，或者两位相陪友人的谈及工作，我和"上司"的散谈，在不觉间转入到了"家庭与爱情"的人生主题。我们以前"星崩"交谈过，因彼此不尽了解，故而显得浮皮潦草，仿佛是那种"戏说"的套路。再说，男女之间谈及爱情，有时会被人误解，或者被"阴暗心理者"借此播弄是非……然而，这一夜，我们确乎涉足了这一严肃的话题，而且是在曾经的佛门禅院。这有点不太守着"出家人"的清规戒律。事实上，大觉寺已非旧貌，修复后没有了暮鼓晨钟，也不见僧人影踪，更别说做着法事了。

京城里的人们到大觉寺来，除了欣赏白玉兰春色，银杏树醉秋，在此小住一夜或数日，只为图个清静，减缓生活在都市里的紧张神经和浮躁情绪。而今的大觉寺业已成了京郊的景区，红男绿女到这里谈情说爱、夫妻小住时日，都是常理之事了。然而，对我来说，我还是从文化的视角，把它看作佛门净地，否则我就不会产生再来的愿望，而且是带着女儿来，带着妻子来，显然，我是在默默寻找一种不为外人所知的失落心理——古今文人的爱情观。

无助

在那个静谧的夜晚，我们就像老友重逢一般，彼此心无障碍地探讨了现实人生的一些困惑，恍然记得我还向她倾诉了我与妻子之间的痛苦往事，讲到了那曲《枉凝眉》……倘若不是来作心灵上的平等朋友相处，我从来都是缄默其口，因为我已经习惯了咀嚼曾经的忧伤，尤其是面对着女上司，生怕他们流露出睥睨或厌倦的眼神儿。其实，我的敏感心灵已被爱无助的痛苦浸渍二十余年了，而且为无情的时光打磨得表层光亮，在旁观者的眼里，仿佛变成了一件爱情的饰品。即便如此，因了情境与彼此理解的心灵，我时或还在不经意间来作诉说，那一串串岁月深处所凝结的苦难钟乳，熬过了多少个难以成眠的长夜！也正因之，我最怕看到的，一种是怜悯的眼神儿，一种是鄙薄的脸色。每遇之，我便在内心里怒吼道：去你的悲悯，我不需要！而我与“上司”的两次倾诉（首次是在草原之行），她似乎都在倾听，起码她的外表是静如止水的。

这一夜，铭刻于我心灵的，还有“上司”的一句诘问：现实中如你所言，还存在多少真正的爱情呢？——如此要言一下子切中了现代人的生存命脉，我自然是回答不出来的，即便是到了今天，我也还是生活在大千世界的困惑之中，而且也还要经历着夏娃的诱惑，去直面一些熟人的改弦易张，昨天还是举案齐眉的，一夜过后就劳燕分飞了。是呵，如此的现实，也在质疑着我们：你的爱情果真不包装着看似华丽的虚伪吗？你还能真正成为比翼齐飞的一个守望者吗？我当怎样来辩答呢？寂静的夜中，淡淡的茶香弥散开来，一些飞蛾还在奋身扑向灯罩，于光亮的地面陈列下它们美丽的羽翅。我们都倦了，看看天时不早，便走出明慧茶院。

当夜，“寺主”安顿我们住进白果树旁的“僧房”。暗影中的枝叶婆娑，疏漏下点点星光，缕缕清风。因了酽茶的兴奋，我横竖睡不着，便翻看起随身带来的纳兰性德词。他的词与传记，从前读过，也还记得他的悼亡。这些年来，历经爱妻的痛苦，随着我的“找死”深入，我对所读的古今悼亡之作，就有了更深一层的体验和理解，如东晋诗人潘岳、唐代诗人元稹的悼亡诗，宋代词人苏轼、贺铸的悼亡词，现当代作家梁实秋的《槐园梦忆》、巴金的《怀念萧珊》……每捧卷无不潸然。

纳兰性德是康熙朝大臣明珠之子，皇帝的一等侍卫，经常扈驾随行，风光无限。其才情也深为康熙帝所赏识。在19岁那年，他与卢氏成婚，郎才女貌，伉俪情笃。有纳兰所写的“定情词”为证：

十八年来堕世间，吹花嚼蕊弄冰弦。多情情寄阿谁血？　紫玉钗斜灯影背，红绵粉冷枕函偏，相看好处却无言。

据研究者考证，“这是纳兰词中少有的几首描写欢乐之情的作品之一”。

然而，好景不长，三载欢情之后，卢氏因难产而病亡。时年22，纳兰长她一岁。

有人说：纳兰失去的是一生的红颜知己，一世的所爱，这是永远的丧失，他不会再有幸福（李雷《我们依然在寻找》）。另说：卢氏的早亡，无论于纳兰的精神，还是肉体都是一个巨大的打击，遂于此后“悼亡之吟不少，知己之恨尤多”。

在白果树旁的这一夜，对我来说，是一个没有预想到的痛苦温习。我没有预想到的，还有纳兰性德在扈从康熙帝巡幸西山时，曾于大觉寺里呆过，并填词一阕。词曰：

燕垒空梁画壁寒，诸天花雨散幽关。篆香清梵有无间。蛱蝶乍从帘影度。樱桃半是鸟衔残，此时相对一忘言。

从词中所描摹的景象看来，是在春末。大觉寺的玉兰花早就谢过了，而且残瓣已化为了泥土。

还是回到我的夜读上来，刚刚结束玉兰树下的交流，耳畔还回旋着玉音的诘问，转刻间又穿越二百年的时空，去浸淫于一位古代词人的悼亡悲歌。且用情度听：

> 辛苦最怜天上月。一昔如环，昔昔都成玦。若似月轮终皎洁，不辞冰雪为卿热。无那尘缘容易绝。燕子依然，软踏帘钩说。唱罢秋坟愁未歇，春丛认取双栖蝶。
>
> ——蝶恋花

另一首更为凄凉与悲苦，而且词牌子和题目，直接采用《青衫湿·悼亡》：

> 近来无限伤心事，谁与话长更？从教分付，绿窗红泪，早雁初莺。当时领略，而今断送，总负多情。忽疑君到，凄灯风飐，痴数春星。

纳兰性德的悼亡词，“情深意苦，哀感动人”，写了二十余首用来怀念一往情深的卢氏。

此夜，我斜倚在床头，目诵一位多情古人的爱之泪血，耳聆着白果树的飒飒轻语，直至星淡银河。

翌晨，我被窗外喧闹的鸟啼唤醒，于是爬起来，穿上衣服，转至昨夜喝茶的地方。那棵白玉兰古木，纷披着碧叶儿，在晨光里显现出青春般的快乐；近前细心打量，倾敧的枝干已是历经沧桑，皮纹粗砺。终归三百多年的树龄了，是阅历康雍乾盛世与纳兰青春身影的历史老者。只是在昨夜所读的悼亡词里，我并没有看到白玉兰花的字样。

在俯读古玉兰说明文字时，我无意间触目到了枯萎在草地上的几朵玉兰，黄褐颜色，而且干成了几近烟丝的形状，拈至鼻下，仿佛还残存着一缕淡香的游魂。说不上为什么，这一伤感的印象，或许因了纳兰如泣如诉的悼亡词，而再也无从我的记忆里涂抹掉。

从大觉寺归来后，我从花木手册查到木兰科，写道：“玉兰，又名白玉兰，落叶乔木，花白色具香气。花顶生，前一年秋季形成花芽，先花后叶。而且新的花蕾要经过漫长冬季的考验，到来年春天才能竞相开放”。玉兰的同属还有在南方常见的广玉兰。老作家荒煤就曾写了一篇散文《广玉兰赞》，称其在观察中“终于发现了一个秘密：当玉兰花枯萎凋落之后，它的花蕊却变成了近两寸长的鲜丽的近乎紫红色的颗粒如细珠的圆茎，还毅然独立挺立在枝头！而且还在它的根部又冒出一枝新的嫩芽来，似乎证明洁白的玉兰花虽然花开花落，从生到死，然而它还有一颗红心依然耸立，还在孕蕴着新芽”。

大觉寺的白玉兰，在花开花谢的轮回中，也是这般生长的模样吗？只可惜在后来，我又去了两回大觉寺，有一次还带着在京城读研的女儿，而且同样住在白果树旁的客房里，季节为仲夏。另一次是在秋晚，白果树落了一地黄叶。似乎记得两次都有我的“女上司”同往，也同坐在明慧茶院里喝茶、聊天，但有关初次的人生话题——家庭与爱情，没有再延续。也尽管如此，仿佛大觉寺和我还有着一段未了的情缘，这就是后来我偕妻子的小住一夜，而且感受颇深，值得一述。

2007年夏，京城友人送我《大觉禅寺》一书，内里记有“历史名人与大觉寺”，阅后了解到除纳兰性德外，尚有奕绘和顾太清夫妇、朱自清夫妇、冰心和吴文藻夫妇，他们都曾结缘于大觉寺，或赏花，或小居数日。冰心夫妇还在寺内禅房，度过了新婚之夜。关于清代女词人顾太清，我想多费点笔墨。她生于嘉庆，殁于光绪初年，活了77岁，在古时已为寿者。她为贝勒奕绘侧室福晋，善诗词，是有清一代的著名女词人。有“满洲词人，男中成容若，女中太清春”之称。容若即纳兰性德。顾太清在奕绘死后，被逐出其家门，自此生活清苦，晚境寂凉。她死后，附葬于奕绘贝勒园寝。在2007年秋，我访之葬地，曾慨吟一诗。诗曰：

天露残瓦云徘徊，
勾栏倾倒压苍苔。
词人绝代无颜色，
百尺白松百年哀。

在同一日，还访之上庄乡皂甲屯纳兰性德墓址，并赋诗道：

婉约最怕鸳鸯失，
吹彻秋风尽悲词。
潘岳元稹遣悲调，
别情却逊容若痴。

顾太清相伴奕绘同往西山一带，奕绘写有《宿大觉寺》一词，言之“平生岩壑志，恋此不忍回，暂借禅房宿，况无公事催”。顾太清亦写有《三月晦同夫子游黑龙潭至大觉寺路经画眉山》，诗曰：“城西百里多名胜，知乐无过山水间。指点黑龙潭对面，一痕蛾绿画眉山。”只可惜，顾太清一如纳兰性德，并无玉兰花事的歌咏。想必那时的玉兰，还未像今日这般有名，而且每年花开之时，还要举办大觉寺白玉兰花文化节。

悉知这些名流夫妇的情缘大觉寺，自然触发我与妻子同行一居的向往，我们在私下里谋划着下一年度的春暖花开，到时住上数日，净净心灵，除除浮躁。其实，我内心还潜藏着一个想法：在大觉寺里静下心来，认真地读读纳兰的悼亡词，好生感受一番这位古人的至爱纯情，不惜为其殇，更不惜追其亡。这是何等的人生爱情！又何等让现代的朝三暮四者自愧弗如。

又是暮春时节，又是木兰花谢，我和妻子终于成行，当晚住进了大觉寺的方丈院。庭院内一派清幽，几许雅静，院中一株娑罗树绿荫匝地，据说植于明代，树龄算来已有500余年，可谓阅尽沧桑。因了京城朋友的打招呼，我俩素斋之后，便被招呼到明慧茶院去饮茶。玉兰树旁已有人，我们被安置在一株太平花下。大觉寺内生长着三株太平花，其中两棵在这四宜堂院内。太平花，自宋以来被视为祥瑞之花，一直受到皇家独享或用作赏赐。大觉寺栽种此花，可见当时地位之高。因其名祥花美，已故学者季羡林在来过大觉寺后写道：

此时玉兰花已经绿叶满枝，不见花影，而对面的一棵太平花则正在疯狂怒放，照得满院生辉。吃饭后，我们几个人围坐在太平花下，上天下地，闲聊一番，寂静的古寺更加寂静，仿佛宇宙间只有我们几人遗世独立……

我与妻子所坐茶桌侧的这株太平花，此际正疯长着绿叶儿。玉兰已凋，太平未开，这里的四宜堂倒显得清静起来，仰望星空，一弯新月悬挂其上。

我们慢斟着一壶茶，彼此相坐而视，一边享受着贵族般的礼遇，一边守望着历近三十年的爱情时光。静静相对，默默无语。当经受了心灵的骤然霜降，饱尝了相濡以沫的痛苦，生命里所存储的语言都已显得苍白。静思之间，我暗为曾经的所为——对女“上司”、对女同事的忧伤倾诉，而感到有些难堪。我的倾诉到底意欲何为？既然我拒绝怜悯，憎恶鄙薄，那么我的喋喋不休，岂不是又被倾听者误读为以博取善美之心的一丝儿同情吗？三年前，在这玉兰树旁的场景一一浮现：星空、琴韵、茶香、清风、山泉、对话，还有那句关于现代人爱情观的诘问，都已成为了“不能两次踏进同一条河流”的往事，而且坐在这相同庭院里的人，一个是我敬重的女“上司”，一个是我生活中爱人，她们又一同成为我《爱无助》中的女性。她们有关“人生与爱情”的亲历与不同理解，将赐予我面对纷繁现实的清醒认识与理性把握——人之一生的爱情不能两次踏进同一条河流，当我将这一哲学命题转化成为人生的命题时，我顿然悟出我走出了曾经的困惑，也从中悟出大觉寺的“觉”，不在乾隆御题的“动静等观”，而为“善美待物”。有了善，人们便不会欺人欺己，更不会弃之一同走过苦难岁月的伴侣或同仁；有了美，就会视之曾经的“眼里西施”为恒美，就会将今日沧桑老至等观人生爱情的晚霞……有了如是之“觉”，自然我也就破解了往日的诘问，并励己之行，而且坚信现代人一旦走过了这段心气浮躁的岁月，必会返璞归真，善待人生，珍视爱情，呵护家庭。

喝完一壶香茗，我们起身走向四宜堂的后院，转过墙角，便嗅及一股若隐若现的苦香气，借助地灯，看见了一架半凋紫藤，架下的茶桌上还散落着一些枯萎的花瓣儿。我的记忆里浮现出曾经的阅读——女作家宗璞所写的美文《紫藤萝瀑布》。这里的紫藤，可不“像一条瀑布，从空中垂下”，而是攀缘于平搭半空的篷架上，疏叶间漏透着星光儿。次日晨起，我们散步时，在大雄宝殿前又发现了一株紫藤，一些残瓣飘落于地上。

树上的月牙儿隐去了身影儿，夜气也浓重了许多，看看时间不早了，我们回到方丈院歇息。这一夜所述，简单言之：在妻子睡后，我挑灯再读由张草纫注评的《纳兰性德词选》，所记一些悼亡词句深刻，抄此：“无语问添衣，桐阴月已西”、“玉萧吹梦，金钗画影，悔不同携”、“人到情多情转薄，而今真个悔多情”、“近来无限伤心事，谁与话长更？”……转辗难眠中，先是隔窗闻及数声狗吠，之后蒙眬浅梦里，又传来断断续续的鸡啼。天终于放亮了，一片鸟叫声此伏彼起，妻子醒来说想去看看昨夜喝茶的那个小院。我为之漫应道：好吧，再一块堆儿看看那株开过花的白玉兰。于是，我们就迎着晨光走出了方丈院。

爱的生命走上红地毯

在东方人的传统观念里，倘若对自己的亲生女儿如是宣称：你是我生命中的女人，恐怕要遭人背地里嘲笑或撇嘴的；而在西方人的眼里，这可是再正常不过的事情了。父女相见热情地拥抱，以及轻轻的脸颊一吻，体现着血缘上的至爱亲情。这般情景，经常出现在美国大片或西方电影中，而今国人已是见惯不怪了。

作为父亲，我曾吻过女儿，记忆里那是在她很小的时候。父女俩在床上嬉戏，为了逗女儿乐，我一边拿胡子轻轻地扎她小脸蛋，一边充满着父爱来亲吻她。女儿咯咯地大笑起来，十平方米的小屋里漾满了银铃般的温馨。妻子做着活儿，有时也加入到这欢乐中来。后来——近几年的事儿，我读及了杨绛的忆念之作《我们仨》，里面写到钱钟书先生与女儿圆圆的一段亲情往事：她和爸爸一起玩笑，一起淘气，一起吵闹。从前，圆圆在辣斐德路乖得出奇，自从爸爸回来，圆圆不乖了，和爸爸没大没小地玩闹，简直变了个样儿。她那时虚岁五岁……圆圆即钱瑗，她在生前也曾回忆过这段童年往事，题目是“爸爸逗我玩”。她写道：1941年父亲由内地辗转回到上海，我当时大约五岁。他天天逗我玩，我当然非常高兴，撒娇、“人来疯”，变得相当讨厌。奶奶说他和我是“老鼠哥哥同年伴”……

插入这段文字，意在说明父亲与童年的女儿，大抵都有着这样一段值得回忆的快乐时光。

我也记得，最后一次吻女儿，是在1993年。那是我去俄罗斯的前一天早上，女儿初醒，还懒在被窝里，妻子说：和爸爸搂下脖子告别吧！我俯下身来，女儿伸出热乎乎的手臂搂着我的脖子，于是我亲吻了她。这一年，女儿十一岁。十七年的时光一晃就过去了，但那一吻的景象仿佛如昨，而今女儿也已是远在异国他乡了。当年的老楼易更他主，记忆中还鲜明着女儿所居南室的红铁床，以及那照射在彩色地板块上的美丽阳光……亲情永不会被淡忘和老去，哪怕在经历回光返照的那个瞬间！

六年前，我在电视上看了一部西班牙的影片，片名叫作《我生命中的女人》。故事梗概，我在本书《遥远的爱情山》中已作了介绍。片中感动人的一幕，是父亲恩里克在找到流浪在外的女儿维西丽娅后，拥抱着她说：我爱你，你是我生命中的女人！——触目此情此景，物伤其类，仿佛有一道闪电眩亮了我的心灵：我生命中的女人，还能有谁呢？在我的一生中，唯其母亲、妻子与女儿。我在进行《爱无助》一书的思考时，曾记下这样一段感同身受的文字：

创作《流泪的火焰》，时逢播放西班牙影片《我生命中的女人》，看来，这不仅仅是一次巧合。

《流泪的火焰》写及我与妻子的生活和爱情，其间交织着缱绻与痛楚的情感。在那段最悲苦的日子里，正是因女儿的存在而冲淡了我们内心深处的悲哀——“妻子渐渐走出生活的阴影，开始少了泪水，多了笑容，畅游在母爱的海水里。女儿牙牙学语，女儿蹒跚走路，女儿背着书包去上学。母爱的海水是痛苦的融化剂，在消除时光的无情与残忍……”这是《流泪的火焰》对往昔的一个真实记述。

生活到今天，我唯其如实地说：我生命中的两个女人——妻子给我带来了痛苦中的深爱，也由此使我获取了精神上的财富，灵魂为之得到净化：欲念轻了，责任重了；而女儿则是上帝之手赐予我的一个快乐生活的天使。在这个自然与人类共同生存的星球上，都是因了两性的繁衍而充满着勃勃生机，延展着希望的道路。女儿就是我与妻子的生命与爱的延伸——从母爱的怀里延伸到春天的草地，从呵护的视线内延伸到千里万里之外的异乡都市，海边他国。在这个世界上，除了死神和天堂的召唤，没有任何外力可以阻断我们夫妇跨山越水的牵挂。

在这里来追述女儿的诞生与成长历程，无疑是一桩内心充满着快乐的事情。其中有些往事，还会带来一些小小的幽默。首先是女儿的出生。上世纪八十年代初，剖腹产尚未推广与流行于小城镇。女人生产还在经受着阵痛的折磨。若是难产或子宫大出血，则伴有着极大的生命危险。妻子的分娩不算顺利，尽管打了催产素，也还是在产床上历经了两个小时的折腾与呻吟。我陪伴在她的身侧，目睹了生产过程，握着她汗湿的手儿，心在惴惴不安地悬吊着。终于熬过了午夜，女儿降临在黎明之前。作为母亲，妻子完成了她伟大的“劳动”，惨白的脸上浮现出疲惫的笑容。

因了生产的不顺利，女儿生下后静无声息，于是被接产医生倒提手上，击拍数下，方嘹亮啼哭。这以后，我再读及这样的文字——每个人都是哭着来到这个世界上的——描述就不困惑了。啼哭是每个人出生的宣言。

女儿哭着来到这个世界之后，就很少再啼哭了。她安安静静地躺在母亲身边，除了吃奶、欢笑，就是幸福地睡觉，仿佛在母亲的肚腹里还没有睡够似的。到了百天，妻子抱着她去照相馆拍了纪念照，那时她已经会爬了，模样很可爱。周岁时，又照了一张，笑得更加美丽。

在18个月上，按照当时流行的做法，考虑着给女儿断奶了。那时的女儿，已经很聪明，很警醒了。她吃奶时一边脸蛋埋在母亲的胸脯上，一边脸儿露出来，用闪现出的这只眼睛察看着室内动静，好似树枝间伶俐的小松鼠，不时在转动着黑亮的眸子。或许，每个哺乳期的孩子，都有着这种天性里的自我保护意识，生怕外来者的入侵。

关于断奶问题，妻子犹豫数日，最终虑及女儿的健康，还是下了决心。她试用了几套温和的办法都不奏效，最后狠狠心尝试抹黄连，可黄莲再苦到底比不上乳汁香呵。一筹莫展中，便想起了抹辣椒水。别说，这招还真管用，女儿被辣哭了两三回，奶也就彻底地戒掉了。妻子现在提起此事，还心疼不已呢，怨怪给孩子把奶断早了。

在四季轮回中，在妈妈夜夜讲述的童话故事里，女儿渐渐长大了，她开始了人生的“初航”。为此，我写了一首短诗来祝福她：

春风吻着浓密的黑发，
太阳晒红圆润的脸蛋。
像一只刚刚出飞的乳燕，
小小的心儿在把春光追赶。

洁白的肚兜飘起落下，
似绿海中鼓动的风帆。

无助

脚丫儿划着两片不熟练的桨板，

再不愿泊在妈妈慈爱的臂弯……

这首诗写得并不算太好，但初为人父的情感是极其美丽的，心中的祝愿浸染着喜悦的光辉。在那时，我无从预见女儿的“初航”之路，却是连接着未来的远航。更无从知晓，在她即将“远航”的前夕，发生了一只乳燕因伤残而无从跟随妈妈迁徙南方的伤感故事。后面我还要讲到妻子的感伤流泪。这是一则自然与人情感相通的母爱故事。

在四岁女儿的快乐成长中，妻子的美丽人生遭遇了春天里的雪崩。这段痛苦的岁月往事，我已经写进了《流泪的火焰》，在《生死之旅》一书里也多有记述。总之，那是我人生历程中刻骨铭心的日子。确切地说，一边受着爱者毁损其美的忧伤煎煮，一边受补于女儿成长中的快乐与欢笑。倘若没有生活中的这位聪灵可爱的天使，我真的不晓得妻子将会怎样熬过那些黑暗的夜晚？走出生命之冬的雪谷？

当时，我们住在厂区的“鸽子窝”（原职工宿舍间壁成的单间房），生活的空间仅有十平方米，不得不睡上下床。妻子和女儿睡在下铺。每晚睡前的“疗痛”，是女儿对寓言和童话故事的入迷，同时也是妻子温情母爱的幸福释放。在我的记忆中，女儿爱听的故事有《神笔马良》《卖火柴的小女孩》《金鱼和渔夫的故事》，后来还有《格林兄弟童话》《小布头奇遇记》《三毛流浪记》。有时夜晚的“故事会”，是在潇潇春雨里或窗外飘飘大雪中进行的，妻子循循善诱地讲述，就更增添了美的情境。我有时在上铺读书，都会走神进入美丽的童话世界。在女儿充满未来幻想的天地里，我们一时间忘怀了心存的伤痛。

其实，就在这人生的苦痛里，除了尽享女儿的爱，我们夫妇从未放弃对未来生活的美好追求——读书与学习。有诗为证：

六十瓦的太阳照亮小屋
摊开的书本如同花圃
怀中的婴儿紧咬着奶头
你的眼睛却紧咬着书
一个用嘴吮吸着乳汁
一个用心汲取甘露
呵，为了祖国美好的未来
年轻的母亲——哺

这个年轻母亲的诗意形象，脱胎于妻子的身影，而另一首诗的表述更为直白，是女儿被铁栏圈于床铺内的真实幼年：

娃莫闹，娃莫哭，
妈妈要学习，
爸爸要读书，
爸爸妈妈撵春光，
只因十年春光误。

小小栏内不自由，
娃莫恼，娃莫哭，
不是爸妈心肠狠，
爸妈要读书，

读书好去画宏图。

而今抄录旧作，我大有痛心之感，我们这代人被“十年文革”所误，成为知识的贫困儿，于是与孩子——我的女儿来争夺成长的空间；假如时光可以倒流的话，我会舍弃一些阅读，从床栏里“解放”我的女儿，还她以被剥夺的心灵快乐。这或许是“鸽子窝”，在往事漫忆里所留给我的自责之悔。

“鸽子窝”里的八年生活，回忆起来，还有几件小事可述：

一是女儿的那辆红色小童车。看见邻居家的孩子都骑着疯跑，妻子的情感受不了，舐犊情深，硬是从嘴里省下钱来，满足了女儿追逐春光的美好愿望。二是女儿捉归的蜻蜓，一夕放养于纱窗，孰想在夜里钻入青菜筐里，次日被匆忙中的妻子炒进茄子，不小心成了我的“口中餐”。

另有二事与我有关，写下一乐。那时，我们的生活很局促，日子过得捉襟见肘，除了几件像样的外衣，内里行头多为妻子缝制。我穿的裤头，是用工厂用过的白糖袋子缝的，上面还印着商标图案。终因穿得过久，而且布的质量又差些，一次早上，在由上铺下来后，因为用力，我的屁股裂成了两半儿，躺在下铺的女儿眼尖，于是爆发出笑声。妻子看见我的出丑露乖，也难禁心酸地笑了。这段往事，在前些年提起时，我们一家人还大笑不止呢。难堪窘迫的生活，在当时却过得有滋有味，而且还不乏一些小幽默。

另一事儿，是我的“百日裸照”，即《天堂的哭泣》中母亲告诉我妻子去照相馆翻拍时别忘了画个肚兜兜的那张。母亲送给我妻子后，被她随手夹在一本书里，某一日竟为女儿翻找出来，知其是幼年的爸爸后，竟也发出快乐的笑声。这总算与她的那张“百日照”扯平了。其实，更大的心理，是眼中、心里曾经显得高大形象的父亲，也在随着女儿童年的成长，而渐次褪化为常人。后来，我看到了舒乙怀念父亲老舍的那篇文章《父子情》：“不过，说起来有点泄气，这次记忆中的父亲正在撒尿。母亲带我到便所去撒尿，尿不出，父亲走了进来，做示范，母亲说：‘小乙，尿泡泡，爸爸也尿泡泡，你看，你们俩一样！’于是，我第一次看见了父亲，而且，明白了，我和他一样。”再后来，我便读及了汪曾祺所写的《多年父子成兄弟》，明白亲密的父子之间，是可以当作哥们儿相处的。而今回忆起来我与童年女儿的往事，诸如上面所述的露屁股、百日照，非为难堪或产生为父尊严之类的想法，而是从中感到一些久违的温馨。假如生活可以重来，那么我会更加珍爱曾经的时光，哪怕还是蜗居在那个狭湫的空间呢。

孩子是父母生命的一个参照物。父母在盼望着孩子从爬到行走，到会跑，再到背上书包，之后是小学、中学、高考，然后是望子成龙的高等学府，终于父母为之松了一口气，平静下一颗心来再打量自己：顶发稀疏，乌鬓杂雪，眼角的鱼尾纹荡漾开来，成长中的女儿已经成了自己旧时的模样。我和妻子都有着这般感慨，孩子大了，我们老了。但看着女儿一年年成长起来，成熟起来，内心还是有着说不尽的欢喜。又有哪一个父母不盼着自己的儿女长大成人，议婚论嫁，安家立业，报效社会呢？人同此心，心同此理。当女儿大学毕业、研究生读完，准备行往“狮城”时，我们方意识到生命参照物的可怕，时光已经流过了二十八年。那个妻子夜夜讲述的《尼尔斯骑鹅旅行记》的童话世界，演绎成了女儿的现实世界，她将“骑”着钢铁巨鸟去实现人生理想的未来跨越。

即将出国的女儿，在七月初从北京回到了我们三迁其家的新居。其时，新居的楼道间，正唧唧喳喳着一群等待出飞的乳燕。它们时常从泥巢的边缘儿，露出来四五只小脑袋，迎接着窗口外归来的父母，乳黄的喙儿齐张开等待喂食。这窝燕子，在我们搬来之前，就已经安家这里了，在我家六楼和未住人的七楼楼道间，借助灯座各垒了一个泥窝。每到清明过后，妻子便想着打开楼道间的窗户，生怕燕子归来后进不了家门。这对燕子夫妇，因是旧相识，多少不怕我们的走动。它们归来后，在七楼孵蛋育雏，雏儿长大了，燕子爸爸就夜宿在六楼的巢边上，灯光里翘露着尾翼，很是尽责的样子。而楼上的母燕，护着乳燕呢喃一会儿便睡去了。每逢这时散步归来，我就时或想起曾经的“鸽子窝”，自然的燕子在复演着我们生存的故事：夜之呢喃——仿佛睡前的妻女童话。而那尾独宿的父燕，较我有着更多的爱心牺牲。我们装修和搬来后，已经亲历了两窝儿燕子的出飞和迁徙。我还曾为那只感人的父燕拍摄了一组独宿的夜照。

在女儿即将出国的一个月里，母女二人形影不离，出来进去时还留心观察着渐渐长大的小燕子。随着立秋的临近，小燕子开始出飞了，每天天一放亮就跟着妈妈飞出窗口，飞向城郊的大地里练习飞翔和捕食的生存本领。一日，细心的妻子意外地发现了一只跌落在巢外的小燕子，拾起后又搬来梯子，把它放了进去。次日，巢里没有声息，搬来梯子一看，小燕子死去了。当晚睡觉前，妻子背着女儿抽抽嗒嗒地哭起来。这只亡燕许是因了天生的伤残或体弱，使得燕子妈妈终于放弃了它。在动物界里，为了家族的生存与繁衍，老弱病残最先遭到淘汰，这是大自然的严酷法则。我和妻子尽管心知肚明，但还是为此有些伤感。其实，动物们不会说话，但不会说话的燕子还是怀有着母爱和不为人类所知的情感。后来，我和妻子猜测，这只伤弱的小燕子眼看着兄弟姐妹们跟随着父母练飞，它心急地要追随，终于力所不逮而摔伤。小燕子死了，燕子一家从此宿在野外，没再归来。转过年来，老燕子舍弃了这个“旧家”，在夏天里曾有数日从敞开的窗口外飞来数只燕子，唧唧喳喳地叫上一通，就又飞走了。谁说燕儿不通情？

小燕子亡去旬日后，在立秋的前夕，女儿出国走了。我们到机场送她，别离的场面妻子还是强颜欢笑，挥挥手之后的转身，已是泪流满面。儿行千里母担忧。何况是从未出过国的女儿呢？回到家后，看到楼道间空空如也的燕巢，物伤其类，妻子又是一番盈泪。

在送别女儿的数年前，我曾阅及林非的散文《离别》。记忆中余有印象，写此文时找出重读，更加感同身受，天下父母无不心心相通，情情相连。在此抄录两段，借以转述我别女儿的当时心境（林非夫妇送别的是儿子）：

“一个高昂和挺拔的背影，一个被抚摸着长得这么大的背影，终于消失在匆匆奔走的人群中间，消失在候机大厅的尽头……不算太大的候机厅，跨过去几十步路，就迈到了那一端，其实他已经有多少次回过头来。除非不远行，永远厮守在我们身边，否则总会有今天的别离，我们度过了多么闭塞和单调的青年时代，当儿子在吮吸着肖凤的乳汁时，我们甚至连做梦都不敢想象，这逗人喜爱的婴儿，能有远渡重洋去负笈留学的机会。”

“回家的路上，我们回忆着儿子的多少往事，刚开了头，就到达了家中……肖凤走进儿子的小屋里，轻轻抚摸着他写字的桌子，抚摸着他今天早晨还睡过的被褥，眼泪终于掉了下来。从今以后她会天天关心着芝加哥这陌生的城市，思念着儿子正在那儿干什么。她会永远悬着一颗心，祝福着那像谜一样遥远的地方。”

我们夫妇又何尝不是这般情景呢？别后常常萦系着新加坡，特别是妻子有时就梦着把童年的女儿弄丢了，左找右找不见，往往魇住大喊或急醒了，也往往醒后就难控眼泪流下。当我开笔写本篇时，妻子又梦中寻找女儿，说时眼圈转泪，我晓知明天过元宵节，中国人的传统和心理习惯，每逢佳节倍思亲嘛。

我们夫妇只有这么一个女儿，因而我对相识或陌生的女孩儿，无形中就有了一种认同或慈爱。本书中的《与天使沉沦》《消失的欲望船》

《现代男科医院》等篇，都或多或少地表达出了我的内心情感。我在外出的行车中，历来都严禁搭乘陌生人，深恐招致欺诈或惹出麻烦，唯有三次例外：一次是在河北夏光考察马致远，半路上允准租车司机搭乘两位到县城上学的女孩儿；一次是考察通山李自成墓，顺道搭乘一位家住其地的女高中生；还有一次是在东莞的"麻疯岛"探访，不期而遇三位湖南打工妹，因给我开车的司机是湖南人，于是将她们捎往停靠的码头。

或许正是我的这种内心蕴藏的女儿情结，使我在所读的繁多作品里，对于关涉"女儿"的文学描写，尤其悼亡或忆念的文字，往往是无声泪下且刻骨铭心。有些作品是数读，而且是每读盈泪。在这里，我要提及两本书和一篇散文。

两本书，一本是周国平的《妞妞——一个父亲的札记》，另一本是周国平为之写序并推荐的德国作品《我们在天堂重逢》，是母亲为怀念16岁而亡的女儿所写。这两部作品，我都是在边读边流泪。"妞妞"只活到一岁半，就因先天的疾患而夭折，正如作者所痛言：

> 结果，我活着，妞妞却死了。
>
> 那时我确实不懂得，一个残疾的生命仍然可以有如许美丽，如许丰盈。只是后来，妞妞已经成了一个小盲人，却以她的失明使我睁开了眼睛，看到了我以往的浅薄和自负，也看到了一个纵然有缺陷但依然美好生动的残疾人世界。妞妞本来可以成为这个世界中出色的一员，是我把她挡在了这个世界的门外，挡在了一切世界的门外……

周国平为《我们在天堂重逢》所作的序中，大抵也述说出这样“爱无助”的思想：

> 这本书讲述的是一个德国故事，我在读时常常想到，在中国的许多家庭里，也曾经或者正在上演类似的故事。多么年轻美丽的生命突然遭遇绝症的威胁，把全家投入惊慌和悲痛之中，这是人世间最平常也最凄怆的情景之一。无论谁遭此厄运，本质上都是无助的，在尽人力之后，也就只能听天命了。想到这一点，我真是感到无奈而又心痛。

周国平写这篇序时，距“妞妞”的死正好十年。

另一篇散文《我吻女儿的前额》，是阎纲悼祭女儿的血泪之作。女儿阎荷死于38岁时的癌症，亲历中他写道：女儿离去后，有泪皆成血，无声不断肠，但是我如梦如痴，紧紧抓住那只惨白的手，眼睁睁看着她的眸子渐渐地黯淡下来，却哭不出声来。我吻着女儿的前额。

以上痛祭或怀念女儿的作品，每读之，每思之，都会令已为人父的我既悲伤于心，又感泪于情。有时，我也会联及与回忆起“鸽子窝”时的一些往事，曾与我女儿一同嬉戏的玩伴儿，我右邻的女儿死于先天性脑血管瘤，右下邻的儿子不幸溺水……我曾和妻子去医院吊亡我右邻的女儿，母亲坐在女儿的身旁，一脸绝悲，欲哭无泪，至今我也无从消失这个令人心碎的场景。

在悲悼与亲历邻居的两个孩子生死的同时，我也庆幸并为之向上苍祈祷，赐予我生命中的女人——我女儿以健康的体魄，善美的心灵，幸福而美好的生活！我之所以言及《妞妞》等书与《我吻女儿的前额》，是因了他们所说出的一些“痛语慰言”：

人生中不可挽回的事太多。既然活着，还得朝前走。经历过巨大苦难的人有权利证明，创造幸福和承受苦难属于同一种能力。没有被苦难压倒，这不是耻辱，而是光荣。”

我不去读这本书（《妞妞》——注），对于我来说，它不是一本书，而是一座坟，我垒筑它是为了离开它，从那里出发走向新的生活。

——周国平

吻别女儿，痛定思痛，觉得死亡也没有什么可怕。死后，我将会再见先我一步在那儿的女儿和我心爱的一切人，所以，我活着就要爱人，爱良心未泯的人，爱这诡谲的宇宙，爱生命本身，爱每一本展开的书，与世界上第一流的思想家作精神上的交流。

——阎纲

而我满怀着推爱及人的心灵，将上面所抄录的文字，转赠于失去儿女的我的邻居，以及所有不幸失去爱女的父母！

女儿出国走后，我方抽空阅读她应出版社之邀所编著的《生物入侵》一书。这是一本有关保护生态环境的科普读物，其目的是要国人对外来生物的入侵以警醒和重视。其前言中的一段话，确乎引起了我的一些思虑及联想：

所谓生物入侵，是指当一种生物通过某种途径远离了故乡，向它从未曾到达过的地方扩展，并成功地在当地定居、繁衍。

其实，我们人类自身又何尝不是另一种“生物”呢？殷人的迁徙美洲大陆，华人的广播南洋，以及现代国人的在东京、在纽约、在悉尼、在温哥华……从而使唐人街“定居、繁衍”于外域，现而今孔子学院又随之广播世界各地。这样的现状，并非某些人所危言的“黄祸”，而恰恰是与“生物入侵”的结局相反，它促进了中国文明与文化融入新的世界。当女儿决定前往新加坡时，我作为父亲，只向她嘱告了两句话：一是要做一个善良的人，这是国人的美德传统；二是要终其一生记住：你是中国人！

女儿的中国人观念守在心里，她相处的朋友是天津人，于是双方商量婚礼采取中国的传统方式在津举行。我们夫妇被邀参加。对于女儿的如是选择，从内心里我还是满意的，因为我们不是基督徒，前往教堂举行西式婚礼，尽管赶些时髦，但终究有点作秀的意味；我们也非“东洋人”，学着日本习俗，女儿与父亲合拍所谓的“结婚纪念照”，也有些非驴非马……我们就是土生土长的中国人，传统的婚俗沿传了几千年，大红的灯笼，大红的喜字，大红的嫁妆，总之，婚礼尽呈火红热闹的喜庆。我虽然是思想意识超前的人，但对于女儿的婚礼还是倾向于传统风俗。

婚礼的当日，妻子忙于帮手女儿的化妆、穿婚纱，我闲着无事，便去参加贴喜字。从前，是别人婚礼的旁观者、参宴者，而今一晃间，却要亲历女儿的婚典，看着女儿穿着雪白的婚纱走上红地毯。我一边迎着从远方大海吹过来的寒风，淌着“风泪”，一边帮着贴喜字，断断续续地忆及曾经的往事：女儿童年的小红骑车、红苹果的脸蛋儿，少时的红铁床、红蝴蝶结……今晨，红红的冬日太阳，照耀着眼前的大红喜字，使我感到生命的热血在燃烧。我曾经和妻子两度走进这座城市，一次是参谒霍元甲墓，另次为探访李叔同旧居及梁启超的饮冰室，我们何曾想到三临天津，竟是参加女儿的婚礼，真使人心生着万千感慨！

行前，妻子给我上了不少情感课，谁谁家的父亲在婚礼上牵拉着女儿的手儿成了泪人，又谁谁家的父亲讲话时泣不成声……我读了一些描写婚礼场面的作品，晓知在中原和华南一带有着“哭嫁”的习俗，其实，这种“哭”是婚礼场面的反作法，意在表达嫁者对父母的难以割舍，以及父母对女儿的情爱挽留。我们东北人还不兴这个。妻子给我上课，倒是她自己在女儿的婚典上，又是难禁情感的热泪。母爱总是胜过父爱的表达，在这一点上，我自愧不知。我是很少流泪的人，倒是我读书，读《妞妞》，读《我吻女儿的前额》，默默地、静静地流下了热泪。我属于“地泉”型情感的男人，我的家族都是这样的，看似“面冷”，其实内心里的血热得很，而且情感敏锐，极富人性，这也是妻子常耽虑我会受惑于异性情感演戏的缘故。

尽管我未当场流泪，但女儿的婚典现场还是让我感动不已。参加别人家孩子的婚礼，是看客，是吃客，心情十分单纯，在喜庆热闹中，时而附之一笑。此际坐在贵宾席上，极为庄重起来，亲目女儿婚纱盛装，在爱者的陪伴下，缓缓走上红地毯，一时间有盈泪之感，方真切地意识到女儿已归属于另一位更加强壮有力的男子汉来保护了，作为父亲的我已经完成了一种象征性的权力移交。如释重负里，还掺杂着一丝儿莫名的失落，或许这就是“人父”缱绻于女儿的一种不易外露的深深至爱吧！——我把手帕默默地塞给坐在身边的妻子，凝眸于红地毯上的那个美丽天使，视线渐渐模糊成一片飘飞的雪云……

后记

《爱无助》写于2004年的初春，大部分篇章完稿在当年的腊月，之后便压进箱底，秘不示人。到了2007年仲夏，补写了两篇：《现代男科医院》、《雪后的冷寂》；又逾一载，再次补写了《日出日落之间》、《雁窝岛之晨》。按照原书的构想，尚余第三部延至今年完稿。如是看来，此书前后历时七年之久，是我创作中最为漫长的一部作品，同时也是倾注情感和心血最多的一本书。

近十年来，我的创作主攻方向：一是中国历史名人的生死；一是黑龙江的旅游与文化；再一个就是仅此一部的《爱无助》。要说它们占据我心中的分量，私下忖度，自然是手头上这部尚未列入出版计划的作品，虽然结集后不过18万字左右，但其所蕴含的思想与“胆识”绝非等同视之。溯其源头，应是受到外国作家——奥古斯丁、卢梭——两部《忏悔录》的影响，中国作家的两篇散文《角落》（张守仁）、《年轻时候》（郭风）也从中给予了我很大的启迪。后来，在创作进程中予以开阔视野的作品尚有：捷克诗人赛弗尔特的《世界美如斯》、中国作家周晓枫的《你的身体像个仙境》和王春元的《忏悔无门》。上述作品，我都曾反复读过，而且感受颇深，无疑成为了催我思想意识解冻的蛰雷。在书中，我写了这些经典作品的弥珍价值，它们犹如文学殿堂里的璀璨珍珠，在独射着醒人眼目的光芒。我这样说，是就它们的“暴丑胆识”和忏悔意识。当然，我的这部书是很难望其项背的，只不过我在里面说了些隐藏在心底的话，谓其触及灵魂深处也未尝不可。总之，我个人认为，这是一本说我个人隐秘情感真话的书。倘若把它视作我人生自传的一个微缩版本，也是有那么点意思的。因为在初定书名时，我曾想放置副题：我生命中的女人，后来思虑再三，还是放弃了这一想法，我怕被很多人视为“用身体来写作”或是流俗的男欢女爱之作。其实，这是一本在创作上很严肃的书，倘若要在其中寻觅“巫山云雨”之类的幻象和刺激，我还是奉劝诸君不要来读这些文字了，因为它带给你的将是一个大大的失望。我最终取消副题，也是怕担当欺骗窥私者的“骂名”。

这部书稿的所谓“秘不示人”，其实是无秘可示的，内里也没有什么见不得人的东西，无外乎我生活中的鸡毛蒜皮小事儿，情感上的细波微澜，再说作为“夏娃”的另一半儿，又有谁的生存与生活能离得开母亲、妻子以及一些或多或少的女性呢？只不过我把这些“彩色”的亲历如实地写出来罢了，正如书中所讲述的那样：我不想活成一个虚伪的人，也不想把应忏悔于世的原罪用假话的彩绸包装起来，然后带往另一个骗取人们所怀念和溢美的世界。我既不打算伪装自己，也不打算作践自己，裸情的真实无疑是这本书的生命所在。倘若说，书中所述对某些人产生了意想不到的伤害，也是因了我的说真话儿。说真话儿，古今中外无不要承付一些代价的，或伤自己，或伤亲人，或伤旁姓。总之，不如说假话、说套嗑有市场，有人气。然而，此书尽管说了真话，但也只是关涉我的灵与肉，故而它不会引起什么轩然大波。我想，这应当是此书的一个完美结局——因为它所诠释的，是我们芸芸众生都将面对的生存课题：人生与爱情。

关于此书，或许有人会问：何以定名《爱无助》？对此，我只做这样一个解答：当我们最爱的一个人，譬如母亲吧，她为之诞生并养育了我们的成长，然而当我们懂得用爱来反哺她的时候，已经无力倒挽催其衰老、携其往生的时光，如是我们的伤痛就在于此：爱之永远都是无助的！这也是我的开篇《天堂的哭泣》本旨所在。

最后，我要说的是，因为这是一本从男人的视角来透视生活中女性的书，故而所写的人物皆为“男人的另一半”，也因此我将此书呈献给了我的母亲、妻子与女儿，并再一次满含生命的感激之情说：你们是我生命中的女人，赐予我以生命、爱情与希望！

2010.3.15子夜

图书在版编目（CIP）数据

爱无助 / 刘学颜著. -- 南昌：百花洲文艺出版社，2011.10

ISBN 978-7-5500-0211-1

Ⅰ. ①爱… Ⅱ. ①刘… Ⅲ. ①散文集－中国－当代 Ⅳ. ①I267

中国版本图书馆CIP数据核字(2011)第196157号

爱无助

刘学颜　著

责任编辑	赵　霞　朱　强
美术编辑	方　方
制　　作	周璐敏
出版发行	百花洲文艺出版社
社　　址	南昌市阳明路310号
邮　　编	330008
经　　销	全国新华书店
印　　刷	深圳市森广源实业发展有限公司
开　　本	720mm×1000mm　1/16　　印张　16.5
版　　次	2011年12月第1版第1次印刷
字　　数	20.5千字
书　　号	ISBN 978-7-5500-0211-1
定　　价	29.80元

赣版权登字05－2011－144

邮购联系　0791-86895108　　邮编　330008

网　　址　http://www.bhzwy.com

图书若有印装错误，影响阅读，可向承印厂联系调换。